夜王

房伟 著

作家出版社
全国百佳出版社

图书在版编目（CIP）数据

夜王 / 房伟著．-- 北京：作家出版社，2025. 6.
ISBN 978-7-5212-3493-0

Ⅰ. I247.7

中国国家版本馆 CIP 数据核字第 20254CG932 号

夜王

作　　者：房　伟
责任编辑：向　萍
封面设计：李　超
出版发行：作家出版社有限公司
社　　址：北京农展馆南里 10 号　　**邮　　编：**100125
电话传真：86-10-65067186（发行中心）
86-10-65004079（总编室）
E-mail:zuojia @ zuojia.net.cn
http://www.zuojiachubanshe.com
印　　刷：河北星强印刷有限公司
成品尺寸：145×220
字　　数：218 千
印　　张：17.5
版　　次：2025 年 6 月第 1 版
印　　次：2025 年 6 月第 1 次印刷
ISBN 978-7-5212-3493-0
定　　价：79.80 元

Contents

余　墨

一

周六深夜，我坐最晚一班高铁，回梁城。

黑黢黢的，透过银灰色窗棂，夜闪着灯火，有无数故事和人生，都和我不相干。

梁城是北方的一个大中型城市，梁城大学是该地唯一的 211 重点大学。研究生毕业之后，我从未回去过。也没啥，就是不想动。

无聊，数着窗外光点，一个，两个，三个，还是无法睡去。天太热，夜也不能让它冷静，我们都是焖在锅里的鱼。我央求服务员把空调弄低点，勉强昏睡过去。不一会儿，又觉得冷，擦着脸上的凉汗，顺手划开了手机。

打开抖音，粉丝们都抱怨，等我讲“大宋高梁河惨败”呢，怎能说停就停。

我打开自拍，炫了车厢昏暗的情形，再转向疲惫的脸，说：阿丹真没法，过几天补上。等不及的老铁，可去网站看付费网文，或买实体书瞧。

我是历史栏目主播，也写穿越网文，虽是中年大叔，但还不是“大神”，只是有些粉丝，勉强糊口。我叫“周丹”，粉丝们都自称为“丹粉”。

网上溜了会儿，又困了，准备关机，师妹高晓菲的微信来了。她问我到哪里了，并让我一下车就赶到梁城大学招待所，先安顿下，再去导师家里。

我还是自己选地方吧，不想离学校太近。我回复说。

晓菲有些不快，过了半天，又发微信，说：随你吧，就你各色难搞，大家都住那里。你在别的地方住，票据留好，我们统一报销。晓菲强调。

我是无业游民，没法处理费用，理解师妹的好意。

高晓菲留校后，先当辅导员，又读了导师的博士，毕业后转入教师岗。这些年下来，她成了女性史专家、教授博导。只是太醉心于学术，个人生活就惨淡了些，读博士时还有男生追求，她说要先评副教授。当了副教授，她又说要先评教授，不能耽误写论文与做项目。不知不觉，追求者都跑了，晓菲也已四十多岁，有些“美人迟暮”的意思了。

还有两小时到梁城。

坐夜车有种恍惚迷离的感触，好像一下子进入某种叠加的宇宙空间。所有过去现在和未来的人和事，都有可能在这里不断并置发生，不断被重演。二十年一梦，穿梭而过，窗外的灯火中，我看到多年前的同学们，谷墨、高晓菲、程济，还有慈祥的导师，他们都飘浮在我似睡非睡的记忆里……

二

新世纪初，我读研究生时，赶上高校扩张。我们这届研究生，招了二十多人，创下历史系建系最高峰。后来历史系与其他院系合并，成立梁大社会与历史发展学院，但历史系继续高歌猛进，也是梁大唯一入选国家重点学科的文科专业，享有盛誉。

这些成就，都与导师容焕余有着密切关系。

导师学历不高，只不过专科毕业。他曾在中学教书多年，因学术优异，短暂被调入梁大，旋即被打成异己分子，下放甘肃。上世纪七十年代末，他重回梁大，著书立说，大放异彩，几乎以一己之力，独撑起梁大中国史的学界地位。

二十年了，依然难忘那一幕。《现代历史学研究的理论与方法》，是研究生一年级必修课。秋天的下午，天高气爽，窗外的梧桐树摇曳，教室走进一位头发花白、腰杆笔直的先生。阳光从窗子爬进，金粉般在那人肩头散去，为之笼罩上一层神秘感。他又瘦又高，整个人有“出鞘之剑”般的挺拔感。特别是他的眼，激情中有淡泊，理智之余又含戏谑，让人捉摸不透。后来我回想导师给我留下的第一印象，总觉得真正的历史学家，就该如此。

导师从兰克、卡尔的现代史学讲起，讲到吉本的《罗马帝国衰亡史》，再讲到布罗代尔、拉杜里等年鉴派史学家，海登·怀特的后现代史学。他还从梁启超的中国现代史观念讲起，从胡适、傅斯年讲到顾颉刚、吴晗与翦伯赞。他带有安徽的方言，我们听来吃力，但他嗓音洪亮，穿透力强，教室回荡着他慷慨激昂的声音。

我们听得入神，下课铃响了，也没人关注。大家鸦雀无声，全神贯注地听着年过半百的导师，讲治学理念和亲身感受，生怕打断了他。

历史是什么？导师打住，目光炯炯地盯着所有同学。

答案五花八门，导师摸了摸下巴，说：历史是由血、火、人类的罪行和愚蠢组成的。

底下炸了窝。大家议论纷纷，几个学生跳出来，和导师辩论。有的说历史是进步的，有的说历史是循环的，导师淡淡地说：你们还年轻，有热情，但现实和理想有差距。后来我们晓得，那句话是历史学家吉本所说，导师言来，似有无数创痛体验。

导师说：以学术为业，是一条艰难之路，没有鲜花与掌声，美女与金钱，我们面对的更多的是孤独寂寞，还有就是贫穷，穷酸书生，说的就是我们这些人！

大家哄堂大笑，晓菲插话说：您可不穷酸，您是著名专家。

导师没再辩解，在黑板写下一行漂亮的粉笔字，说：送给大家，诸君与我共勉。

我和谷墨是同桌。我们都非常激动。谷墨敲着桌子，瘦长的手指紧张地发抖。我问他怎么了，他喃喃地说：学者当如是！有此师为榜样，此生足矣！

导师和蔼，如果不是在课堂，也肯讲笑话。晓菲缠着导师，说讨教学问，最后却是让导师给她打高分，每次都是谷墨和程济出风头！她噘着嘴，装得楚楚可怜，让导师无可奈何。我们不努力，他也发火，可女同学们有武器，就是泪水。只要被导师批评，晓菲就开始抽泣，最后变成“梨花带雨”的模样。导师便悻悻打住，说：这样不行的，女孩也要用功！

导师喜欢带我们爬山。小山在学校后面，不高，也不秀美，山上树木繁盛，山顶有小广场，是广场舞爱好者的圣地。登山活动，常安排在周六下午，那往往也是学术交流会。导师让我们每月上交读书笔记，也出题目让我们辩论。小广场就是辩论现场。有时导师也变得沉默而严肃。一次，他指着广场旁一个小凉亭，说：我被梁大的学生批斗，就站在这个地方。

凉亭很普通，有青石板，踩的人多了，光滑平整，看不出什么坑洼。

很多年过去了，我依稀记得，导师说那句话的样子。他的眼神有些阴翳，山上的树木，将层层影子投下来，遮住了台阶，也遮住了他的眼。他当时看到了历史，却不能预见未来我们各自的前程。我硕士毕业后，被分配到省史志办。史志办崔主任，对我百般打压刁难。我不拍马屁，也不送礼，还给他提了不少意见。他把我看作眼中钉。2008 年，我辞职到上海，在报社、出版社、电视台都混过，一事无成。

2011 年，我重拾当年的写作爱好，网名是“磨牙的树懒丹”。我写穿越历史网络小说，业绩一度不错。网络作家压力大，每天更新万把字，我很懒散，总断更，粉丝封我为“东厂丹公公”，有的甚至开骂。我气不忿，又做了自媒体，在抖音讲中国史。我的口才还行，文案自己写，也直接讲自己的书。七混八混，也搞到点钱，在上海买了个小房子。就是整天瞎忙，婚姻耽误了，晃来晃去，也到了四十大几岁。

我不在乎，痛快就好，只是无颜面对导师和同学。

也无所谓，我只和谷墨要好，这些年了，我们一直没断了联系。

三

梁城大学招待所，早改成五星级的“昊天大酒店”。晓菲只是习惯这么叫，大学招待所叫什么“昊天”，总有些别扭。

临近毕业那段时间，赶上昊天开业。昊天就建在研究生宿舍对面。2003年初夏的一天，我和谷墨打篮球，天快黑了才回宿舍，走到昊天附近，憋得受不了，跑进去蹭厕所。我们鬼使神差，跑到昊天的地下三层，有个一百多平方米的休息大厅，里面全是等着上钟的小姐，密密麻麻的，好几百人。我们吓傻了，小姐们也愣了，齐刷刷地盯着我俩。我们窘得摆手，表示走错了，她们才扭过头，冷冷地抽烟，剔牙，不再搭理我们。

昊天地下二层是游泳池，三层是夜总会。我和谷墨惊魂未定地逃出昊天，逃回了宿舍。宿舍在三层，靠北的阳台，可看到昊天灯火辉煌的告示牌。阳台也是我和谷墨、程济等同学论道的好去处。一壶粗茶，一个主题，扯上大半夜，通常是历史与哲学话题。晓菲师妹也参加过“阳台学术神仙会”，每当她过来，谷墨的眼睛，都亮晶晶的……

到了梁城，已是凌晨。二十年了，昊天还是老样子，微明的晨曦中，巍然屹立，外体装修抵挡不住岁月的侵蚀，剥落了不少瓷片。我莫名有些感伤，让出租车停在昊天旁边的丽景酒店，档次差了点，但也能住。我自己报销，这点骨气还是有的。

吃了点东西，眯瞪了一会儿，起身赶往导师家。导师住在学校北门的专家楼，人还未到，远远就看到楼前扎起的灵棚、院里撒落的纸钱。都是按安徽的风俗办的。已是四点多，时间尚早，微薄的光亮下，暑气悄悄升腾，驱散了清凉。响器尚未开工，院里站满了人，戳在那里，有的抽烟，有的互相寒暄。我见到了晓菲、程济他们几个同门。

都等你呢，晓菲冲我点头，她嗓音沙哑，眼也红肿得厉害，头发干枯，下巴尖尖的，人也佝偻着，有些瘦脱了相，想来导师去世对她打击很大。

程济没和我说话，默默递上白花，又丢给我签名册。他这些年保养得不错，四十多岁，看着像三十出头，白白胖胖的脸，没啥褶子。程济和谷墨一同留校，如今是中国史方向带头人，梁大社会与历史发展学院的院长，继承了导师衣钵。程济穿着黑色短衫，脸上不断淌汗，他擦着汗，拍拍我的肩膀，说：大作家，最近没少挣钱吧。

我刚想说点啥，他又旋风般跑开，联系青云山殡仪馆那边的事宜。

晓菲拉过我，小声问：带了多少丧仪？

我说：五千吧，不知大家都拿多少？

晓菲看看四周，又说：导师生前吩咐，不收钱，可师母说，同门可以。

导师去世前，专门叮嘱过家人和亲近弟子，不开追悼会，不收礼金，骨灰埋在安徽老家翠屏山下。家属和学校领导都不同意。导师有很高的学术声望和社会影响力，陈副省长专门做了批示，要隆重纪念，学校也要组织“容焕余学术国际研讨会”等系列活动，在海内外对学校几个重点学科进行宣传。

虽说导师是知名学者，不缺钱，可师母是农村妇女，没什么文化，导师几个子女，也没什么出息。女儿留在安徽，是中学教师，儿子跟着他们在梁城，学校看在导师的面子上，安排在后勤处。儿媳妇的工作也是导师找人安排的。导师住在学校专家楼，和师母、儿子、儿媳妇、孙女一起生活，一家人都依靠导师。如今导师不在了，家里收入自然大损，收点礼金也情有可原。导师一生维护学者尊严和形象，家属考虑问题更实际些。

导师住的专家楼，是套独栋三层别墅。导师的子女披麻戴孝，站在门口。一楼客厅门大开，师母枯坐在旁，手在颤抖，身体也在抖。灵堂已备下，前来吊唁的人，先给导师遗像鞠躬，再和家属说上几句。同门们不仅鞠躬，还要跪下磕头。我也随着规矩。我将钱给了晓菲，其他同门也拿出来，让她一并代表。晓菲接过钱，刚与导师的儿子谈了几句，师母却兀自立起，冲过来，将个玻璃茶杯摔在晓菲脚下，冷冷地看着她，哑着嗓子说：钱的事，不用你管！

众人愣住了，继而低声议论。晓菲窘得满脸通红，手足无措。旁边一个秃顶男人，挡在晓菲前面，说：师母太伤心了，大家别惹她老人家生气。说着，几个同门女弟子过来，围住师母，将她劝回座位。晓菲眼中含泪，奔出门外。秃顶男人叹了口气，对我们说：大作家别见怪。我这才看清，这位是高我两级的孟力行师兄。他毕业后，先在某普通高校教书，后来不知何等机缘，调去某部委工作，听说也是局级干部了。

孟师兄淌着热汗，白衬衫很快湿透了。他拉着我走出房间。天已大亮，太阳刺目，血色阳光直刺灵棚。丧乐大起，闷热的空气，仿佛胶水似的，乐声也无法搅动这黏稠质感。一群人黑压压的，蚂蚁般黏附在这座小院。我走到树荫下，和孟力行寒暄。我们也多年未见。他胖了，当年有着颓废哲学家气质的瘦削身材，如今发起福，只剩下白净的四方脸，秃掉的脑袋，还有那种洞穿一切的自信眼神。

换个角度看问题，孟师兄侃侃而谈，不要被偏狭思路限制住，遭逢大变，导师家里难免乱套，我们要多体谅。

我想说些什么，只能咽到了肚里。不一会儿，同门陆续都出来了，聚在院外聊天，不常见的，互相加微信，敬烟，谈着各种资源和不同领域的见闻。消息传过来，追悼会定在明天上午，中午程济安排，在昊天酒店吃点饭。

我不在学术圈，也没啥资源，没人凑到我这里，只有孟师兄有一搭没一搭地和我说着话。他这些年虽然当官，与学术界关系也没断，常到著名大学指导课题申请，以及博士生毕业答辩。他不和我谈官场，只谈学问。说起来惭愧，我这些年瞎搞，学问也疏懒，师兄一考校，不免张口结舌。师兄严肃地拍着我肩膀说：换个角度思考问题吧，就是创作，也要争取成为同时代人的代表，不能满足于挣几个小钱。

我说：孟师兄，从前你不那么装，如今当了领导，风格迥异，让人敬佩。现在的小孩喜欢克苏鲁和二次元风格作品，我这种贩卖历史故事的作家，勉强糊口罢了。

上午十时，人越聚越多，各级领导也赶来拜祭，少不了一番应酬。晓菲躲在灌木丛边哭了一场，又帮着张罗，也没再闹出风波。大家正商量打车去昊天酒店吃饭，程济风风火火地跑过来，径直走向我。我正诧异，他铁青着脸，说：你不能到谷墨那里，这是原则问题！

四

我和程济、高晓菲、谷墨是同级同门。论学问水平，谷墨最高，但说起家世背景、人情世故，谷墨拍马也赶不上程济。程济的爷爷是厅级干部，父母是梁城大学中层领导，叔叔和姑姑也都在事业单位担任领导。程济从小就是优秀生，本科保送梁大。家族本欲把程济培养成公务员，向仕途发展，可他志向高远，想在学界出人头地。他基础扎实，为人虽有官家子弟的傲气，但处世圆滑，出去吃饭也抢着买单，在同学中人缘不错。程济读大学时曾担任梁大学生会主席，论文也拿了奖，发表在核心刊物，被顺利保送到容老师门下，攻读硕士学位。导师也对他颇为赏识。程济是梁大受瞩目的学术新星。他的目标很明确，就是留在梁大，成为继导师之后的一名优秀学者。

这一切，都被谷墨的出现打破了。

谷墨出身北方小县城，父母是杜县附近的农民。他本科学机电，原在杜县冷库当工程师。可他从小热爱历史，即便读了工科，一旦有机会读研，还是毅然辞职，报考了历史学。他被容老师录入门下，纯属偶然，据说谷墨将研究生复试现场，变成了学术演讲台，成功引起导师的注意。

入校半年，谷墨就展现出出色的学术天赋。他博览群书，过目不忘，阅读量惊人，对很多历史细节有精准记忆力。《通鉴纪事本末》等史学大部头，早读得烂熟，各类笔记野史，也涉猎极广泛，对晚清至民国的防疫制度，早有研究，入校前就发表了数篇论文。他有敏锐的洞察力和问题意识，总能在新理论方法框架内发现历史秘密。他的英文不错，古文功底也好，能写古诗词，热爱明清小品，业余还将很多古文翻译成雅驯的英文，颇令人惊奇。

"冷库小子"谷墨在梁大迅速成名，广受瞩目。

我们分在一个宿舍，谷墨在我的上铺。我拎着行李进来，他正在读书，只对我略点头示意，神情冷淡。接触多了，我却被这家伙的才华和学识折服。尽管，他常翻着白眼，冷着脸讲话，可一针见血。他珍惜时间，不去看电影、跳舞，找年轻人的娱乐。他和同学们保持距离，但如需他帮忙，他总默默尽力，事后也不肯居功。他在图书馆帮人抄资料，给同学的论文提意见，还给家贫的同学捐款，女同学让他干个杂活，他也从不推辞。

给我印象深刻的，还有他的孝顺。梁大校园种满梧桐等几十种树木，土质非常好，植被长得茂盛。早上五点，谷墨拿着本英文书去操场，一边跑步，一边诵读。锻炼完了，他拿出罐子和小木铲，在操场周围搜寻蚯蚓。他说母亲偏瘫，有中医给出方子，要用蚯蚓泡酒。蚯蚓成药，在中药店价格不菲，他只能自己收集。校园洒满阳光，谷墨的汗水，顺着额角不断滑落，他扭动着瘦长身体，笨拙地在土里翻找，发现一条蠕动的黑蚯蚓，就欣喜地大笑。

我们也认识了高年级的师兄孟力行。他的做派和谷墨很像，总用电饭煲弄上一锅米粥，静静地躲在两个书架之间看书。如果你来谈学术，他非常欢迎，如果闲聊，他就指指书架上的字条："闲谈不得超过三分钟"，不再理你，全不顾访客的尴尬。孟师兄对我和谷墨是肯敷衍的，特别是谷墨。孟师兄抽着烟，眯起眼说：谷墨将来前途远大，嗯，不容易。

谷墨和程济的关系很紧张。导师的专业选修课，成了展示才华的战场。第一节课开始，程济就和谷墨较量上了，一个小问题，也唇枪舌剑，互不相让。容老师对此很宽容。程济总是败多胜少，他很快就从谷墨略带讥诮的眼神中，将他确认为自己学术之路的绊脚石。

一次程济约同门聚会，我依稀记得，那是一家高档酒店顶层的旋转自助餐厅。程济说着漂亮场面话，矜持得体。优雅的环境、精美的食物，都让晓菲等几个女同学眼中充满羡慕和兴奋。程济泰然自若地介绍龙虾的出处、烤肉的切法，让大家印象深刻。在梁城最高酒楼顶层俯视灯火辉煌的城市的快乐，更让大家记忆犹新。当时程济踌躇满志地说：我们都是梁城的精英，会成为这个城市塔尖看风景的人。

谷墨反唇相讥，说：学问家在经济社会没啥用，风景只在个人内心。如果要取得世俗意义上的成功，要经商或当官，搞学问算个屁。

谷墨有点刻薄。他很在乎程济不经意间流露的优越感，以及对他的冷库工程师身份的鄙视。谷墨早婚，在冷库时陷入与一个温柔女工的爱情。他不顾家庭反对，毅然和女工结婚。他考上研究生，女工很担心。谷墨身材瘦削高大，目光炯炯，充满激情和怀疑精神，才来了半年，就有不少女同学对他表示青睐。他毫不为之所动，只对师妹晓菲，似乎颇有意思。这一点，我这个对感情不太敏感的笨人，都看了出来。晓菲是“林黛玉”型骨感美人，有些“淡淡哀愁”的古典风致，符合才子对女性的想象。谷墨看着晓菲，眼睛会笑，笑里会有光，光是蓝色的，蓝色的光也会变成金色的火，烧灼着他的理智。晓菲看着谷墨，眼里也有光……

大家都看在眼里。晓菲刻意回避这份情感，态度模糊暧昧，反而激起谷墨的斗志。晓菲是师门女神，很多男同学都暗恋她。这也包括我和程济。当我发现谷墨和晓菲的暧昧关系，只是喝了场大酒，把谷墨骂了一顿。我督促他要先离婚，安排好家庭，再去追晓菲，否则就打断他的门牙，和他绝交。谷墨极少在我面前谈起那个女工，但我知道，他们并非没有感情。女工的照片，被他贴在宿舍橱柜深处。女工温婉可人，眼睛很大很亮。

谷墨被我骂得狼狈，笑着点头。这种处于家庭责任与爱情之间的矛盾撕扯，给谷墨造成了极大痛苦。程济却从没有真正表白过感情。他善于掩饰。但当谷墨和晓菲亲密交谈，程济的脸也是惨白的，白得吓人。我看在眼中，深深为谷墨表示担心。我还从程济眼中看到了深深的忌惮。这是“优秀生”的通病。优秀得太久，站在潮头太高，太冷，早已习惯居高临下的“优等生态度”和悲天悯人的情怀。他们喜欢的不是学术，只是成功。若有人威胁到他的成功，“见贤思齐”这类论调，在他们身上是不适用的。程济还有良好的家庭背景，也有钱。这些东西，让程济与谷墨的斗争，变得漫长而无趣。

五

从梁大到谷墨的家，打车要一个多小时。

谷墨住在梁师大东校区旧教职工公寓——幸福里。那是学校分给教师的福利房，价格比市面低，位置较偏远。谷墨从梁大调入师大，师大只给了安家费，他贷款在这里买了房。“幸福里”说是梁师大教师公寓，如今也没住着多少梁师大的人。早年分到房的老师，趁着房价翻了几次，都把这里卖了，在更高档的小区买了房。谷墨在梁大留校时，因为是本校毕业生，和学校签了苛刻条件，不能要学校的福利分房。他一直也没买房，等调入梁师大，房价又飙了起来。谷墨很知足，他没啥钱，这房是他独立供的，房贷未还完。妻子和他离婚后，带着女儿，生活在距此数百公里的杜县。

我从未来过这里，可在谷墨发的朋友圈见过这房。谷墨简单装修后，命名为“墨斋”，很是幸福了一阵子。

下午一点多，出租车停在“幸福里”。小区绿化还可以，房子老旧，远远望去，软绵绵地趴在那里，像一只只灰蒙蒙的、钢筋水泥的虫。谷墨住的那栋楼，就在小区偏僻角落，没有扎灵棚，只有楼道口摆着寥寥几个花圈，谷墨家有戴白花的人零散进出，显示这家人有白事。

这些人我都不认识。谷墨的中学和本科同学、老家杜县的亲朋好友，我都不熟悉。研究生同学，一个也没来。两个面带戚容的女生，得知我的姓名后，招呼我进去。她们是谷墨在师大的学生。她们要给我戴白花。我在导师家里的白花，正好还在，省了不少事。

谷墨的遗照，选取的是一张黑白标准照。他正傻傻地看着我笑，目光全是戏谑，还是我二十多年前，第一次看到他的模样。灵堂前，我鞠躬施礼，一个中年妇人，扶着个泣不成声的小姑娘，给我还礼。小姑娘瘦瘦高高，眼哭得红肿，依稀看去，有不少谷墨的影子。她应是谷墨的女儿谷金子。中年妇人很冷静，戴着墨镜，从面容上还能看出是谷墨的前妻，那个我记忆中的漂亮女工，只是已发胖，白皙的下巴隆起叠加。我曾听谷墨说，她也是颇有能力的女人，离婚前，就搭上县里一个搞房地产开发的小商人，在冷库辞了职。后来那商人离了婚，和她生活在一起，如今她是全职太太。她旁边站着个黑胖男人，应该是她现在的丈夫。那位房产商正忙着登记来宾姓名，帮着谷墨的学生收礼金。

你是周丹吧，女人说：谷墨说过，你是他最好的朋友，一定会来的。

我没说什么，想拿出准备好的白包，又想了想，问她：谷墨的其他亲人呢？

女人努努嘴，我这才注意，地上还蹲着个农妇打扮的人，面色黧黑，两手颤抖，拍打着地面，那双手红肿粗大，皱纹已开裂。我赶紧扶起她，轻声安慰。她是谷墨的姐姐，在家务农。她身后几个默不作声的，铸铁般黑硬的男人，大口抽着烟，是谷墨的姐夫和表哥。谷墨的父亲去世早，母亲患病卧床多年，也是无法来的。农村人见世面少，谷墨的姐姐和几个亲人，想来也是对城市里的应酬比较怯场，这才委托谷墨的前妻在前面和众人周旋。

我掏出五千元礼金，悄悄塞在谷墨姐姐的怀里，说是给谷墨母亲的心意，并让她给我写了电话和地址，等闲下来，我要去他的家乡看看。

谷墨在梁大的同事，零星来了几个，都是鞠个躬，交了钱，就离开了，并声称事太多，无法参加追悼会。谷墨在梁师大的同事和学生，倒来了不少，尽管他在梁师大，总共就待了六年。金辉院长很忙，没有过来慰问，说是明天直接去殡仪馆主持仪式。

我陪着谷墨的姐姐坐了一会儿。她讲了很多谷墨小时候的事。我安慰几句，见并没有打断她的回忆，就不再说什么。过了许久，她终于停下，茫然看看我，脸上浮现着神经质的苍白。我打起精神，表示还在听。她这才安定，继续讲谷金子的事。金子现在杜县读中学，那几年，谷墨一直和前妻争夺抚养权，刚说好了，将她转到梁师大附中读书。师大附中是梁城最好的中学之一，可惜还未办好，人已经走了，此事到底如何处理，还要看学院的意见……

我踱步出了客厅，去谷墨的书房看看。那里有谷墨生命的痕迹。我在这里坐坐，短暂留住时间一会儿。两排实木打造的黑书橱，整整齐齐地摆放各类学术书籍。他最不能容忍学者有个凌乱的书架，读研时他就这样，书架一尘不染，谁也不让动。第二层中间，有我前几年出版的一本历史小说，扉页还留着我写给他的话——“致学术孤勇者大墨兄”。书的页面留着些污渍，我能想象到，谷墨边吃饭，边看我的小说，乐得哈哈笑，不小心留下了污渍。黑色皮椅，似乎还有谷墨的温度，好像我还能看到他手舞足蹈的样子，听到他爽朗的笑声。这一切都仿佛下午阳光里折射出的尘埃，飘浮，闪亮，轻盈，羽毛般飞翔着，永远地离开了我。

我抽动鼻子，快步出去，穿过客厅，冲到楼下，在小区花坛旁边擦了擦眼泪。我又平静了一会儿，拨通了晓菲的电话，说：别人都不来，你也该来。

晓菲沉默着，我听到电话那头的抽泣，许久，她才说：谷墨的女儿，还好吗？

我没答她，让她明天无论如何，来送谷墨最后一程。

可我要送导师，晓菲叹着气，似乎很难取舍决断。

我说：问过谷墨这边治丧的朋友，也在青云山殡仪馆，时间大概比导师晚一个小时，你在那边忙完，就过去吧。

这么巧，晓菲唏嘘着，导师走了，还放不下谷墨，他才是导师最欣赏的学生，同日而去，又一起开追悼仪式，也是前生注定的师生缘分。

我又回到二楼，想多待会儿。此时一别，恐再无相见之日。谷墨也会彻底消失在我的生活中。寒碜的厨房里，冰箱里全是速冻食品，侧卧开裂的玻璃，粘着一条长长的胶布。他的生活就这样，全都糊弄着。那张硬板床，我使劲躺了躺，床板摇晃，发出“吱吱呀呀”的响声。我掀起床垫，发现最下层垫子里有几只避孕套，一条女人的黑色蕾丝边内裤，不禁哑然失笑，看来这家伙不像我想的，一直过着“纯洁”的单身汉生活。

房地产商过来，欲言又止，我赶紧告知他，丧仪给了谷墨的姐姐，让她捎给家乡的老人。房地产商勉强地笑了笑，又向我打听谷墨房子现在的市价。我说，梁城不是小城市，更不是杜县，这片大学城住宅，总有两万一平方米吧。

房地产商高兴起来，找别人说话去了。

我又问了谷墨前妻他发病的情况。他是晚饭后，看着书，突然感到胸痛，强撑着打了120，被急救中心拉到最近的妇幼保健医院。到后才发现是重度心梗，不得已又转院，折腾下来，人已昏迷。曾有谷墨的学生，以为急救中心处理病人草率，肯定和那家保健医院有利益输送，但没啥真凭实据，事情也就不了了之。

谷墨在ICU抢救了两天，没挺过去。他的心脏问题，已有几年了，他有所预感，早写下了遗书，有一段内容，叮嘱让我负责他的文稿，有机会整理发表云云。我和谷墨虽是好友，但这些年相聚也少，我在上海，他在梁城，只是频繁微信联系。谷墨太看得起我，我离开学术界好些年，看论文很吃力，就是整理发表，又能怎样？至多不过在刊物目录挣得一个“黑框”而已。学者们关心的话题，大众也不感兴趣，出版了恐也少有人问津。

我和谷墨前妻说话时，谷金子一直盯着我，我问她有什么事。

你是周丹叔叔吧，谷金子说，爸爸说，你是个作家。

我拍拍小女孩的头，她撮着手，递上一张素白的卡片，说有一首小诗，是她写的，纪念谷墨。我眯眼看去，字是极娟秀的，上面写道：

羽毛飞上了天
没有踪迹，或声音
是谁在世上无缘无故地哭
余下点点的墨迹，或血泪
一次别离，轻柔的
为了别世的相遇。

我想起一个秋天的早晨，我们刚入校不久，去校园给谷墨的母亲挖蚯蚓。他捉到一条大黑蚯蚓，高高举起，快活地大叫。我仰头看去，蚯蚓不断挣扎，谷墨的黑发，被风吹动，在阳光下熠熠生辉。倏地，他扯了下头发，几根断发被指缝夹住，又被风吹起，在金色的阳光下不断飞舞，旋转，羽毛般地飘远了……

六

硕士毕业后，谷墨和程济都升入博士，晓菲留校当了辅导员。晓菲痛哭过几次。她的心气很高，想当女学者。导师安慰她，让她过几年再考。

谷墨和程济的竞争关系，延续到博士阶段。程济撕烂谷墨的书，威胁要找人揍这个“冷库学者”。程济给我的印象是，机灵乖巧，温文尔雅，把他逼到这种地步，可见二人关系水火不容。就灵慧而言，谷墨很像导师，但不如导师通达，反而有点愣头愣脑。许是饱经沧桑的阅历使然，导师虽然对学问严肃认真，学养深厚博大，但也热爱生活，精通很多菜肴的做法，会唱歌、跳广场舞，对待官场和学界，非常懂得处理关系，有极好的口碑和人脉。这些谷墨通通没有，反而程济这些地方更像导师。大概谷墨加上程济，这才和导师性格差不多。

导师努力协调他俩的关系，一度想将程济介绍到其他老师门下。由此可见，谷墨在导师心中的分量，还是更重些。导师时常将谷墨叫到家里吃饭，让师母给他炖母鸡，有时也亲自下厨，给谷墨做拿手的炖鱼。吃完饭，就在导师的大书房闲侃学术，师徒俩人相得益彰，有时也争得面红耳赤，过后导师还是叫谷墨吃饭，他总是给谷墨发短信，说：小墨子，有空来吃饭，要继续上次的讨论哟。

这种待遇，程济是没有的。导师对他更多的是客气。程济很有危机感，更加努力学习。平心而论，程济称得上兢兢业业，专心学术，也有一定悟性，可惜在天赋上和谷墨相比，还有一定差距。谷墨家在杜县，为了学业，读博期间，很少回去。那位女工倒是懂事，没事就坐几个小时班车来看谷墨，将那个小博士房收拾得一尘不染。谷墨有心和她分手，也闹过几次，女工誓死不从，谷墨只能作罢。过了几年，谷墨临毕业，女工怀孕了，两人的关系稳定下来。世事难料，女工一直未调来梁城，独自在杜县带大谷金子。也许女工婚后发现，嫁给一个空头历史学博士，不能给她带来更多回报，两人的关系也最终走向尽头。

晓菲成了谷墨和程济之间矛盾的导火索。

他们都迷恋晓菲，可晓菲没有任何决断，自由地与俩人交往，这也造成很多误会。她无动于衷，既不解释，也不鼓励。直到有一次，导师组织师门聚会，谷墨喝高了，又说又笑，直勾勾地盯着晓菲，目光全是“高温烈焰”。程济一个人呆坐角落，低头喝着闷酒。

突然间，谷墨抱住晓菲，深深地亲吻起来。

酒宴现场的祥和氛围瞬间冷却。晓菲也喝了酒，脸色绯红。她笑了笑，低下了头。程济铁青着脸，挤过去，揪住谷墨的头发，狠狠扇了他一个耳光。谷墨不甘示弱，俩人战成一团，杯盘狼藉。我当时也在场，去拉架，主要是摁住程济，让谷墨在他的腮上捽了两拳。同门里与程济要好的几个人，见此也不干了，揪住我说，拉偏架真可耻。导师气得发抖，桌子拍得山响，大声呵斥。俩人最终分开，还是瞪着眼，盯着对方。

只有孟力行师兄，端坐酒桌前，悠然喝着酒，泰山压顶面不改色的大师状。几片翠绿的菜叶，粘在他稀疏的头发上。三九大老，紫绶貂冠，得意哉，黄粱公案。二八佳人，翠眉蝉鬓，销魂也，白骨生涯。愚蠢的人类哟，他喃喃地说，也不知说给谁听。

这是“历史性事件”。很多历史的必然，都由不起眼的偶然事件引发，在蝴蝶效应中，变成冥冥的定数。谷墨彻底与程济决裂，俩人不再讲一句话，哪怕在一个系工作，有事也让别人传达。导师对俩人各打五十大板。我以为，导师还是偏袒谷墨。谷墨有老婆，还如此明目张胆示爱，程济连女朋友都没有，追求师妹无可厚非。不久，有多封匿名信举报谷墨行为不端，要求学校开除谷墨这个道德败坏的好色之徒。导师从中周旋，面对学校的联合调查组，做了很多工作，才最终将事态平息。

匿名信究竟出自程济之手，还是他背后的家族策划，我不得而知。导师还是把程济臭骂了一顿。他说，平生最看不起告密的男人，当年他被人揭发，在甘肃农场种田，也没出卖过人格。他对程济说，一个人做了这样的事，会终生不安！程济没承认什么，痛哭流涕了一番，才得到了导师谅解。这件事没有促成谷墨和晓菲的姻缘。谷墨的老婆知道后，大闹了一场，威胁要烧了谷墨家房子，吊死在学校办公楼。为了前途，谷墨妥协了。

谷墨这边没了下文，程济也退出了，很快和梁城文化局一个女职员谈恋爱，结婚生子，再也不谈晓菲，甚至俩人当同事，程济也不苟言笑，刻意保持距离。晓菲“剩”了下来。她在管理学院当辅导员，工作任务很重，她坚持学外语，温习专业课，发誓要考博士。她拒绝了好几个青年教师的追求。

我对谷墨说：要不我试试？咱俩是好兄弟，肥水不流外人田。

谷墨瞪着眼说：不行！晓菲是我心目中的女神，要是好哥们，帮我一起守护她。

我说：守个屁，人家是大活人，也要谈婚论嫁好不好。

硕士毕业三年后，晓菲终于考上博士，继续跟着导师。这步棋走得及时，没过几年，辅导员不能再转教师岗，彻底与教师系统分离，成了低人一等的“教辅人员”。伴随晓菲踏上学术之路，她对情感的考虑越来越淡，只是跟着导师做学问。

经过几年苦熬，谷墨和程济进步都很快，特别是谷墨，已在国内权威学术杂志发表数篇论文，获得了几个奖项，在学界产生一定影响。那年留校名额只有一个，导师的意愿是给谷墨，程济家的人脉很硬，竟从学校又要了个名额。这两个冤家，又双双扎根梁城大学，开始了新一轮的人生竞争。

我至今无法忘记，谷墨毕业典礼那天的情形。临近夏天，校园刚下过一场雨，天空飘荡着莫名的、湿漉漉的甜味。校园的白色礼堂，素雅又庄重，融合中西式两种不同风格，相传是民国某建筑大师的得意之作。穿着黑袍博士服的青年学子，都会聚于此。礼堂旁的大槐树，开满乳白色小花。我踩着那条铺满光滑鹅卵石的小径，轻轻走去。谷墨在那群人中如此显眼。他个子高大，又是清瘦长方脸，黑色博士帽对他来说，恰到好处，金黄穗子垂下，又让他多了几分潇洒。他仰起头，眯着眼，看向蔚蓝天空。微醺的阳光，涂抹在脸上，显示出斑斑驳驳的阴影，丝毫不影响他意气风发的状态。

导师站在身边，微笑地看着得意弟子。导师也身材高大，头发已花白稀疏。六年了，他的脸上长出不少老人斑，眼神有些浑浊，但不妨碍他将腰杆挺得笔直。导师从不言老，甚至在公交车上也从不坐，也拒绝别人让座。我走近他们，从导师看着谷墨的目光之中，看到了点点伤感。浪奔浪涌，时间无情。年轻一代成长起来，老一辈学者总要面对这种时间的威胁。我给他们拍了张照片。那张合影，谷墨一直摆在客厅壁橱最显眼的位置。

我有些嫉妒谷墨。谷墨正式踏入学界，我却和主任关系紧张，面临辞职。我不是做学问的料，也能看出，谷墨有才华，有毅力，还有导师的赏识。他会成为一代青年学者中的佼佼者。多年以后，我想起那个午后，那一幕如此不真实。谷墨这片高傲的“羽毛”，不满足脚踏实地，要高飞天际，自由自在，他注定要走上与导师不同的道路。我只是没想到，十几年师徒缘分，最后竟分道扬镳。谷墨出走梁大，成为“师门叛徒”，加入了梁师大金辉教授的团队。

七

回宾馆的路上，我翻看起了谷墨的日记。

许是学历史的关系，谷墨和程济都喜欢写日记。不同的是，程济的日记，是拿来给别人看的，他记录每天发生的事，也赞美导师，赞美其他学界大佬。程济很大一部分论文和专著，都和这些“赞美”有关，比如《容焕余学术思想研究》《××学术理论探微》之类东西，论文四平八稳，严整缜密，符合规范，借助大佬威名，也能唬些外行，发表不困难，甚至可以“学术整理”名义，拿到项目支持。圈里管这样没出息的学者，叫“玩大佬”捧家。

谷墨对这种做法嗤之以鼻。谷墨的日记，只言片语，简单记人录事，也隐晦地以代号讲些看法。导师在他笔下，就是“余老”；金辉则被不客气地称为“老金条”（金辉的脸又瘦又长）；程济的代号是“程不群”，有些刻毒；晓菲是“菲天使”，有些跪舔的姿态；我的代号是“仲连丹”（取鲁仲连的含义），好像我是见义勇为的古侠客。谷墨家庭不宽裕，我家也不过是工人家庭，研究生三年，在食堂吃饭，我们都合打一份菜。谷墨个子大，为了让他吃饱，我都省着吃，实在不够，自己花钱买榨菜解决。那年谷墨买房，我二话没说，借给他二十万元，甚至推迟了在上海买房的计划。谷墨都记在心里。

他的日记，也有很多工作记录，例如“凌晨三点，继续改论文，天边发亮，脑神经燃烧，不困”“上课八节，坐公交回家，路上堵车，晚饭未吃，腿肿，继续阅读怀特海著作”“辅导本科生七人论文写作，耗时半天，学生素养差，气得跳高”“开学术会议后回梁城，午夜，喝点浓茶，继续写论文”……通过这些记录，就能看出谷墨平时生活多忙碌。他的病，完全是熬夜、抽烟、疲劳过度导致。按照学界惯例，我应将谷墨的日记整理出版，进一步写作《谷墨年谱》，似乎这样才是对英年早逝的青年学者最大的肯定。

谷墨不在乎身外之物，尽管他在遗嘱中也求我帮他出版《梁城异人考》。他通过史料爬梳，记录梁城自中唐以来奇人异事，一般历史著作读者，觉得艰深，专业学者又觉得不严肃。谷墨写过不少学术著作，有名气的是《晚清杜县方志研究》《民国梁城的街道》《梁城防疫史录》《革命时代梁城的暴力与秩序》等。这些作品，有的暗藏讽喻，给出版社带来了麻烦，学界口碑也有争议，但不可否认是谷墨的代表作。《梁城异人考》就较古怪，更像心志自道。我在出租车里想了一路，也茫然没有头绪。

回宾馆不久，又接到晓菲的电话，梁城大学的领导，宴请导师在外地的弟子，以尽地主之谊。我没好气地说：人都死了，领导们还在想搞关系，想必你们这些教授学者也需要这样的机会，我是闲人，就不去打扰程济兄了。

你就是酸腐，晓菲没好气地说：谷墨在这点上，和你一个德行。

说到谷墨，我们一下子沉默下去。晓菲有些尴尬，没再勉强我。我落得清静。吃过饭后，在酒店房间做了一个半小时直播，慰劳粉丝相思之苦。我这期讲的是，东亚强国高句丽的灭亡，及朝鲜半岛历史沿革。我讲得慷慨激昂，粉丝们也兴奋，频频刷礼物。

午夜时分，醉醺醺的孟力行师兄乱敲我的门。他是京城干部，自然是梁城大学领导巴结的对象。孟力行读书时特立独行，有才气，喜欢说怪话，为人孤傲，心思又细密，不像谷墨那么热情朴实，因此不得导师喜欢。他后来也读了博士，不过去了一个普通省属院校教书，同学们对他较冷淡，只有我和谷墨给他壮行，请他去昊天酒店吃海鲜自助大餐。他并不气馁，冷冷地说：我辈岂是蓬蒿人，十年后再看吧。奔丧，于他而言也是荣归故里，心情自然得意，喝了点酒，唱起京剧“打虎上山”片段，催促我开门，和他聊学术。

我打着哈欠，说：凌晨才到梁城，奔波一天，去了两处灵堂，内心痛苦，实无精神头儿陪师兄挑灯夜谈学术。

房间外传出“嘿嘿”的笑声，没了下文。

第二天清晨，大巴车等在梁大校门口。去殡仪馆吊唁，可直接坐车去。车上大部分是梁大教师。白发苍苍的高教授，偏瘫刚恢复的郑教授，都是教过我的老先生，与导师也有深厚友谊，不顾年迈，也要去殡仪馆。我扶着两位老先生上车，略谈了现在的处境。高教授叹息着说：史志办是扎实弄资料的地方，你辞职赴沪，以自媒体谋生，浮萍于江湖，荒废学业。郑教授说：老高，老糊涂了，年轻人的职业，不是我们想象的，历史在发展变化嘛。高教授点头，扭头对我说：你也不年轻了，还是稳定下来为上策。

我搔着头皮，有些尴尬。古人云，近乡情更怯，梁大熟人多，多年未见，总要问这问那，有些问题，无法回答，只好保持沉默。我识趣地坐到车尾，尽量低调，还是被同学莫景瑞认了出来。他惊喜地拍了拍我，说：终于回来了。当年我和老莫关系还可以，如今见面不好装不认识。景瑞凑过来，热情地与我攀谈。他说话声音很大，还伴有兴奋笑声，一车人不时对我们侧目。我惶恐，支支吾吾。我这才发现，他头发凌乱，眼圈发黑，脸色苍白，手指有些抽动。他没和我叙旧，却喋喋不休地讲了很多他自己的事，大多是种种不如意，工资低，压力大，家庭矛盾，论文发表难，项目拿不到，等等。

他眼睛红肿，想必也是无人倾诉，我同情心又起，只能继续倾听。景瑞是隔壁宿舍的哥们儿，专业是比较文学。他勤奋用功，天不亮就在阳台朗诵法语诗歌。他洪亮的声音已成宿舍楼“公鸡报晓”式存在。景瑞毕业后，托导师的福，留在了梁大。导师不久因病逝世，他在梁大的处境艰难，课程多，资源少，常被大学阀的弟子欺负。

早上还朗读诗歌吗？我抽空打断了谈话。

他的眼球转动一下，脸上显出羞涩红晕，很快又恢复严肃，说：那时年少孟浪。现在我坚持早起，背诵莎士比亚戏剧，及马克思经典文论。我现在的问题是，需要上职称……景瑞语速很快，话又密，我仔细听，懂了个大概。他要上教授，缺少权威的C刊论文，让我帮着找门路。我不过是网络主播兼作家，哪有那些资源？再说他是比较文学，和我也不搭界，我有些烦闷，还装作耐心。他能找上我，可见病急乱投医。他唠叨着说：你在大上海混文化圈，总比梁城要强，总会认识些重要编辑，我现在就是缺机会。

大巴行驶在路上，路途很远，大概一个多小时，车上的人大多陷入昏睡，和漫长的人生相比，人生的最后一站，又仿佛只是一瞬间。早上略带清凉的空气，从车窗缝钻进，我干脆把窗开得更大一点，让空气猛烈袭击我的脸，这才能让身上的闷热气稍微减缓。景瑞还在顽强地诉说着，他低低的声音，犹如天外梵音，在耳边回响……

终于到达青云山殡仪馆。仪式在飞鸿厅，一个小时后举行。景瑞麻利蹿下大巴，与等候的人攀谈，我依稀认出几个学术编辑和德高望重的人物，想必这才是景瑞来此的真实目的。晓菲让我帮助整理国内外著名大学、学术机构和文化名人发的唁电，活动开始前挑拣重要的公布。程济要准备省里领导的讲话稿。晓菲负责外联，孟力行师兄被梁大领导请去，和相关领导应酬。我和几个同门，带着十几个梁大博士生和硕士生，负责整理唁电、安置花圈和挽联等事宜。我惦记谷墨那边的情况，发了微信询问，谷墨的姐姐说，人来得不多，有谷墨的几个研究生帮忙，让我不必着急，忙完再过去也不迟。

时间到了，厅里却不见动静，飞鸿厅内外都站满了人，花圈与挽联摆放不开，一片白与黑的世界。程济满头大汗跑来说，省领导秘书打电话，说领导有要事，晚来一会儿，追悼会推迟一个小时。我的心里“咯噔”一下，这样导师这边就和谷墨的活动撞在一起了，我想了想，这里也不少我一个，我先去谷墨那边。

程济擦着汗，冷冷地说：大作家，你不能去，谷墨是师门叛徒。

我再也忍不住，扶了扶衬衫上的白花，说：人都死了，能不能宽容点？谷墨再怎么说，也是同学，学界再大，也不是武林，师门不是全真教，你也不是尹志平！

八

谷墨出走梁大的时间，是我离开梁城到上海打拼的第三年。

谷墨和导师的治学思路，有不少分歧。导师希望谷墨能在专门史领域扎下根，长成一棵参天大树，谷墨更喜欢黄仁宇一路“大历史”观念，即使谈具体问题，也要综合来谈，同时谷墨也有古良史批评议论之风，追求现实共鸣与思想批判性，导师则希望他符合学术秩序规范，理性严谨，多研究史料，少发表个人看法。

存在这些分歧，也很正常。导师不强求谷墨改变，只不过对他的研究表示担忧。

谷墨很快就受到了惩戒。谷墨论文发得多，项目却拿得艰难，程济则不声不响拿了两个国家项目，顿时引起校方重视。反观谷墨，有篇文章还惹了麻烦，校领导对他就有些犯嘀咕。谷墨的文章，太有锋芒，易引发争议，得罪人也多，项目要通讯评议，说是盲审，网上查查前期成果就晓得了，拼的还是人脉和口碑。接连多次通讯评议都过不了，不禁让人怀疑谷墨的能力。好在导师力挺，在自己的重大项目下拨出个课题，让他做了做，算是有所交代。

程济拿到课题后，经费充足，常出去开会，拜谒学术大咖，联系圈中重要人物，也请人做讲座。程济的文章，发表刊物级别也越来越高，虽然赞美大佬的文章依然不少，但从学术史角度考虑，大佬们的平时事迹、野史逸闻、学术公案，也要有人整理，不能说程济做得毫无价值。容导师去世后，程济立即带着门下博士生，申请校级与省级项目，将“容焕余年谱”“容焕余学术传”两个方向搞起，据说还要以此为基础申请国家重大项目。

相反，由于谷墨的文章常惹麻烦，很多学术刊物编辑慢慢将他拒之门外。另外，以前他发论文，有导师的面子在，可他清高自傲，常得罪人，路子也越走越窄。谷墨眼见程济跑到前头，心里发急，有时难免口不择言，又被人传话给了程济。

谷墨和程济同年评上副教授，等到该评教授的年限，俩人的斗争白热化了——学院只有一个名额。评审结果：程济顺利通过，谷墨名落孙山。谷墨得知消息，独自爬上后山，饮酒后痛哭。还有一个版本是说，程济专门羞辱了谷墨一顿，导致谷墨醉倒在后山。导师开导谷墨，说：早点，晚点，又何妨？人生与学术都是长跑，中途的风光，算不得什么，盖棺论定才重要，你忘记了我在第一堂课，对你们讲的了？……

导师四十多岁时，还只是讲师，评副教授就搞了四次，每次都被举报，他还戴着“白专分子”的帽子，从中学调入梁大，有人嫉妒他，将他的桌子放在走廊。导师安之若素，在熙熙攘攘的学生中，安坐于白墙之前，读书写作。后经多方交涉，他才有了办公室靠墙的小空间——那已是三年之后了。

您是怎么忍过来的？谷墨禁不住问。

他强任他强，清风拂山岗。他横由他横，明月照大江。导师微笑着说。

我对谷墨讲的故事，有点怀疑，但导师兴趣广泛，喜读《倚天屠龙记》，不是不可能。我更相信谷墨讲的，导师的另一种方法，即“拼命读书”。寒冬深夜，梁大西北角那一排叫“六排房”的平房内，导师围着煤球炉子取暖，聚精会神地读书，读到忘情，常忘了时间……

对于程济的成功，也有很多传闻。有人说，他的家族做了很多工作；有的说，程济项目多，更受校方青睐；也有人说，谷墨被人举报，论文内容有“自我重复”，违反学术规范。评审结果公布后，程济居然也遭到了举报，点明其“论文观点”抄袭。大家都认为是谷墨干的，我不相信。导师这次帮助了程济，让他顺利通过学校的质询程序。

职称评审的挫折，还不足以让谷墨和师门决裂。他们之间的矛盾，主要来自学科评审、评奖等一系列重要事务的冲突。上世纪 90 年代后期，高校迎来大扩招，各学校之间，也开始了激烈竞争。作为梁城大学领军人物，导师肩负发展学科重任，必须把握住机遇，于是着急上马一大批项目，大量时间被用于跑学科点，举办国际性学术大会，争取重大项目资金支持，整合政府、产业与学界资源，谷墨因受到导师信任，又担任学科秘书，这些工作便大部分由他承担。这对于清高懒散的谷墨来说，无异于一次次酷刑。

那段时间我常在深夜收到谷墨的短信，都是“情绪垃圾”。有时他实在痛苦，就和他在 QQ 视频一会儿。我在骗人。谷墨说。他面容憔悴，眼光直直的，有点吓人。我说：老谷，成年人了，坚强一点。谷墨揪着头发，痛苦地吼着：认认真真造假，真不是人干的。一次次造假是一种催眠，它会让你在潜意识中将假的当成真的，甚至维护假的……

谷墨第一次和导师发生了正面冲突。他不愿弄假材料，拒绝为学科升级“跑点”。他对导师的印象也发生改变。“评审前的深夜，提着贵重礼物穿梭于酒店，以至于有评委忍无可忍，实名举报”，这样的丑闻不应发生在导师身上。导师却以“忍辱负重”为名义，呵斥谷墨沽名钓誉，“拿梁大史学几代人心血开玩笑”。这样的指责，非常严重。谷墨彻夜难眠。

程济适时顶了上去。他出色地完成导师交代的任务，获得了各方认可。导师开始疏远谷墨，长时间不和他联系，偶有见面，也呵斥有加，重要场合也不再带谷墨。导师公开赞扬程济“雅量深重如碧玉，沉稳广博似黑岩”。由于几年未评上教授，谷墨在学科里也不断被边缘化，很多活动不让他参加。谷墨由此清闲下来，可痛苦更甚。导师在他的心目中，是“精神父亲”般的存在，如今“父子”却不再亲密无间。

梁城重大攻关项目“梁城文明史”激化了谷墨与导师的矛盾。项目由导师担任总主持人，四年内出版十余本著作，整合历史、考古、文学、语言学、社会学、经济学、政治学等多个专业，担负着重新考订梁城发源时间，树立梁城“北中国第一文明城市”的重任。梁城对此非常重视，市委书记担任筹备委员会主任，宣传部等各部门全力配合导师，拨款五百余万元。

盛世修史，可谓流芳后世的大事。导师全力以赴，谷墨也循例分了一本著作。他对此并不情愿，一是那本著作不是他想写的，二是他认为，很多史学观点缺乏实证材料，仓促定义，强硬上马，易引起外界质疑。导师管不了这许多，他严令谷墨如期完成。结果是谷墨拖稿，险些耽误项目于“梁城庆祝建市千年庆典”前结项，还是程济来救场，接下谷墨未完成的稿子，用三个月顺利完成。庆功宴上，导师当众叱责谷墨。谷墨不服气，顶撞了导师。导师将酒杯扫落，晶莹的玻璃杯碎了一地。谷墨泪流满面，导师则拂袖而去。

导师想将谷墨调离，让他去靠近梁城的府城市。那里有所省属理工大学，那里的历史学科，自然不怎么样，且与诸多学科合在一起，没有博士招生点，叫“文化发展学院”，院长是导师的第一届博士，也是信得过的人。导师的意思是，让谷墨反省一下，在偏远之地也能慢慢做点东西。谁料谷墨的反抗非常激烈，投入了梁师大金辉院长的团队。梁师大在史学方面的影响，与梁大难分伯仲，金辉与导师也是多年竞争的敌人。谷墨的叛逃，给了导师沉重一击，他大病一场，一个月时间好像老去了十岁。

谷墨很快领教了导师的手腕。导师向学校打报告，不允许谷墨调离，理由是“防止人才流失”，可系里停了谷墨所有课程，办公室没收了谷墨的办公桌。有好事者说，学院张秘书向谷墨出示一张物品清单，详细记载了谷墨花的学科经费，包括出版学术著作资助，请他予以退还。张秘书还勒令谷墨归还所有学校办公用品、图书馆用书，少了一根电脑的数据线，都要亲自打几遍电话催要。

这还远远不够。同门都在微信拉黑或删除了谷墨，师门群也将他踢出来。几个年轻的师弟师妹，还在微博发帖，痛斥谷墨背叛导师的恶劣行径，甚至还有他的博士论文涉及抄袭的传言。这对谷墨造成了很大困扰。梁师大曾专门组织人调查，还是在金辉的干预下才作罢。郭德纲开除曹云金，回收“云”字辈分，想来也是如此路径。由此看来，曲艺与学术也是同源同构。我是大闲人，虽也收到程济发来的通知，要求与谷墨划清界限，但我不是学术界的，也不怕打击报复，就置之不理。

即便如此，谷墨的调动之路依然异常艰难。他当时只是副教授，按理说，不属于啥重要人才，梁城大学是享有盛誉的211重点大学，犯不上难为个青年教师，可梁大一方面停了谷墨的工资，另一方面却迟迟不给他办调动手续，谷墨只能暂时挂在梁师大上课。他找了很多人去说情，导师都置之不理。

谷墨曾在暑假期间，站在导师那栋三层小别墅下一整天，哭泣着向导师喊话。导师书房那扇窗，始终紧闭，他熟悉的、慈祥的身影，始终未曾露面。谷墨最终被晒昏在小楼边……多年后，我依然无法想象那个场景，酷热的阳光，利剑般穿透谷墨骄傲的自尊。他摇晃着，眼前发黑，那扇窗也摇晃着，如同黑暗中最后的灯盏。学术利益永远高于学术价值？还是说，黑暗的记忆可以传染，导师早年所受的折辱也与谷墨所遭遇的权谋，没有太大差别？

几年后，《梁城文明史》出了问题，很多学者指出，项目史实错误多，缺乏实证，有些生硬观点实属“硬给梁城脸上贴金”。好事者甚至整理出一千多条错误。舆论甚嚣尘上，导师名誉大损。谁想这些质疑之声，不知为何，过了一阵子又偃旗息鼓了。

程济认为，“好事者”就是谷墨。只有他了解那么多底细，这是谷墨在金辉指使下干的。愤怒之余，程济纠合容门之下十余名大学教授，写了一系列论战文章，不仅为梁大的项目辩白，且集中火力攻击金辉带头的一项重大项目。一时间，硝烟四起，学术刊物热闹了一阵，甚至引起海外史学界关注。

笔墨官司打了两年，发了一堆权威文章，事实真相慢慢为大家忘记。程济一战成名，学术声望更高，而且成功“出圈”，在各大互联网站接受了很多次采访。

谷墨却很沉寂，只有一篇短短的、替金辉辩护的文章，发在个不起眼的普通刊物。

九

离开飞鸿厅，我快速奔到几百米外的松柏厅。谷墨的学生在帮着登记，三十来个人，散在四周，大多是谷墨老家的人。谷金子愣愣地盯着停放谷墨遗体的棺材，好像还接受不了父亲为何躺在那里。我叮嘱她，有任何困难，都要告诉我。谷墨的姐姐，流着泪对我说：你还是来了。谷墨的前妻和那位房地产商，也略点头致意。听谷墨姐姐说，他们为了谷墨的房产，闹得厉害，说要给谷金子代管，只能过些天找律师介入了。梁师大也来了领导，包括工会方面的。大家都在等梁师大副校长，也是历史与社会发展学院的院长金辉教授。

金辉不同于一般学界大佬，甚至不像教授。他长着张刀条脸，面容清癯，长发垂耳，长髯及胸，加之着唐装，脚蹬黑底布鞋，腕上是紫檀和绿松石手串，自有高人仙风道骨的气派。金辉研究道教史，炼过丹，对养生学有心得，常给达官贵人开讲座，也开丹方，据说颇灵验。他年近七旬，是梁师大终身教授，学术繁忙，但驻颜有术，脸色红润，刚和发妻离婚，娶了三十多岁电视台女主持人。老树开新花，自有喜气。参加追悼会，他临时戴上墨镜与黑手套，依然难掩神采。谷墨如像金辉这般懂得生活，恐怕也不会英年早逝。

哀乐响起，追悼会开始。金辉摘下墨镜，闭着眼，两行泪流出。众人愕然，他缓缓走到话筒前，沉声说：墨兄驾鹤西去，此为学界之损失、梁师大师生的悲剧。谷墨乃由我引进梁师大，数年来，学术斐然，风采烈烈，呜呼！天妒英才，哀哉！还我挚友，还我学人！

他双手高举，声音嘶哑。大家肃然，噤声不敢打扰。许久，金辉教授睁开眼，环视四周，又戴上墨镜，缓缓退出，不复回顾。众人正吃惊，一个瘦瘦的中年眼镜男凑上来说：金院长事务繁忙，要去云南开会，下面的活动由我主持……

眼镜男是梁师大的董副院长。活动结束，董副院长还给了谷金子一张折成三角的符纸，说是金教授给的，经过加持，能祈福免灾。

遗体告别开始。谷墨躺在那里，脸比平时胖，妆化得浓，为了掩盖头顶，还戴上了一顶黑色软帽。他再也不能和我彻夜讨论学术，也不能意气风发地爬上山顶发疯，他离开了冰冷的世界，去往了神秘的归乡。

谷金子突然失控，惨叫着奔向父亲。周围的人拉住她。哭声响彻松柏厅，渐渐凄厉，人们不安骚动，仿佛谷金子的举动有些不合时宜。谷墨依然平静地躺着，没有反应。他太累了，心情也压抑。那段时间，他刚评上教授，金辉让他组织梁师大的重大项目攻关会，也继续担任学术秘书。谷墨非常不情愿，也只能照办。如果再离开梁师大，他还能去哪里？他经常对着导师的合影默默流泪，抽烟，然后就是毫不顾惜自己地“拼命读书”。成果出了不少，身体越来越糟。身边也没人照顾，一天吃一顿饭也是常有的事。有次他深夜给我发微信视频，正啃着块硬面包。他勉强地笑着，说：心发慌，刚吃了药，好多了。他又拿着那块面包乱晃，露出里面夹着的火腿肠和卤蛋。这是我们读书时喜欢的简易吃法，省钱又方便。四十多岁了，谷墨始终没走出研究生的那段岁月……

追悼会结束，遗体被谷墨的姐姐送往后面的火化炉。人群轰然四散，谷墨的前妻也不见了踪影。我找到匆忙摘去白花的董副院长，询问谷金子能否转入梁师大附中。董副院长为难地说：不好办哟，没有先例，附中名额也紧张。

我干笑两声，转身就走，董副院长歉意地拉住我，说：梁大程济院长过问了此事，说将谷金子转到梁大附中，梁大附中比梁师大附中档次更高，金子这孩子有福气。

我这才发现，松柏厅角落，摆着个花圈，挽联写着：二十载寒暑冰刀霜剑求真务实，四十年人生功过是非任他评说，署名：程不群。“程不群”是我和谷墨给程济起的外号，讽刺他像《笑傲江湖》的岳不群，是个伪君子。难道是程济送的花圈？他是为求心安，还是顾念同门友谊？还有个更大的花圈，挽联也有意思。上联是：痴人有梦　学人有风　爱人难无情；下联是：至人无己　神人无功　真人难有名；横批：来去自由。署名：江湖任我行。这可能是孟力行送的。“任我行”是当年我们封给孟的外号，形容他的狂傲做派。

晓菲始终没出现，也没有她的挽联。手机响了，是孟力行的电话，催促我过去，省领导才到，活动刚开始。我又回到飞鸿厅。厅门口已挤满人，只能踮着脚站在外面。此时接近中午，日头正毒，空气闷热，众人的汗味混合大厅的消毒水气味，冲得人头脑昏沉。领导讲话很慢，约莫讲了十多分钟。掌声响起，领导退场，活动改由程济主持。程济脸色憔悴，先介绍了发唁电的海内外三百多家大学、科研机构与行政部门，还有几百位各界领导与文化名人。接着他朗诵某国学大师写的悼文，声嘶力竭，几乎站立不稳。容门上下近百名弟子，无不悲声以应和，大厅内外，也哭声四起。

天色暗淡，隐隐有雷声，极目处有无数云层翻滚嬉戏，仿佛诸神盛大的告别演出。哀乐再起，我踉跄地跟着众人，鱼贯而入追悼大厅，瞻仰导师最后的遗容。景瑞排在身后，我并未察觉。他悄悄扯了下我后衣襟，我悚然回头，景瑞低声说：C 刊发论文的事，拜托兄了。

我打了个寒战，看到鲜花丛中导师的侧面。他的嘴角翘起，似有冷冷的笑容。我疑心眼花，摘下眼镜擦拭，待要看清，却被后面的人推着远离了开去。

仪式最后，目送师母和导师的几个子女推着棺材进入后堂。我靠在门厅前的柏树上，想抽烟，胸闷得难受，正摸索口袋，头顶忽有炸雷响起。有人惊叫，似有两股盘旋的暗金色气息，从高耸的烟囱爬出，凝聚而类乎实体，细细长长，似有鳞角。它们噬咬争斗，又相互致意，带着些许不甘，最终消失在天际。

雨落得快，眨眼间白芒溅起，混合土腥气和风声的雨团，迷迷蒙蒙，席卷了活人的世界。众人纷纷躲避，作鸟兽散。晓菲走了过来。一场盛大的活动结束，各方都满意，她的脸色也轻松不少，忙拉住我致歉，要谷墨前妻的微信，说忙得昏了，未能送谷墨，只等活动全部结束，微信转账丧仪。

我甩开她，说：恭喜啦，都说你要当学院的副院长了。

晓菲抿着嘴唇，干笑着说：没谱的事，领导办公会都没讨论呢。

我拱拱手说：前几年评教授，你的几篇权威论文是谷墨弄的吧，听他谈过构思。

晓菲有些慌乱，紧抿着嘴唇，并不搭话。

你和谷墨好过一段时间？这几年也没断联系？我问。

晓菲的脸涨红，滴血似的，有羞愤之意，说我发神经，居然说昏话。

我咬了咬牙，又说：你到底喜没喜欢过谷墨？或者说，你喜欢导师？

晓菲受了刺激，转为抽噎，泪花涌动着说：现在说这些，有意思吗？

不是我要听，是替导师问你，替飘在天上没走远的谷墨问你。我说。

别说了，你别说了……晓菲喃喃自语。

我想，这个答案，也许像很多历史神秘事件的真相，也已飘逝在了风里。

十

导师走后，梁大没有忘记他。在程济的呼吁下，学校将餐厅后那条僻静小路命名为“容焕余小路”。梁大的莘莘学子，吃饱喝足之余，走在这条小路上，可能会想点学术的事。程济的本意，是将导师的青铜塑像放在学校办公楼前，或社会与历史学院大厅。校友联络办邹主任不同意，说已有几位校友预订了位置。他们都是大企业家，心系母校，现在重病缠身，想起与母校联系，捐助了一大笔钱。预留的位置，只等他们去世，安放他们的塑像。梁大关心校友福祉，也需要钱去海外引进高科技人才，自然不能不答应。

追悼会结束，容门弟子先参观“容焕余小路”，又在昊天酒店聚会。这许是容门最后一次大聚会了，大家格外珍惜。

我喝了不少酒，听了不少谷墨的事，有些我略知一二，有些根本不知道。谷墨离开梁大的手段极为惨烈，每天去人事处软磨硬泡，找各级领导，都没啥用，后来索性拖了条床垫，摆在梁大人事处，躺在那里睡觉，玩直播自拍，并威胁领导，如果不放他走，就将视频放到网上。此事对梁大领导造成了压力。谷墨再接再厉，在省教育厅门口，拦阻即将开会的梁大甄校长。他当场下跪，抱住校长的腿，号哭不止。校长又羞又怒，趁着众人围观，谷墨顺势撒出传单，进一步扩大事态。谷墨被教育厅保安拘走，在拘留所关了几天。甄校长也被厅领导呵斥。最后，学校以违反学校规定、合同期内无故旷工为由，对谷墨罚款五万元，将其开除出梁大，人事关系转入人才市场，三个月后才又转入梁城师范大学。此事震撼了省学术界，自此教育厅专门下文，省内高校不能互相挖人才。

谷墨的人事关系被放走，导师没有趁势追击。按照导师在学界的地位，完全可以封杀谷墨，可导师长叹一声，不再提此事。此事源于金辉想挖导师的墙脚，恰逢谷墨在梁大不得志，便许以教授职称、一笔安家费，让他跳槽。谷墨也是天真，即便离开梁大，也不该拜入金辉团队，但他不过想找个不错的平台，继续做学问。金辉带着谷墨，出现在各种学术场合，每次他都神采奕奕地介绍，谷墨，青年才俊，容焕余那个老混蛋的学生，现在跟着我混……

谷墨出走后五六年，导师身体每况愈下，前年查出脑瘤，彻底摧垮了导师。几次手术后，导师迅速消瘦，变得迟钝冷漠，思维混乱，喜怒无常。他只信任晓菲，程济也得不到好脸色，甚至有传言，导师想让晓菲替代程济，出任国家级学科的学术带头人，只是后来精力不济，此事才未成功。病中的导师，思绪常回到安徽老家，梦中说着难懂的方言，手里模仿插秧动作。他有时也会想起下放过的甘肃某地，茫然地说：报告管教，339号已装车完毕，请指示。

有段时间，他的身体好了些，坚持下午爬山，只是不再带门下众弟子，仅让晓菲陪伴。据晓菲说，导师经常呆坐着，仰头望天，一言不发。导师的办公桌，还摆着谷墨博士毕业时，他俩照的合影。导师肯定想念谷墨，原谅了他，甚至反思了自己的过错。只不过，他不承认，也不能承认。导师晚年还申请了一个国家社科基金重大项目。他的意思是，谷墨和程济、晓菲都是子课题负责人。导师很早就主持过国家八五工程重点项目，或许这只是导师的和解姿态，他希望谷墨回来。可惜的是，谷墨那边，并没有回应……

这次容门大聚会，大家都喝多了。我问程济，花圈是不是他送的，他没回答，红着眼说：不要把人想得那么蠢坏，不让大家送谷墨，自有原因。恩师离世，多少学界敌人暗中窥视，如今要团结，才能在内卷的学界争得一席之地。容门大旗不倒，大家有饭吃！谷墨开了不好的头，我要让其他人看看，背叛师门，要受良心诅咒，没法在学界混！

程济斜斜瞟了眼几个坐立不安的师兄弟。他们都在高校教书，据说导师死后，他们马上与金辉建立了亲密联系。

酒宴上一片凌乱。我的酒意上涌，奔出酒店，躲在角落大口呕吐。孟力行也跑出来，笑着说：铜臭气加酸臭气，味道不好闻吧，一起走走？

我甩开他的手，没好气地说：您也是这盛宴的贵客，还是坚持到底吧。

我离开昊天酒店，茫然地在母校游荡。孟师兄跟在我的身后。不知不觉，我们走到了后山，我有些尿急，寻了个清静之地，开始"放水"。孟力行也肆无忌惮地放出一线尿，事毕点起根烟，悠然地说：听说导师大限来临，最后说过一句话，不算遗嘱，但也是他的人生信条。他在给我们上第一堂课时写在了黑板上。

我的眼前一亮，说：我们这一级上课，他也曾写过。

宁在直中取，不向曲中求！我们异口同声地喊出。

孟师兄揉揉鼻子，露出讥讽的笑容，说：口号是这样，但曲直与否，全在一心，可怜你们身在此山，雾里看花，全都是蠢。

这是何意？我不解地问。

孟师兄说：不论谷墨才华多高，也成不了。这根本不是导师喜欢程济还是谷墨的问题。导师还看不上程济那点家庭背景，也没那么庸俗！

那学术算什么？不是说学术乃天下公器？我说。

孟师兄嗤笑着，说：蛋糕就那么大，吃蛋糕的人越来越多，只有抱团取暖，谷墨不理解导师苦心，以为叛逃到金辉那里，会受重用？他不过是金辉打击导师的工具，贼子贰臣，从来都是利用过后，破抹布般被闲置，你们学历史出身，这道理不明白？

他又喷出一大口烟，说：程济和谷墨，不过是学术守墓人，谷墨为人激烈，也许能一鸣惊人，也许不能。程济比他沉稳，有深挖细耕的劲头，更适合当守墓人。师弟你更可怜了，不过是块丢在墓园外的碎石，连进墓园的资格都没有。请原谅，我就是这样直率。

我握着拳，恨不得在这个冷酷家伙的脸上打个开花。不知为何，却提不起力气。

哪个时代都不是学术的黄金时代，孟师兄继续说：难道导师流放边疆时，想过学术能成大业？还是他在初中教了十几年书培养出了学术自信？除了时代大势，还要有坚韧不拔的毅力和卓绝的钻劲。谷墨做到了吗？他恃才傲物，心胸狭窄，且假装清高，似是不言名利，可如果若此，又何必出走梁师大？

孟师兄盯着我，学生时代尖刻的“任我行”，似乎又回到他身上，满血复活。

孟师兄咂了下嘴，又说：换个角度看问题，路就宽阔了。这时代没人经得起推敲，你不行，我不行，谷墨也不行，为何要苛责导师？

我喃喃地说：换不了角度，一切不该这样，一切该有更好的结局……

孟师兄叉着腰，眼中似有泪，他推开我，跑了几步，又颓然停下，气喘吁吁，仰头向天，怒吼着：贼老天！谁想这样？我又能怎样！

雨已停歇，月至半空，好似染黄的鸽卵，天空幽蓝澄净。后山的那条小路，夏虫暗鸣，杂草丛生，野花芬芳，皆沾满雨露，在月光下闪着微光，好一个自在世界。

抬眼望去，前面赫然是那座小亭。那里虽偏僻，但我们读书时常到此闲逛，此地清幽僻静，不失为反省人生、参悟世界的好去处。小小凉亭，是导师受批斗的伤心之处，也是师门谈笑风生、畅谈学术的欢愉之地。头顶星光灿烂，那些历史的片段，那些形形色色的人，那些震天响起的口号声，同门打闹的欢笑声，似乎搅在一起，又微尘般消散了。

孟师兄说：该给这小亭起个名字。

我说：就叫“余墨”吧。

孟师兄闭目想了想，点头说：典出自《宣和书谱》？

我说：还是师兄学问大，有这层意思，纪念导师和谷墨。还有，就是我们这些“不合时宜”的家伙。

孟师兄大笑，让我给他来上一段直播，看看“网络作家”的风采，也为纪念导师和谷墨，展现这最后的演出。我苦笑说：戏总要散场，我不过是“历史说书人”，既然师兄和导师、谷墨要听，就来一段吧。我摆开架势，讲了段“史公夜探左光斗，名士气节冲霄汉”。小段子出自《左忠毅公逸事》，配以我夸张的表演，倒也颇有气势。

月光如酒，天地微醺，时光似乎倒流，我们都回到了青春勃发的岁月。孟师兄挠着秃头，大力吸了几口烟，才打开手机，抖抖地，帮我录着视频。我化身为数百年前，提着灯深入大牢看望恩师的明代读书人。我的音调忽高忽低，手势不断变幻，孟师兄也不停为我喝彩。寂静的后山，回荡着两个“油腻中年人”傻兮兮的呼喊。

泪水又逃了出来。小亭的轮廓，也渐渐模糊，似有无数身影在晃动。我停下直播，发觉脚下有什么东西。踢了踢松软的泥土，借着亭下的月光，看到一条黑色的肥壮蚯蚓，奋力钻出地面，缓慢而富有热情地，沿着笔直的小路爬行而去……

银　河

一

上午九点，温子铭夹起包，坐上公交车，心急如火地赶到办公室。一屁股坐下，就打开电脑，准备调取材料。他这才意识到，原来是周末，院办打印室不开门，也没人收材料。办公室空着，楼道西头的玻璃碎了几块，走廊挤满了风，过道两侧的绿萝、虎尾兰，还有几盆龟背竹，都蜷起脸，弓着背，好似一群考试挂科的倒霉学生。温子铭的手指拍在电脑键盘上，发出“咔咔”的声响，仿佛寒冬深夜的风雪中，旅人独自前行的脚步声。

妈的！温子铭敲敲脑袋，爆了句粗口，赶紧收住，四下看看，还好没有其他老师和学生。这次课题申报材料太难搞了，他连续奋战了几天，脸都熬得发青了，错把周末当成了周一。凌晨一点多，他才迷迷糊糊睡了一会儿。梦中是如此场景：他战战兢兢地将课题申报书递到空中，却听到一个威严的声音说：温子铭，课题申请没通过！那凝聚着心血的申请书，不知为何，竟凭空消失了。他慌乱地找，一无所获，只能高高地举着手，好似抗战电影中投降的伪军，猥琐得一塌糊涂。他委屈，窝囊，沮丧，四十几岁的老男人，梦中就哭醒了。他醒来，喝上几口冷水，擦擦泪和流在嘴边的哈喇子，继续睡，再做梦，再醒……这样折腾了一夜。

既来之，则安之。他打电话叫来两位研究生，帮他一起批改卷子。小茜和小美都买了返程回家的票，考试已结束，正好安心帮导师干活。办公室气温低，温子铭打开空调。小美穿得有点少，冻得直哆嗦，她瑟瑟地说：老师，还要开门吗？温子铭点头，两个女生有点不情愿地打开了办公室的门。冷风呼地灌进来，办公室刚开空调暖和了点，气温又降了下来，办公桌上的卷子也被吹得乱飞，好似草窠里被惊动的蚱蜢。

把门稍微关关？小茜小声说，偷眼看温子铭，脸莫名其妙地有点红。

温子铭想了想，说：留个门缝吧，学校管得严，没得办法。

温子铭看到两个女生眼中不以为然的神色，不由苦笑了两声。孩子还小，不了解人心险恶。麓城大学是所211重点大学，前不久，刚发生了一起震惊四方的丑闻。一位理工科中年教授，把个大三女生肚子搞大了。女生拿着材料找到纪委。省里发话要彻查，学校这边蒙了。证据链非常完整，有男女来往的微信记录，女孩打胎证明，男教授的裸照，酒店开房照片，保存完好的精液，还有他写给女孩的情诗。温子铭仔细看了，诗是抄袭徐志摩的，理工男教授的字太丑，抄袭都抄得歪歪扭扭。男教授自然是被开除公职，女学生却因祸得福，被免试保送读研究生。

这其实只是表面，温子铭后来听历史学院的院长，也是他的博士同学柳栖梧说，里面的水深着呢。俩人好了两年，女孩逼理工男教授离婚。此次东窗事发，恰逢该教授要被提拔为学校领导，丑闻不早不晚在这个节骨眼被揭发出来，如果说背后没人策划，大家都不信。女孩十有八九是受到指使，也被许了好处。当然，理工科教授出路广，摇身一变，就成了深圳某公司独立董事。谁让人家专利多，还有独门研究秘籍在身，不过是换个东家吃饭罢了。文科教授，如果失去教职，那就全毁了。

这段时间要低调，柳栖梧推心置腹地说：谦虚谨慎，小心别有用心的人。

柳院长压低声音，手指轻敲大理石桌面。温子铭明白，这次他顺利评上教授，学院几个同时参评的老师不服，还有人扬言去教育厅告状。温子铭没有“鬼胎”，但也跟着心惊肉跳。

柳院长看着满头大汗的温子铭，促狭地笑了，拍着温子铭的肩膀说：分居二十年，有点想法很正常，都是男人，只是别被抓住，否则我只能“挥泪斩马谡了”，谁让你是我的人呢？

温子铭忙不迭地点头。

柳院长圆滚滚的，读书时的外号叫“小皮球”，他却自比是“小傅斯年”，都是史学界胖子类的翘楚。那会儿同学们还都没能预见到他当院长，还是一口一个“小皮球”这么叫着。柳栖梧也不恼，摸着肥肥的肚子，用家乡话笑嘻嘻地说：小皮球唔有啥不好，耐得拍，弹得高！这既是说他体态圆润，也是说他做人圆滑。他虽然胖，但胖得匀称，活力四射，丝毫不见普通胖子那种臃肿拖沓。他眼小，但聚光，看人时精光四射；肉多，但不松垮，粗粗的胳膊，像两只“年高德劭”的金华火腿，透着令人放心的、朴实的诚意。走起路来，更是风风火火。年轻那会儿，柳院长就不仅会读书，而且会做人，从学界前辈到同事朋友，没有不喜欢他的。读博士时，温子铭和柳栖梧不是一个导师，但是一个年级，俩人私交一直不错。温子铭留校，也是想着有同学一起，大家互相照应。这次能晋级教授，柳院长帮了不少忙。当然，温子铭也是懂事的人，柳院长工作繁忙，他们一起写了多篇重要的论文，温子铭都恭恭敬敬地将柳院长的名字署在了前面，尽管他根本没参与多少，或者只提出了一个题目。

温子铭之所以对柳院长如此恭顺，是希望他能帮着解决家属问题。温子铭是当年留校的博士，妻儿都在北方，分居了快二十年了。顺利晋升后，他尽量显得谦虚些，低调些，可嘴角仍忍不住带着笑意。他轮番给评委会老师们打去问候电话，暗示春节后一定去拜访。自然，他也收获了很多祝福。柳院长也帮温子铭出主意。他推心置腹地说：老温，你这个教授，真别把自己当事，刚评上就是四级，你要让学校给你解决家属问题，起码要有万人计划、长江学者这个级别的帽子，教授也要二级，否则不要想啦。

温子铭感到兜头被浇了一盆冷水，柳院长又鼓励他：要相信学院，一定会为你申述。

他也理解柳院长的难处。他的几个博士同学，有的十几年前被骗到某高校，说好解决家属问题，最后只是弄了个人事代理。有一个同学的妻子，当时在省委宣传部当公务员，为了老公的学术事业，变成了中学外聘教师，两口子因此天天吵架。还有的虽然顺利解决了，但老婆变成了"人质"，被放在图书馆。如果该教授想调离，就拿他老婆开刀，俩人一起滚蛋。也有狠角色，一个教授和妻子商量假离婚，这样老婆和他无关，学校也没理由直接解聘。原计划他先去另一个大学，再想办法团聚复婚。可该教授调走后，很快和一个女博士结婚了。如此假戏成真之后，"糟糠之妻"天天到校长办公室闹，校长头疼死了。

为了柳院长这句话，温子铭抢着打扫卫生，给走廊的花浇水。看到没评上职称的同事，也是个㞞样，表情沉重得一塌糊涂，又发礼物又请吃饭，同事反倒不好意思了。周二晚上九点多，温子铭接到教务的电话，通知他监考期末考试。温子铭这几天胃不舒服，浑身乏力，上楼都要喘气，就和教务讨饶，希望被安排在明年监考。麓城大学前几年还不分配教授监考。这项任务，由博士和硕士生及部分青年教师承担。如今不行了，前年研究生考试，一个监考的博士生涉嫌帮助学生作弊，校方高度重视，勒令凡是学校考试，现任老师必须监考。都说高校老师清闲，温子铭加班到深夜，批作业，改论文，研究项目，那是常有的事儿。

周四和周五，温子铭监考六场，十二个小时站下来，腿都有些肿了。周五那场，他因提前几分钟发卷，被教务批了一顿。教室摄像头的灯，红通通地亮着。温子铭最近身体不好，晚上又熬夜写论文，整理申报书，白天精神自然好不了。他泡了杯浓茶，猛喝几口，胃里直翻腾。他去厕所吐了一次，红红的，不知是红茶还是血。他在厕所水龙头上用冷水洗了脸，回到监考教室。他的应对办法就是走来走去，毫不停歇，这才能抵挡住胃疼，还有一阵阵困意。

窗外是从北方赶过来的寒潮，傍晚五点左右，天色已有些昏暗了，教室内灯火通明，空调热风开得很大，一群学生趴在桌上奋笔疾书，除了翻卷子的声音和笔尖发出的沙沙声，世界一片静谧。温子铭眼神空洞，表情呆滞，步伐却飞快，在一排排桌椅中穿行，仿佛穿行在野兽横行的热带草原。温子铭幻想着变成一只矫健的羚羊，他有强有力的后腿、敏感的视觉，灯光也化为刺目的阳光……学生都抱怨说，有个老师简直疯了，在教室狂转悠，别说作弊，没作弊的同学都吓得没法安心答题了……

温子铭把心思收回来，这才发觉，快到中午十一点了，卷子批得差不多了，他又叮嘱几句便催促两个女生回寝室。小茜看着他，欲言又止。温子铭有点不耐烦：什么事？抓紧说。小茜的脸又红了，说：想和您单独说，我最近压力大，很苦恼……温子铭打断她的话，说：你多休息休息，别想太多，把精力放到学习上来。最近传着有肺炎，也不知是否严重，你们要多保重。温子铭说。

小茜的眼皮红肿，好像刚哭过。小茜家在云南，长得瘦弱，性格软慢，在苏南待着不太适应。温子铭听后就有些烦，心想:你压力大，我的压力还大呢，找谁说去？温子铭不愿管学生的私事，尤其是女生。小茜看温子铭这个态度，只能鞠了一躬，哀哀地说：不给您添麻烦了，过几天我就回云南，您也该回北方了吧，提前祝您春节快乐。

温子铭劝勉几句，收拾东西，下了楼。他还能看到小茜站在教学楼门口，低垂着头，长发在寒风中有些凌乱。她高高瘦瘦的影子，映在洒满冬日阳光的水泥板上，仿佛一条干涸在河床上的鱼。温子铭有点不忍，家家有本难念的经，他也该回家了，他这次有两个月没回家了，老婆每天打电话都要哭十几分钟，儿子快期末考试了，他不知如何面对这一窝糟心的事。

二

温子铭是山东人，师范学院毕业，上学时总和辅导员对着干，也不屑于巴结领导，就被发配到一所偏远中学。那里发不下工资，没办法，温子铭准备考研，破釜沉舟地拼了两年，第三次才考上。为了有个好前程，温子铭刻苦读书，如愿以偿地考上了博士，拼死拼活，挣扎到博士毕业，又面临就业问题，是选择留校，还是选择回老家，在差一点的学校全家团聚……

那时温子铭心气高，野心勃勃地想在学术上有所建树，就申请了留校，但学校不给解决家属安置问题。温子铭的老婆阎青青，不过是一个普通地级市的中学教师，学历也低，学校没法解决正规编制。这位阎老师也和温子铭一般，心气也高，说什么也不肯辞职去南方当聘任制教师。她上学时成绩不错，也会做人，就被分配到在那个地级市最好的中学。小地方的人看重教育，阎青青是教学骨干，在当地很受尊重，自然不肯丢了编制去南方看老公的眼色。当年阎老师嫁给温子铭，也有些屈就的意思。她完全能嫁给市里实权机关部门的公务员。原来指望温子铭这个博士能带她远走高飞，去大城市过令人羡慕的生活，谁承想，温子铭读博士晚，博士的帽子也不太值钱了。

温子铭要坐四个小时火车到达中转站，然后再坐四个小时汽车才能回到家。温子铭每天都给妻子和儿子打电话，每月都要回去一次。有时单位忙，就拖到两个月。每次别离，他都感觉是病了一场，或被人在肺上捅了一刀。儿子家翰小时特别黏人，总抱着他的大腿，哭着不让走。他忍着，憋着，笑着，狠着心将儿子稚嫩的手指掰开，一根根地，仿佛他不是掰开儿子的手指，而是扯断连在他心上的血管，每一根都血肉模糊。他每次都躲在火车卫生间偷偷哭一会儿，不敢时间太长，声音太大，怕让别的旅客听到，出来还要擦擦红肿的眼，装作若无其事。温子铭自嘲说，这些年，自己洒在火车卫生间的泪，比在里面滴的尿都多。

阎老师也是苦的。阎老师非常忙碌，家翰基本是阎青青的母亲带大的。阎老师累狠了，烦坏了，就打电话将温子铭臭骂一顿。骂完了，阎老师的心情也就慢慢平复了。温子铭不行，平时总面带笑容，有了苦，不和别人说，更不会对家人抱怨。久而久之，大家也就忘了，温子铭也有脾气。温子铭就像一杯蜂蜜柠檬茶，开头喝着酸酸甜甜，其实底层沉淀的，都是苦涩，只不过有了蜂蜜的伪装，没人晓得它的苦处。

夜深人静，温子铭会突然醒来，许是上了点年纪，醒了就睡不着。结婚二十年，分居二十年，他不晓得是怎么熬过来的。二十年的生活片段，就在脑海中不断重现，像一格一格电影胶片。他醒来也不开灯，先打开手机，将学院党支部布置的“学习强国”任务完成，然后默默温习头脑中这些生命片段。窗帘外，街面有装载车跑过，大车灯光嚣张地爬进淡蓝色窗帘的缝隙，浑身湿漉漉的，犹如刚投河自尽的水鬼，犹未醒悟到自己的死亡，就爬到温子铭床前。黑黝黝的，冰箱运转的声音、水龙头滴滴答答的滴水声，都格外清晰，仿佛在地狱底层听到莫名的耳语。温子铭能听得到黑暗中自己的心跳、起伏不定的呼吸，好似在极深的暗海躺着，四下都是海水，压力不断增大，那极大的窒息缓缓压进身体，变成一条条蠕动的虫。

他想到儿子两次动手术时的情形。当时他刚在那座南方城市买房，想几年后将家人接来团聚。他欠了不少钱。每天早上醒来，就琢磨着如何早点还清房贷。屋漏偏逢连阴雨，儿子被查出肾脏有问题，要动手术。他签字时，阎老师哭得一塌糊涂。他也双手颤抖，在手术室外几乎瘫软，反倒儿子安慰他们说：爸爸妈妈，我不怕。毕竟是全身麻醉，温子铭担心对孩子的大脑影响不好。为了保险，温子铭从朋友那里借了几万，咬牙给主刀医生、麻醉师和护士长送红包。儿子手术后，又哭又闹，手总要扒伤口，温子铭整夜抓着儿子的手，整夜没法睡。那段时间，温子铭直掉头发，眼睛通红。白天，阎老师替他半天，他抓紧睡觉。下午，他精神抖擞地帮儿子换药，为了让家翰转移注意力，他挖空心思编故事，以家翰为主人公，借鉴网络小说，愣是编了几十讲“家翰奇幻历险记”，每天讲一次，儿子听得入迷。可复查结果不理想，家翰遭受了第二次手术……

回头想想，温子铭都想不通，自己是怎么熬过来的，就是熬着，熬着，忘了“熬着”这件事吧。那时温子铭的课也多，一周二十多节，在三个校区奔波，还要搞学术研究，写论文，做课题，每月固定长途返家。那时温子铭没觉得苦，每个月最高兴的，就是回到家瘫坐在床上，虽然家挺简陋，但他就是感觉特放松，每次都要睡上几个小时，睡得特别香甜。

现在家翰和他的话越来越少了。打电话，就是一句“你啥时回来？”就没了下文。家翰也常和阎老师吵架，放学回家，就把自己关在房间听音乐、上网、和同学语音聊天。家翰成绩不好，阎老师对他很不满意。母子俩之间的争吵，最后就演变为阎老师在电话里，对温子铭歇斯底里的咒骂，间或伴随着呜咽哭泣。温子铭要做的，就是一个倾听者和忍耐者。这个过程通常持续半个小时，甚至一个多小时。温子铭不能挂电话，如果挂掉，阎老师会执拗地再打过来，温子铭必须认真听完这场哭诉大戏。他和阎老师的关系越来越紧张，每次都高高兴兴地回，不欢而散地去。阎老师和他讲中学教师和家长的烂事，温子铭不愿听。温子铭兴致勃勃地讲学术研究和大学逸闻，阎老师也不屑听。每当听到温子铭又发了一篇核心论文，阎老师就啧啧有声地说：多出去搞钱实惠，你们文科教授，每年就那点钱，还不如我的那个卖家具的小老板家长，人家是中学毕业。什么人看你们那些狗屁论文？……

夫妻见面，没了小别胜新婚的激情，温子铭感觉厌倦，有时也想离婚。温子铭曾提出来，小心翼翼地，生怕闹翻天。阎老师却不闹，只是冷笑着说：早憋不住了吧，这就是你们男人的嘴脸，在外面风流快活，找女学生。我们女人在家里，含辛茹苦，把孩子带大，现在嫌弃我们人老珠黄了？早干什么去了？说着，眼泪扑簌簌地落下。温子铭讪讪地说：啥女学生，不要乱讲。阎老师低吼着：你带了那么多女学生，肯定有狐狸精，我要找你们院长说理！我的命这么苦……接着，阎老师进入“痛说革命家史”阶段，一边追忆，一边哭诉。阎老师有着惊人记忆力，能追溯到俩人谈恋爱时，温子铭骂过她的一句话；十多年前，温子铭吵架时摔碎的一只碗。她蹲坐着，最后干脆坐到地上，扭着身子，手不停拍打白色瓷砖，“啪啪”作响。温子铭很怕她拍碎瓷砖，划伤手，直到她高高举起手，昏黄的灯下，温子铭看到那双手像两朵白莲花，在空中盛开，花瓣上，还残留着一抹抹血色。温子铭盯着那双举在半空、迟迟不肯放下的手，感觉那里应该有很多无声的言语，也许是上天给他的某种神谕吧……

一个年华渐渐逝去的中年女教师，也许最担心的，就是抓不住家庭。可人生不就是一场场聚散离别吗？既不能“相濡以沫”，何不“相忘于江湖”？

三

周一下午，温子铭终于递交上了课题材料，听天由命吧。也有人劝他，年后抓紧“公关”，他也显得有些敷衍，主要是思家心切，一切等着开学回来再说吧。他重视课题，说起来也不过是为了给妻子调动多一点砝码。这几天，他抓紧准备行程。他给儿子买了双高档旅游鞋。还有就是给阎老师的高级香水，他去韩国开会，特意给阎老师买的。温子铭琢磨了一下，好像东西差不多了，就等今天订好票，明天叫上辆滴滴网约车，赶到火车站。

正摆弄行李，柳院长的电话到了，温子铭赶紧接起，那边声音低沉，情绪不高。温子铭问领导有何指示？柳院长“呼哧呼哧”地喷着气说：人之所以异于禽兽者几希？搞到老子头上了，我本将心向明月，奈何明月照沟渠，我就是对这帮孙子太好了……

不用见面，温子铭就能感受到柳院长遏制不住的怒气。温子铭大致明白了事情的来龙去脉。历史学院的帮派以“宋”为研究界限。温子铭也不明白，为啥宋朝会成为分水岭？研究宋朝以前的，以资深教授、老院长潘展明为代表，有一个圈子；研究宋朝以后的，则以柳栖梧的导师、也做过一任院长的邹玉阳为代表，也有一个圈子。前宋派看不起后宋派，说是崖山之后无中国，宋以后中国文化堕落了。后宋派也鄙夷前宋派，认为他们食古不化，迂腐不堪，不晓得千年变局的现代性发育就始于宋末。原本“前宋派”和“后宋派”轮流执政，双方有默契，谁承想邹玉阳卸任，没有将院长之职传给“前宋派”，而是让弟子柳栖梧继续干。这坏了规矩。潘展明是著名西周史专家，研究的是周礼，讲究秩序平衡，自然不肯罢休，就把学生贾玉峰推出来，和柳栖梧打擂台。不管本科评估，还是职称评定、荣誉称号竞争，贾玉峰都是坚定的反对派，搞得柳栖梧很恼火，又无计可施。学期结束，按照规定，要给院领导班子打分。柳栖梧是第一个院长聘任期，踌躇满志地想干点事，可每当他提出个方案，都会被一帮人反对，最后不了了之。历史学院领导班子测评，贾玉峰纠合十几个老师，给柳栖梧打了差评。最让柳栖梧感到心痛的，是他怀疑近代史教研室也有老师给他打差评，应是年轻老师，他重点圈了几个人，让温子铭去做工作，探探口风，顺便劝他们悬崖勒马，不要在错误的航线越划越远。

你敢肯定是毛楠楠他们几个年轻老师？温子铭问。

这几个家伙，没事就上蹿下跳，不就是因为我报课题时先保了教授嘛，他们和那帮前宋派混在一起，有什么好处？柳院长愤愤地说。

温子铭晓得，为了保证国家课题申报数量，柳栖梧先是强迫年轻教师都申报，后又以保证通过率为由，把他们从学校层面卡了下来。当时毛楠楠就炸了锅，还把柳栖梧告到校长那里。温子铭倒不认为毛楠楠和贾玉峰纠缠在一起，可能就是单纯讨厌柳栖梧罢了。

柳栖梧这个院长，学术成果不突出，他的导师，违反规矩，把他强推出来，院里上上下下，反对意见很大。柳院长搞创收的事蛮积极，科研工作全然不上心。自从他当院长，学院财务实行二级分配制度，把钱控得死死的，很多教师出版著作，他也嚷着没钱。最过分的是，潘敏教授得了胰腺癌，一个学期没上课，他就扣罚人家全年绩效奖金。潘教授躺在医院病床上，在学院微信工作群，大骂柳栖梧是“当代蔡京”式大奸臣，贪财无德。

柳栖梧这个“皮球院长”，禁得住拍打。潘教授在微信群大骂，还专门发给他看，他只当唾面自干。潘教授上告学校，也很久没有回音。柳院长淡淡地说：大学不是医院，不养闲人啦，你有本事找校长要钱，我又不是校领导，院里经费，明明白白躺在那里，又不是我揩走的。学校有制度，学院有监督委员会和党委班子，又不是我老婆，不好讲是我搂住不放啦。

温子铭本想说，快过春节了，要早点回家，可又张不开嘴，柳栖梧对自己有恩，家属调动的事还要人家帮忙。尽管他晓得，毛楠楠这些年轻人，肯定不买他这个中年教师的账。说起来，温子铭和毛楠楠有些交集。历史学院一些教师，建了个微信健身群，他们喜欢在大学旁的品尚俱乐部健身。毛楠楠是从英国留学回来的博士，有点特立独行的派头，短发，大眼，高个，瘦瘦的身材，平平板板，颇具中性美，喜欢穿紧身黑色健美服。毛楠楠话不多，三十岁也不找男友，只要有时间，就和几个女教师在俱乐部撸铁，在跑步机疯狂跑步，院里都说她是“蕾丝边”。温子铭身体瘦弱，四十多岁，头发花白，由于长期分居，他深知身体不好影响有多大。他现在就怕生病，怕一个人死在屋里没人知道，所以也办了健身卡，加了微信群，有空去俱乐部走走，这纯属于放松调节养生，根本和人家年轻人没法比。

下午三点多，温子铭到俱乐部，看到毛楠楠在跑步机上挥汗如雨。温子铭瞄了一眼机器的数据，三十里了。毛楠楠脸色煞白，咬着嘴唇，汗水浸透了衣服，从有节奏摆动的手肘，“滴滴嗒嗒”地掉下来。

温子铭礼貌地站在一边，等毛楠楠结束。运动讲“极限快感”，这时打断别人，既讨人烦，也易出危险。等了好半天，毛楠楠也瞅见了温子铭，点点头，调整跑步机步速，慢慢缓下来，改为慢步走吸。又过了一会儿，毛楠楠停下来，擦擦汗，撇着腿，坐在一旁的椅子上，拿起一瓶调好水的蛋白粉，小口地嘬起来。

温子铭刚想张嘴，毛楠楠挥挥手，说：温老，是不是民主测评那事？

温子铭来健身，总弄得像公园里打太极、跳广场舞的“温柔节奏”，毛楠楠这帮喜欢健身的年轻教师，都半开玩笑地喊他“温老”。

温子铭讪讪地，老脸一红，说：柳院长也不容易，上上下下都看着他，你们年轻人多支持他工作，如果有什么做得不到的，年轻人哈，心胸开阔，不要放在心上。今后有什么要求尽管提，不好意思和他讲，就和我说说。

毛楠楠放下蛋白粉，又擦擦汗，似笑非笑地看着温子铭说：温老，您这辈子，总是为别人，啥时能为自己活着？您的学问也不差，评教授也是本分，干啥总在姓柳的面前唯唯诺诺？

温子铭被问得发窘，只能说：柳院长对院里所有同事都是关心的。

毛楠楠不以为然地摇头，说：您就替他吹呗，我不愿弄什么课题，他非逼我们报，事后又涮我们一把，我烦他两面三刀的样子。他觉得能在职称上拿我一把，我其实还真不在乎。我也不和贾玉峰这样的㞞人掺和，我上好课，弄好学问，评不评职称无所谓，有本事开除我？……

温子铭听着毛楠楠吐槽，胸闷得难受，站在那里摇摇欲坠。毛楠楠慌了，赶紧扶着他坐下，给他倒了杯茶，细心地用毛巾给他擦擦额头的汗，关切地说：温老，您这健身也不规律，生活更不规律，熬夜太多，这眼圈都黑成啥样了？您现在需要人照顾，而不是操心别人的事儿。

温子铭看着毛楠楠忽闪忽闪的眼睫毛，气息喘得均匀些了，却不答毛楠楠，只是苦笑着摇头，说：家家有本难念的经，你先嫁出去，再来说别人。

毛楠楠有些撒娇似的摇着他的胳膊说：温老，取笑别人，我一个人挺好！

挺好？温子铭自嘲地说，你看看我，就是十几年后你眼中的“挺好”。

毛楠楠摆出健美比赛的造型，绷起大腿，秀着背部肌肉，笑着说：所以我现在锻炼身体，有了强健的体魄，就能打败时间的侵蚀。

毛楠楠那天穿着条紧身运动短裤，修长的大腿，满满的汗渍，也是满满的荷尔蒙气息，把温子铭搅得心神不宁，只得站起，和她拉开距离，远远地说：你别和贾玉峰混在一起就好。

温子铭离开俱乐部，毛楠楠在身后嘟哝几句，也没听清楚，大意是让他放心，今后不为难“小皮球”。温子铭有些恍惚，她咋知道柳栖梧的外号？后来一想，可能是他在健身时无意告诉毛楠楠的，不由大为懊悔，觉得自己的嘴没个把门的，怎么见到个女的就胡咧咧。想到毛楠楠，温子铭脸又红了，不知是俱乐部的暖气太热，还是咳嗽给憋的。毛楠楠搅过的手臂，麻酥酥的，好像被武林高手点了穴位。

他逃出俱乐部，赶紧给柳栖梧通了电话，说经过他苦口婆心的劝说，毛楠楠答应服从院长管理，绝不和贾玉峰掺和。

做得好！柳栖梧的电话声中透着满意，说回头请他喝酒。

温子铭赶紧表态：为院长分忧，这都是应该的。为了您的事儿，我可推迟了回家日期。说着，温子铭不好意思了，听着像表功似的。

柳栖梧倒爽快，声称尽快帮温子铭解决家属的事。

第二天，温子铭订了火车票，收拾好行囊，打算回家，谁料想，出大事了。

四

温子铭赶到校园芙蓉河边，远远看到了刘小茜。她躺在冰冷的河沿上，长发遮着脸，湿漉漉的，看不清临终的表情。她身体也湿漉漉的，廉价运动服有些掉色，将身上染得红一块紫一块。温子铭看到她的两只手，勾蜷着，里面塞着乌黑的河泥，僵硬得仿佛两只鸟爪。河沿边，柳院长焦躁地转圈，默默地抽烟。几个警察模样的人，在尸体旁拍照，也是默默无言。河两岸栽满芙蓉树和玉兰树，还有些低矮的灌木，都是些南天竹、黄金柳和花叶青木。南方冬天潮冷，树木有的败了，有的还蒙着霜，苦苦挣扎着熬冬。灌木里探出几个流浪猫瑟瑟发抖的脑袋，河沿向上看去，是一座石桥，桥上趴着些没回家的学生，都是呆呆的。温子铭跑来，看样子刘小茜在河边已躺了一段时间，被这么多不相干的人围着看了这么久，也许，连死去的小茜都等得有些不耐烦了。

你去看看，是不是你带的硕士生刘小茜，法医让认一下，柳栖梧以低低的声音说着，脸色也不好，出了这样的大事，肯定影响学院政绩。

温子铭走路踉跄，磕磕绊绊。他猛烈地咳嗽着，胸闷得更厉害了，像被人生生地抽走肺部空气，憋得脸都紫了。他也怀疑，此刻躺在河边的，是不是刘小茜。前两天小茜还帮他批改作业，咋就跳河了？会不会搞错了？

温子铭颤抖着，拨开长发，看到尸体脖子上一截绿色尼龙绳。怎么有这东西？温子铭抬头看警察，一个胖警察赶紧说，早上六点多，一个晨跑老师发现尸体，打了 110。我们叫大学保安队过来，帮着捞尸体。你们大学每年都有在这儿轻生的，保安也有专门的铁钩，钩住后，拿绳套了，牵到河边，都不愿下河捞，快过年了，让尸体沾了身子，晦气。我们想，再叫消防更麻烦，就先弄上来再说。你放心，不耽误尸检，不会破坏证据链。我们小心着呢……

胖警察喋喋不休，后面的话，温子铭没听清楚，但他还是小心翼翼地解开半截绳子。头发裹着的，正是刘小茜那张他熟悉的脸。小茜还是怯生生的，大张着嘴，嘴里也有污泥和水草，最后的眼神里全是惊恐和悲哀。

想到小茜平日里的一言一行，温子铭的眼泪扑落了下来。小茜是云南保山的，家里生活困难，还有个弟弟上学。为了读研究生，她常在外面干家教，温子铭也常给她从课题中发些补助。她常穿的，就是那几件运动服。孩子很仔细，平时学习都戴套袖，怕磨坏衣服。就这样一个本分老实的姑娘，为何走了绝路？

胖警察又说，河岸上有她的一个书包，留着封信，说生无可恋，决心一死，但到底是不是自杀，还要再鉴定。法医根据尸斑大致推算，死亡时间是在凌晨两点。

法医戴着手套，对尸体检查了一番，脸色愈发严峻。他招手让柳栖梧过去，又和他嘀嘀咕咕半天。柳栖梧脸色更难看了。他揪着温子铭的衣服，极力压低声音说，老温，刘小茜怀孕了？

什么？温子铭大吃一惊，这……怎么可能？从没听她说过男友的事。

大致三四个月了，需要尸检报告才能确认，柳栖梧叹了口气，狐疑地盯着温子铭说：不会和你有关吧？

不要乱讲！温子铭分辩，脸涨得仿佛要滴出血，人命关天，我不是这样的人，你晓得的。

柳院长接着说：不是我信不信你，而是警察信不信。公安说了，要你去做笔录。老温你也不要慌，没做过就别怕。如果是你做的，一定要先告诉我，我也好帮你回旋……

柳栖梧还是拿话引温子铭。温子铭自然叫屈，只说：平时关心少是肯定有的，但绝不会做伤天害理的事。孩子父母把女儿送来读书，不是和老师乱搞的，我清清白白，不怕查。

温子铭还是有些怕了。黄泥巴掉到裤裆，不是屎也是屁屁了。温子铭昏头涨脑地跟着柳院长跑医院太平间，把刘小茜的尸体送去冷藏，法医也还需做进一步检查。学院通知了刘小茜的父母，临近春节，不好买票，他们将尽快赶来。警方给温子铭录了口供，也通知他近期不要离开麓城，以便随时询问。温子铭见警察问话时眼神闪闪烁烁，感觉羞愤，也很沮丧。他是清白的，但教学生教到跳河，他这个导师居然丝毫没察觉，实在太失败了。现在想想，也有些蛛丝马迹可寻。

回到家，温子铭向老婆通报了这个情况，说要晚几天再回，配合警察调查。阎老师很烦躁，说：本来指望你回来辅导孩子功课，这下好了，成了嫌疑犯。温子铭的声音不觉地就高了，他感到太阳穴的两根筋像毒蛇似的，猛地蹦起来。他狠狠地说：我不是嫌疑犯，只是配合调查，刘小茜也和我没瓜葛。

没瓜葛？谁信？我还不晓得你们这些男人？阎老师的声音有些讽刺。

真没有！温子铭辩白着，不知为何，自己都感到有些苍白无力。

动心过吧？阎老师的声音在电话里更尖厉了。

孩子都死了，你还糟践她，你是不是教师？是不是人！温子铭的声音有些哽咽。他和小茜不熟，交往大多限于辅导功课。此时她身故，让温子铭感到内疚。因为洁身自好，爱惜羽毛，他和学生们疏远了。现在的人怎么了？总把别人想得如此龌龊，几十年的夫妻，都不相信他的人品，他还能让谁相信？

没等阎老师说话，温子铭扣了电话，躺在床上，瞪着眼。黑暗中，他总感到，朦朦胧胧地，有一个长发垂肩、浑身湿漉漉的女孩，在卧室墙角哭泣。他拉开灯，什么也没有，只有雪白的灯光，照射着空空荡荡的房间。那张大睡床，此刻好似有了魔力，软绵绵的被单幻化出无数藤条般的东西，紧紧揪着温子铭的身体，让他乏力不堪，浑身汗水。棕红色书橱，绿色台灯，白色床头柜，都默然立着，仿佛坟墓旁大大小小的墓碑。他努力挣扎着坐起，胃里一阵翻腾，赶紧走到厕所，止不住呕吐。最近温子铭身体虚弱，爬四楼都大汗淋漓，还有就是胃一阵阵地痛。他原来有胃溃疡，吃东西比较注意，也无大碍，但最近也许是工作累，体重减轻不少，胃痛次数大大增加，每次都要一个多小时。吃了药，喝点热水，温子铭迷迷糊糊地熬着，才慢慢好起来。

接连几天配合公安部门，温子铭和校办、院办的相关老师一起，处理刘小茜的事。毛楠楠还带着研究生班主任，又是本地人，不用赶春运，也被柳院长抓差。温子铭的春节归期，自然一推再推，原来订好的票，也只能退掉。柳栖梧还算仗义，给温子铭说了不少好话。难对付的是刘小茜的家人。事发后第三天上午，小茜的父母，终于赶到这座冬天湿冷的江南城市。春节运输紧张，学校给他们抢订了机票，他们先飞到上海，又坐了几小时长途车，才来到学校。

小茜家境不好，父亲是矿工，母亲没固定职业，在乡镇给企业看看大门。小茜是家里大女儿，下面还有两个弟弟。她是家里的骄傲，不仅考上 211 大学研究生，每年勤工俭学还能给家里寄不少钱。家里都盼着她毕业。小茜虽说不上很漂亮，但长相清秀，善良本分，要能找个稳定工作，再找个好男人，就算功德圆满。小茜想硕士毕业后去上海谋职，找个好点的中学当老师。家里人对大上海也充满憧憬……

如今，这些梦都碎了。

温子铭难以忘记，那个石头般沉默的中年男人。他头发蓬乱，手背是黑的，红肿着，关节如竹节般粗大。左肩微微隆起，肩膀有些不平衡。他穿着一件蹩脚的灰色西服，脏脏的，没扣子，一看就是几十块钱的地摊货。他的脸黑瘦，长短不一的胡茬，硬硬地站在黑黢黢的唇边。他的嘴里飘荡着长途跋涉后的臭气，眼里透着一种勉强维持的镇定。他认真听柳栖梧院长解释事情原委，麻木地点头，表示赞同。他身边是一个衣着寒酸的中年妇女，瘦高，长条脸，充满血丝的眼睛，糊满白色的眼屎，又透露着某种哀哀的神色，和刘小茜非常像。

对于自杀的学生，学校有一个公益性救助资金，也没很多钱，每个自杀的孩子补助八万元。温子铭作为小茜的导师，也拿出三千元，表示慰问。小茜的父母，显然是老实人，柳栖梧提出赔款，他们没有讨价还价，只提了两个要求，一是要找到小茜肚子里娃娃的父亲，找不到，他们就碰死在校门口，跟女儿一起去；二是要拿走小茜全部的遗物。

柳院长看到小茜父母没有纠缠赔偿金，大大松了口气。他踌躇了一番，细声细语地说，人死为大，小茜的东西，我让毛老师带你们去收拾，至于小茜怀孕的事，公安已破解了她的手机，是自杀还是他杀，还要公安侦破，我们说了不算……

事情处理得挺顺利，但看到孩子的遗物，这对来自云南山区的中年夫妇还是崩溃了。小茜的东西不多，几张银行卡，一些现金，都被很仔细地收到一个信封中。其他衣物，也摆放得整整齐齐。小茜手巧，会织毛衣，毛楠楠在小茜柜子里发现了几件婴儿穿的粉色小毛衣，显然是小茜怀孕时，对生活充满憧憬时编织的，上面绣着心形图案。小毛衣旁，散落着一些千纸鹤。

小茜的父亲，举起毛衣，迎着阳光看了看，冬阳穿过衣服，已是残存的温暖。他又掂了掂毛衣，确认不会有一个白白胖胖的娃娃从里面钻出来，这时他才开始张大嘴，眼泪无声地从肮脏的眼中“吧嗒吧嗒”掉下，仿佛一捧被敲碎的小石头，瞬间在脸上冲出两条白亮的、湿漉漉的泪条。小茜的母亲，用颤抖的手抓起毛衣，对着每一个学校老师，用我们听不懂的云南土语哭诉着，挠抓着。温子铭的脸都被抓破了，还是在毛楠楠的解救下，他才狼狈地逃离。这位悲伤的母亲，挨个门拍打，继续哭喊着，她似乎希望能将女儿从某个门中唤出来。没有一个老师，敢于面对这绝望的父母。

温子铭抚摸着脸上火辣辣的伤痕，长久地叹息着。

毛楠楠帮温子铭出头，也被小茜母亲抓伤了手背。她不是一个受气的主，和保安一起将小茜母亲按住，送回学校安排的酒店。温子铭感谢她的“仗义出手”，但想到小茜的死亡，俩人都觉得情绪低落。毛楠楠拧着眉毛说：小茜可真是傻丫头，现在90后女孩，这么傻的可不多。吃了亏，就要把场子找回来。要是我，闹到天涯海角，也要让搞我的男人付出代价！

温子铭说：毛老师，您算了吧，谁敢忽悠您，从来只有您忽悠别人的份儿。

毛楠楠甩了甩头发，想笑，又捂住嘴，怅然若失地说：温老，你说人与人之间的情感，是不是从来就是如此靠不住？什么天长地久，都是编出来骗人的吧。

温子铭说：“天长地久”我不知道，搭伙过日子，可不就是磕磕碰碰。

毛楠楠长长伸了个懒腰，说：想这么多干啥，还是一个人好，享受当下，其他都是浮云。

五

温子铭听着越来越密集的鞭炮声，心反而静了下来。除了看书，写论文，备课，他等待着公安的侦查结论。和老婆也通了几次电话，阎老师冷静下来，也选择相信温子铭。家翰这次考试，英语成绩不行，温子铭又搞起远程辅导，在网上给儿子讲作业。家翰很不耐烦，常常听了几句就跑开了，温子铭也没有办法。

过了几天，学校突然通知温子铭和柳院长一起去校办。他揣摩着，刘小茜的事，大概有结果了。果不其然，校办顾主任接见了温子铭和柳院长，向他们宣布，经过破解刘小茜的手机，结合相关调查，最终证实，小茜和本系一名富家子弟谈恋爱，怀孕后被对方抛弃。她无法面对，选择跳河自尽。现在这个男生被找出来，校方在做小茜父母的工作，看看双方家长是否能和解。

温子铭对顾主任说：调查清楚了，我是不是能回家了？

顾主任严肃地说：温教授，小茜的事差不多了，你的事还没完。

我有什么事？温子铭有些蒙圈。

你是不是注册了一个微信公众号“铁戟小温侯”？顾主任凑过来，盯着温子铭。

温子铭纳闷，说：弄着玩的，有时转个帖子什么的，有什么问题？

顾主任不答，拿出几张 A4 复印纸递给温子铭说：你先看看，这些东西是不是你发的？

温子铭一看，的确是他发的。他看着小茜可怜，就拍下她的书包图片，发动朋友圈给孩子捐款，也算是公益了。这有什么问题？

问题很大！顾主任拍着桌子说：你未经学校允许，私自将本校重大公共事件发在微信朋友圈，有没有大局意识和护校之情？你晓得惹了多少麻烦？

柳院长拦下顾主任，给温子铭说情，他弯腰笑着，拍着顾主任的手，说：老温就是一个书生，学生出事，他也乱了章法，总想帮衬学生家庭，学生家里也是穷。老温是老实人，就是有时糊涂，教育教育就算了，我保证让他马上删帖。

柳院长额头冒汗，胖手拍得“啪啪”响，脸上堆着笑，眼睛眯成了一条缝。看着他这么为自己说话，温子铭有点感动，忙不迭地承认错误。顾主任铁青的脸才慢慢缓和，但他还是指出，校方关注温子铭公众号不是第一次了，他多次在微信发表攻击学校政策的言论，为了大局，校方一直没找他谈话，谁料今日竟酿成如此事件，省教育厅分管领导们打电话过来问责，校长和书记狼狈不堪。顾主任宣布学校领导办公会决定，给予温子铭教授记过处分一次。具体通告，学校会以文件形式下发，并登在学校网站的通告栏。

温子铭有点茫然，从1995年参加工作，他先当中学教师，后又读研读博，再到高校任教，工作上从没让人说出个“不”字。这也是他聊以自慰的地方。去年，他又顺利评上教授，虽然年龄不小了，也算是喜事。现在马上要春节了，却莫名其妙地吃了一个“处分”，真是太耻辱了。

柳院长也没说啥责备的话，就是陪他默默地走了一段路。两个人不知不觉，来到刘小茜跳河的芙蓉河那段河道。望着波光粼粼的水面，温子铭惨然一笑说：我肯定前辈子欠这女学生的，要不然为何如此走霉运？

柳院长拍了拍他的肩，欲言又止，想了好一会儿，才说：老温，你就是书生意气，多少年了，你就是这样，看着挺成熟，尽干傻事。

你那公众号，我早就说过你，别乱七八糟什么都说，这次吃了一个大亏，也都是有因有果，不单纯是因为小茜。

丢人呀。温子铭叹息着，长这么大，没这么窝囊过。

想开点吧，柳院长继续说：做人脸皮厚，才能活得快乐，我整天嘻嘻哈哈，就是心理素质好？我晚上失眠厉害，当了一年院长，头发越来越少，肚子喝得越来越大；文章越写越少，血压越来越高……还要自己想开哇。

谢谢你，栖梧。温子铭冲着柳院长点头，内心非常感激，俩人仿佛又回到读博士时一起吃着方便面聊学术的美好岁月。

跟我客气啥，柳院长嘻嘻笑起来，说，你是我的人，不罩着你，我罩着谁？

话说回来了，柳院长的表情有些凝重，你晓得哪个在你背后搞鬼？没那么简单啦。

这里还有文章？温子铭挺诧异。

是贾玉峰举报的你。柳院长目光严峻，人无伤虎意，虎有害人心，你以为不和他们来往，他们就放过你？你是我提拔的，他们举报你，就是通过搞你来搞我。

温子铭一阵反胃，贾玉峰好歹也是知名的唐代赋税研究专家，怎么如此下作？他不禁又恨又凄凉，恨的是文人无行，怨的是自己浑浑噩噩，掉入人家圈套却全然不知。他依稀记得，贾玉峰主动加了他的微信。他本不想加，但碍于面子，还是加上了，给刘小茜捐款的微信，贾玉峰还点赞，并捐了十元钱。

知识分子的友谊，有的说淡如水，有的说醇如酒，但不过是一杯“珍珠奶茶”。表面看珍珠和奶茶是好朋友，水乳交融，喝过珍珠奶茶的都知道，两样东西不融合，搅在一起难吃，却总是和谐的样子。这就好比两个知识分子，心心相印难，完全撕开脸也难，都是假装清高，假装云淡风轻，假装誓不两立。命名背后合纵连横，挖坑告黑状，表面却都还客客气气。

我老婆调动的事？温子铭嗫嚅地问着。

放放吧，柳院长表情沉重，老温，你刚领了处分，不好和领导提，再看看吧。

温子铭苦笑了几声，这种应付的词语，他再熟悉不过了。

连续好几天，温子铭严重失眠，一个人坐在电脑前发呆，直到电脑屏幕出现移动屏保，然后变成黑屏，他才轻轻地“咔嗒咔嗒”地敲键盘，再把屏幕变成亮眼色彩。他的胸闷感更强烈了，有时迷迷糊糊地趴在桌上睡一会儿，都能把自己憋醒，浑身水渍渍的。他一直想做体检，却提不起精神，也没时间。他强烈期待回家，虽然那里有阎老师的唠叨、儿子越来越冷漠的表情，但三个人聚在一起，总是踏实的，哪怕一句话没有。这几天，他努力在APP上刷票，终于搞到一张年三十晚上十点多返回北方的高铁票。

温子铭胡乱吃了块点心，拎起大行李箱，奔下楼。天快黑了，箱子沉重，有给妻儿的礼物，还有写论文用的学术书籍。楼道应急灯坏了几个，温子铭最近虚弱，箱子也大，跌跌撞撞，仿佛盗墓现场逃逸的贼人。他攥紧箱子提手，奔出小区，用滴滴打车叫了一辆出租。司机师傅是个黑胖中年男，操着苏北口音，一路嘟囔着，说都已大年夜了，现在这时路上堵得厉害，都是要出城自驾游的人。如果不加钱，很令人为难……

你说加多少？温子铭有种被打劫的感觉。

司机说：最少加二十元吧，少了您也不好意思。您是干啥的？

温子铭没好气地说：麓城大学的教师。

司机更有理了，挥着胳膊说：哎吆吆，高级知识分子，年薪百万，受人尊敬，怎么和我这平头百姓争零头小钱？

温子铭没再说别的，虱子多了不怕咬。到了高铁站，他先按打表金额刷了微信支付，又甩出两张十元的纸币，丢在车座上，铁青着脸下了车。

火车站为迎接春运，在车站外搭起简易候车室，天蓝色顶棚，外墙是预制板，只能避风，不隔寒。时间还早，候车大厅人满为患，他图清静，就在简易候车室找了个座位。座位是黑铁椅子，坐着冰凉，刺得屁股生疼。温子铭没管这些，把羽绒服裹了裹，围巾塞了塞，棉口罩也系严实了，再把大旅行箱挡在身前，减少了不少寒气。简易候车室也有不少人，大部分是返乡民工，他们有的拖家带口，欢天喜地；有的孑然一身，孤独落寞。温子铭瞪大眼，望着这些亲切的陌生人，他拿出讲课用的保温杯，摘下口罩，吸溜吸溜喝了两口，水不热，但还有点余温，带着枸杞和决明子的味道。决明子是明目的，枸杞是油腻中年男的标配。

暖和了点，温子铭又戴上口罩，不一会儿，口罩的热气钻出，模糊了眼镜片。他脱下手套，用眼镜布擦擦，戴回去，又过了一会儿，热气又爬出来，贴在眼镜上，像一群贪婪地吻向电灯的白飞蛾。温子铭想了想，懒得擦了。很快，温子铭的世界变得朦胧了。

透过朦朦胧胧的镜片，温子铭还是察觉夜空仿佛飘着点什么，南方的雪都不大，也黏人，搂住脖子，钻入衣领，跳到腿上，带着几分调皮，就倏地飞逝，化作一点点湿润的水痕，仿佛上帝留下的涎迹。温子铭怀念起家乡的大雪，那些北方的雪，五大三粗，带着一种蛮不讲理的体积和速度，很快就能将你拥入怀中，如同辣甜爽口的烧刀子酒。这样在春节的车站等待回家，于温子铭而言，从读研究生时算起，已有整整二十年了。二十年，说长不长，说短不短，像倏然而逝的雪花，也可能就是一辈子。每年临近春节，他都在这人声鼎沸的车站，等待回家与妻儿团聚。不同之处在于，他从一个对未来充满希望的年轻人，变成了暮气沉沉的大学中年油腻男。车站毕竟有太多回忆，温子铭想着雪花飘飘的样子，像是儿子从出生到长大的一部电影，篇幅冗长，但细节感人，观众却只有他一个人。每次春节，在车站等车，都是他将这电影再翻拍一次，再延长上一年的电影画格。

温子铭不想说苦，比起很多同行，至少他还能评上职称，有一份外人看来较体面的职业。但这些体面也是不堪一击的。一个人的痛苦状态，也许不在于呼天抢地，悲痛欲绝，而在于走着走着路，干着干着活儿，写着写着字，甚至笑着笑着，泪意就偷着跑出来，如同眼里掉出无数生锈的小铁珠。这“惊现于世人”面前的痛，带了尴尬，带了歉意。不敢哭，也不好意思哭，也就只能咧咧嘴，让那些肆无忌惮、无法无天的家伙，顺顺溜溜地化为空气。有谁晓得，那痛的人，要屏住多少呼吸，绷断多少神经，咬了多少下嘴唇，才“画”出一个笑脸？

温子铭喉头哽咽，大滴大滴的泪最终逃出来，咬在镜片上，让充满朦胧水汽的世界变得更暧昧了。他断断续续地听到车站大喇叭广播，说是由于疫情势态扩大，车站已发现疑似人员，建议取消一些加开的车次……好像他乘坐的那趟高铁，也在取消的行列。

对于此刻的温子铭来说，一切仿佛不再重要了。他站起身，摘掉眼镜，径直走到这深夜车站的雪地，仰起头，仿佛雪的盛宴背后，时隐时现着一条美丽的银河，回荡着莫扎特的优美音乐，有无数曾经相识的面庞，妻子阎老师，儿子家翰，柳院长，毛楠楠，贾玉峰，他甚至看到刘小茜快乐地依偎在父母怀里，一家三口在天上亮得动人心魄。

温子铭笑了，他已在回家的路上了……

黑　床

一

振东 SHOW 时间到！

刘振东先摆出 POSE，模仿 Lady Gaga。低胸红色火焰套裙，蕾丝边黑网袜，头上罩彩色头巾，眼皮上涂抹着浓重的眼影。他肥短的身躯，仿佛一个炸开的啤酒易拉罐。此时他正站在床上，对着床边的镜子抛出一个个媚眼。

这是刘振东的狂欢时刻。妻子上班，儿子去上学，母亲去公园溜达，和一群老太太跳广场舞，十点多才回。星期四上午属于刘振东。他没课，不必去学校。黎明来临，城市醒了，车水马龙的喧闹声，仿佛雨后长出的野草，肆意横行。当初买房子，老婆安贤图便宜，买了靠近外环高架桥的房产，四楼，采光倒不错，就是噪声大，尤其半夜时分，过路的大拖挂车飞速而过，昏黄的车灯伴随着隆隆车响，爬进卧室窗户顶部，犹如一只湿漉漉的大水獭。刘振东感到莫名烦躁。他睡觉怕声音，奇怪的是，安贤和儿子斌斌都不怕。晚上刘振东睡不着，就溜到主卧室，看到儿子依偎在妻子身边，俩人睡得都非常香甜。妻子纤细的胳膊搭在儿子身上，卧室弥漫着安贤淡淡的香水味。

刘振东和安贤是大学同学，又一起考上研究生。安贤硕士毕业，分在一家中专教书。刘振东又到北京读博士。博士毕业后，俩人一起进了S大学。安贤作为家属，被安置到图书馆。安贤不服气，又考了几次博士，总差一点，后来有了斌斌，只能算了。安贤从小自视很高，考博失败对她打击很大。她的功课比刘振东好。她也一直认为，自己应该是优秀学者，在大学讲堂上，对着众多崇拜者侃侃而谈，而不是坐在一架子发霉的书报资料面前发傻，和一群无聊的中老年妇女讨论校园八卦。生活就这样阴差阳错。刘振东在S大顺利地晋升副教授，业务能力在系里还不错，也算得到院长的赏识。他按揭买了房，不久又买了辆车。按理说，小日子比较舒适，但刘振东知道，他和安贤已陷入了危机。如果问题不解决，迟早要离婚。

不知何时起，刘振东染上了一个坏毛病，喜欢偷偷地穿各种怪异服装。家人都不在，他就一个人装扮上，在床上搔首弄姿。床边有一面大镜子，总能映射出他千奇百怪的样子。他每次都兴奋莫名。他们家主卧内有张实木大床，是安贤自作主张买的，说是仿明清家具。但这张大床，第一天被运到家，振东就感到有很多古怪。也说不清楚是什么，就是看着难受。这张床还是蛮硬气结实的，宽宽的床头，床架还雕刻了花纹。刘振东肥短的身躯，在上面跳舞都没什么问题。但是，当刘振东摸着它黑漆漆的床头，总犯迷糊，有种古怪不安的感觉，好似一条黑漆漆的小蛇钻入他的心，一点点地吸噬着他的血、他的肉。

刘振东为自己的长相感到自卑。但他也有优点，就是对人殷勤，尤其是女孩子。当年，安贤是他们班级仅有的三个女生之一，比较那两个惨不忍睹的“恐龙”，安贤就是班花了。安贤遭到了班上很多男生表白。刘振东是安徽人，父母都是教师，虽然经济条件一般，但家教不错。他能一天十多个小时陪在安贤身边，随叫随到，鞠躬尽瘁，无微不至，小心呵护，从不会忤逆安贤。有时候，陪安贤出去逛街一天，刘振东回到宿舍，困乏得简直虚脱了，但他从不抱怨。刘振东正是凭着这番功夫，愣是打败了几个高富帅，抱得美人归。

刘振东脱下丝袜，又穿起了天蓝色比基尼，即兴来了段模仿的小天鹅舞。刘振东紧闭着双眼，缓慢沉醉地舞动着，好似沉没在深深的海底，而他的嘴里是血的铁腥味。这一刻是不真实的，他心底却有一个邪恶声音在呐喊，如同地狱长出的莲花，洁白却又臊臭。他渴望着，就这样冲到大街，给每个正人君子看。他要毁掉自己，那是多么有趣古怪的念头呵。

二

铃声响了。这是振东给自己规定的SHOW结束的时间。振东一下瘫软在床上，汗津津的，好像被人抽空了所有力气，又好似被驱走了附身的魔鬼。他迅速套好衣服，又做回了那个好人——好父亲，好丈夫，好儿子，好老师——他披了人皮，又是个好鬼了。

他突然想起要回单位，尹院长说找他谈话。这几天，学院不太平，大有山雨欲来风满楼的架势。上海有所高校正在挖尹院长。尹院长是著名学者，头衔非常多，憋着劲要当副校长，但这次校领导换届却意外落马。尹院长是学术狂人，一头银发秃了不少，他不会开车，也没有业余爱好，口头禅是：“你的月经还正常，你回家还想干老婆，说明你的学术没下功夫。”但尹院长的功夫不仅在写论文。他的论文，有一半和学生合写。他和北京各大学术刊物主编关系都好，每年都能发几个权威刊物，搞到重要课题。学校靠着他撑面子。尹院长精力充沛，不仅用于搞学术，也用在搞女人上。他的口头禅针对别人，对自已不算数。他的精力太旺盛了。有关他的段子都是一套套的。一段时间销声匿迹了，过一段时间又出来了新段子，勾连着大家想起旧段子，就像春天森林里有毒的小红蘑菇。尹院长最新的桃色新闻，是喝醉后在办公室骚扰老姑娘苏瑾。苏瑾多年前就留校在办公室，人长得妖艳，眼光高，挑来挑去，眼看大好年华就没了。都传说尹院长喝醉了，在办公室休息，苏瑾给他倒茶，被他一把搂住说：小苏，你身材真好，像林志玲。尹院长因此又多了一个外号叫"志玲控"。传说桃色新闻出现后，尹院长被相关领导训斥了一顿，也耽误了升迁。学院那帮青年教师，每次喝酒都拿这个事当下酒菜。刘振东也暗暗诡笑，尹院长好歹也是高级知识分子，撩妹的手腕，简直像土里土气的乡镇干部。

刘振东想着，冷不防有人和他打招呼，抬头看去，正是"院办志玲"笑盈盈地望着他。苏瑾烫了爆炸头，倒和尹院长的头型很搭。苏瑾眉眼漂亮，也会打扮，但振东就是看着别扭，讨厌她的虚伪做作，好似从庄严的教科书走出的淫荡女鬼，漂亮是漂亮，但看着总是反差极大，毛骨悚然。不知为何，小苏倒是每次和他说话，脸总是红扑扑的。这倒搞得刘振东不好意思了，暗自寻思苏瑾可能喜欢他，又怕是自己自作多情。

他把这件事偷偷告诉了学校里的好朋友老秦。老秦的鼻子哼了声，冷冷地说：别臭美了，你要是沾了这个女人，连骨头渣都不剩下。看不到尹院长的下场？什么志玲？就是妲己！她不够格分房子，为何能分上？她没学术文章，怎么评上的职称？就你这样的，她根本瞧不上，也就是逗逗你罢了。振东也同意老秦的看法。办公室美女，刚工作时都是清纯不俗的小鲜肉，年头一久，也就成了挂在墙头、总也舍不得吃或吃不上的风干肉，年高德劭，都成了精，看着还好，吃起来已味如嚼蜡。

振东比较信任老秦。一个好男人，身边总有一个比较邪恶的男人当好友。也许，这就是人类互补的天性，是浮士德与梅菲斯特的关系。刘振东的梅菲斯特就是老秦。老秦是文学与传媒学院的副教授，也是出了名的风流才子，现在离了婚单身。他虽然风流事多，但从不出事，或者说，出了事也能摆平。他看女人，有一套别样的心得。老秦不骚扰同事或女学生，但经常更换性伴侣。用老秦的话说，中年男人的性欲，像春风旷野里得意洋洋的小雏鸡，看着天真烂漫，生机勃勃，可这股没羞没臊的劲儿，既不长久，也不稳定，说不上啥时候杀出个大中小型食肉动物，就能将它们宰个干干净净。《动物世界》里，赵忠祥大叔天天在讲类似的悲惨案例。

振东见到了尹院长。传出绯闻后，尹院长风格大变，谦虚谨慎了很多。他笑呵呵地把刘振东让到沙发，点上烟，没说话，先叹气，只是玩打火机。那个镀金防风打火机，被院长擦得铮铮作响。这还是去年，单位公派振东去美国访学时买的，成了他巴结上司的见面礼。

刘振东有些烦躁，尹院长这些年对自己不错，他压了压火气，开始询问事由。

没什么，尹院长继续叹气，小刘，我在学校没什么可留恋的了，上海方面准备挖我，我想带一个团队过去，你的科研能力我很欣赏，想邀请你加入，咱们在上海再创出一片天。

刘振东一惊。尹院长要调走的事，刘振东早有耳闻。但没想到动作这么快，动静这么大。他试探着问：那咱们院有多少老师想跟您去呀？

尹院长沉吟着：八个人吧，算上你是九个。

刘振东还真佩服尹院长，这是釜底抽薪呀，一下子把整个学院搞走三分之一。不用说，是他的嫡系部队，这么做，还是太狠了。尹院长看到刘振东沉思，进一步说：你会有六十万安家费，我和那边都说好了。这对你们年轻人，可是发展的好机会哇。说着，尹院长拍了拍刘振东的肩膀，一副语重心长的样子。说起来，刘振东是北京高校毕业的博士，本身属于北派学术圈，研究领域也是晚清北京的社会史，尹院长则擅长研究南方的基督教传播，不太搭界。只不过导师和尹院长有旧，这些年，虽说不上是尹院长的铁杆嫡系，也算“外围嫡系”，好处也弄了不少。但调动工作，毕竟不是小事，高校挖人大战，争创双一流，调动特别敏感，学校一定拼命拦着不放。当然，老尹有高层路线，大致可以搞定。但就算顺利调动，家属和孩子也是大问题。两地分居，孩子还小，就怕耽误了孩子。

你也先别急，尹院长体谅地说，去和安贤商量。振东见状，自然表现得感激涕零，恭维了尹院长半天。尹院长脸上的笑容，耐心而有节奏地发酵，好似高级商场卖的上等海参，泡了恭维话的盐水就发得滚胖吓人。

刘振东站起身刚要走，苏瑾却走进来，递给他些东西，说是院长去日本开会，带来的北海道鱼干，让他尝尝。刘振东接过东西，苏瑾却拉住他，妩媚地说：东副教授，这可是大好机会哇，好男儿志在四方，你先过去，嫂子不在，我也可以照顾你……刘振东羞红了脸，尹院长却哈哈大笑，满意地说：振东，苏瑾也去，还是干办公室，你们又是一个战壕的啦，将来咱们到H大，一半还要看苏瑾的公关能力！

刘振东暗自想，他们果然搅和在了一起。两周前，尹院长还拉着他喝酒，鼻涕一把泪一把地说是被人陷害，他和苏瑾是清白的。现在倒好，不打自招。不过，这也能看出来，尹院长是把底给他交了，如果不走，就得罪了老尹，但调走了，就能在H大创出一片天？自己能力自己清楚，再说了，自己毕竟只是“外围嫡系”，去了也不会受重用。但话说回来，如果老尹带着一帮人马走了，自己留在这里，日子肯定也不好过。

三

刘振东思前想后没个头绪，只好闷着头回家。已是下午五点多了。安贤在家，母亲也把饭做好了，一家人围在桌边吃饭。振东的家庭是“教育世家”。他是大学副教授，老婆安贤是图书馆的老师。振东的母亲是小学老师，去世的父亲是职业中专的高级教师，而安贤的父亲是中学校长，母亲是幼儿园的幼教老师。老秦就曾打趣说：你们家娃娃幸福哇，从幼儿园到大学，都有专业人士指导。别人都以为，他们这个教育世家，肯定文化修养高得不得了，家庭生活也都和谐幸福。只有振东自己知道，那只是“驴粪蛋子表面光”，其实和大部分中国家庭一样，都是柴米油盐，烦恼人生。只不过，知识分子虚伪，暗底下怎样激流涌动，咬牙切齿，但面子上还是客客气气，最起码不能当面骂人。这其实是自欺欺人，也就是做给外人看看。

我不想吃饭。斌斌看着振东的脸色，有点犹豫地说。

振东还在考虑学校的事，这才回过神来，看到一家人都在望着他。他看了看餐桌，还是千篇一律的炒豆腐、炖豆角。豆腐也炒得烂碎，看样子油放得少，而炖豆角更惨不忍睹，虽然熟了，但振东吃了一口，有种咬住老牛皮般的感觉，犟犟地酸得牙疼。

不好吃吗？振东，你可是从小吃妈妈烧的菜！振东母亲依然振振有词，眼里是满满的委屈。振东赶紧咧开嘴笑笑，表示菜烧得不错。

但斌斌和安贤显然不买账。斌斌噘着嘴，嚷着让安贤煎牛排。振东母亲晚上是不吃饭的，只是喝些“天山营养神水”这类保健品，再吃点小米稀饭。她说这是古人的方法，“过午不食”，有利于排毒减肥，保持健康。但孩子和安贤都忙了一天，不吃东西肯定不成。安贤虽然不动，脸色却阴沉得能滴下水。刘振东一看，婆媳斗法的好戏又上演了，只能忍着烦闷，劝母亲加个菜。

母亲嘟哝着说，每个月振东给的菜金太少，不够开销，只能吃这些。刘振东晓得，母亲偷偷攒钱去买什么磁疗枕了。卖这款保健品的是个小伙，三天两头叫母亲听讲座，还给她送鸡蛋，请这些小区老头老太太吃饭。母亲还直夸，说这个小伙子眉清目秀，很像年轻时的振东。这些人太可恶了，就知道骗老人的钱。可他也阻止不了母亲源源不断地买这些东西。

我就是要吃牛排！斌斌把碗一摔，发了脾气。安贤还是冷漠，好像和自己没关系，母亲则数落斌斌不能吃苦，将来肯定耳根子软，被媳妇管。这是明显的指桑骂槐。刘振东感到太阳穴有根筋，像条毒蛇似的，再也收束不住。

都给我住嘴！不吃滚蛋！刘振东跳起，劈手夺下斌斌的筷子，把他推到旁边。斌斌哇哇大哭。安贤再也无法忍耐，扯过斌斌，拖到里屋，换上衣服，摔门而去。母亲只是小声哭哭啼啼，待安贤和孩子离开才停止哭声，试探着问：振东，你想吃啥，妈给你弄去。

刘振东颓唐地摇头，头也不回地走到自己的小屋，他腻烦透了。有个埋在心里难以启齿的事儿，他只和老秦提起过。自从斌斌出生，母亲过来照顾孩子，安贤就以半夜要照顾孩子为理由，将他赶到了偏屋的小床上。一开始，刘振东还挺感激。他特别受不了大半夜地爬起来，给孩子换尿布或冲奶粉。偏偏斌斌性子倔，又让母亲惯得睡颠倒了觉。他是下午开始睡，到了半夜闹，一晚上闹三五次，真让人崩溃。斌斌小时哭起来吓人，不仅分贝高，持续时间长，且颇有撕心裂肺、响遏行云的壮烈感。安贤负责哄孩子，振东必须迅速将奶瓶放在热水中烫好，然后将外国进口奶粉冲好，整个过程，必须分解动作，合理分工，保证在两分钟之内完成。只要奶嘴塞到小家伙儿嘴里，他立即不哭了。否则邻居受不了，就会来敲墙。刘振东算过，邻居和自己的忍耐临界点，就是两分钟。搞定小斌斌，这才算是松了口气。母亲不起夜，她喊着白天看孩子累，晚上让小两口自己弄。但他们都要上班，手忙脚乱，疲惫不堪。振东看得明白，母亲早上带着孩子出去玩，下午很早就带回来，哄着他睡觉，她自己则追韩剧，看得如痴如醉。振东也曾委婉地劝过母亲，却被母亲抢白了一顿。

母亲强势惯了。父亲活着，就被管得服服帖帖。在他们这个小家，她还要当一把手。一个男人有了强势不讲理的母亲，就像孙悟空被观音菩萨抓住暴打，还被抢走了内裤，即使羞愤难当，也要闭口不言，裹紧家庭遮羞布，愣充英雄好汉。但安贤也不是省油的灯。安贤的父亲是中学校长，在家里也是小公主待遇，啥时候受过这种罪？岳父母来看望他们，安贤就流泪哭诉，弄得岳父母狠狠地训斥振东。但安贤有个好处，无论受到多大委屈，她很少当面起冲突。脸色肯定是不好看，常常是母亲喋喋不休，安贤一言不发。

刚开始，振东还真舒舒服服地睡了几个月安稳觉。他是真感谢老婆，可时间长了，振东发现这事有点阴谋的味道。随着儿子占据那张黑床，振东和老婆做爱都被拒绝了。当儿子睡熟，振东小心地向安贤提出这个问题，安贤每次都以“很累，没心情”敷衍过去了。几个月偶尔有一次，也是马马虎虎。这让振东非常恼火。是对他的惩罚，还是有了别的想法？后来，安贤的钱也和振东分开了，说是单列，这样算得清楚。给婆婆的钱，振东出；孩子的花费，安贤出，大的支出，两个人 AA 制。振东的钱，一直是安贤管着，如今被放了自由，反而惴惴不安。从前谈恋爱，俩人如胶似漆，安贤都喊振东“东哥哥”，如今却换成了冷冰冰的“刘振东”。振东百思不得其解，难道因为母亲？母亲如今守寡，老家没人照应，自己是家中独子，母亲不和他们住，和谁住呢？振东真想发飙，把安贤痛打一顿，可想想又忍了。知识分子就是臭毛病，死要面子活受罪。外面的人看他一家三口，都以为是恩爱家庭，可谁知道，振东受了多少委屈？还要整天笑呵呵地在人前人后充大男人。振东不自觉地想起了老秦的名言：知识分子的面子就是这样，先是羞耻之心，后变成虚荣之心，再后来，就成了闷骚之心。

振东憋屈着，被安贤冷暴力着，儿子斌斌渐渐长大。按理说，五岁的孩子，就该和父母分床，独立睡小床。安贤倒好，越发把持着不放。安贤温和低调，可为了儿子在学校不被人欺负，敢和一个二百多斤的彪悍女家长动手打架，这真让振东跌破了眼镜。一个女人发起狠来爱孩子，非常可怕，就好似鳄鱼把眼泪炖成汤，好不好看，好不好吃都不重要，关键是惊世骇俗的狠劲。振东每次看着安贤深情地望着儿子，丝毫不怀疑，就是斌斌杀死了某位国家政要，安贤也能一声不响地帮助他掩埋尸首。儿子也格外黏安贤。振东多次和安贤商量过：安老师，我不是你们图书馆的旧书，丢到架子上就自生自灭，我是人，也需要关心……安贤冷冷地听着振东唠叨，还是那些话，孩子需要照顾，不能离开妈妈。你不是也有妈吗？找你妈呀！

振东真恼火了。这叫人话吗？他狠狠地摔了家里的那套景泰蓝的杯子。他真想和安贤离婚，可怎么也开不了这个口。

四

离婚的事儿，他盘算过很多次，每次都觉得吃亏，房子要分割，儿子也要遭受心灵打击，关键是他也拿不准能否顺利找到比安贤好的女人。那天，他实在憋不住，就问母亲：妈，我和安贤离婚，你看成吗？

母亲一愣，高高的颧骨耸动着，松弛的皮肤上褐色老人斑不断起伏，显然兴奋不已。她恨恨地说：我早想让你离开她。要不是为了斌斌，我早就骂走这个狐狸精了。你是博士，大学教授，她怎么配得上你？母亲深陷的眼眶，投出些许精光。振东点点头，心事重重。母亲想了想又说：儿子，你不会真想离婚吧？不是气话？振东又点头，母亲这次不敢再乱说话了，只说：这是大事，你自己做主。要不将来斌斌要来找奶奶拼命了。

突然，母亲冷笑了两声，说：妈妈晓得，这些年我一直不好讲，是不是安贤不让你沾她了？振东的脸红成了大虾。三十多岁的大男人，竟被母亲窥破了隐私。母亲猛地闭住嘴，眉头紧皱，眼眶却红了，嘴唇神经质地抽搐。振东莫名其妙，问：妈，你这是咋了？母亲哽咽着说：安贤不是惩罚你，这是成心向我示威，要赶我走。她是看着我这把老骨头在这里碍事，故意折磨我儿子，给我难堪。这样的儿媳，真是太阴险了！

振东哭笑不得，女人还真敏感。振东也愤怒地质疑安贤，到底想干什么。安贤说，振东现在庸碌无为，且自私冷漠，他必须恢复到大学时代那种对安贤“爱”的程度，她才会考虑重新接纳他。安贤这个女人，振东多少是了解的，清高傲气，表面看清纯温婉，但私下也是尖酸刻薄，喜欢钻牛角尖。她不管老太太叫“妈”，只是喊“温老师”，表面是尊敬振东妈妈是退休小学老师，实际透着看不起和冷淡。这点微妙的东西，振东也不是不懂，只不过装糊涂罢了。“温老师”也不是省油的灯，也总是喊安贤“安老师”，暗地里对儿子说，不过是图书馆管理员，冒充啥知识分子！

自从振东给母亲透露了离婚的意思，“温老师”和“安老师”的矛盾不断升级，振东心力交瘁，偏偏这个当口，又出了尹院长这档子事。那天晚上，振东在餐桌上宣布了这件事，想听听家人的意思。安贤的态度是无可无不可，斌斌和母亲坚决反对。斌斌反对的原因是不想去外地幼儿园，因为那里没有好朋友。母亲不想让儿子离开舒适的生活，去新地方吃苦。

毕竟有新机会，再说也有一笔钱，振东也需要在事业上进步，最起码弄个教授博导吧，他的博士同学中有好几个都评上了。温老师，你让他自己想想。安贤慢悠悠地说着，不温不火。

振东冷眼看着，心里高兴不起来，反而怪怪的。是不是安贤希望他离开？这样就给了她机会？还是说，安贤在外面有了相好？振东不敢想，事情如果真那么暗黑，世界简直就没什么希望了。还是要争取往好的方向思考。

我倒是无所谓，安贤又说，如果他不走，帮着带孩子也是好的，我是每天累得要死。

母亲却再也按捺不住了，不顾斌斌还在饭桌前，指着安贤的脸说：安老师，振东要走，还不是被你气走的？你尽到一个当妻子的责任了吗？好好一个爷们，都憋成啥样了？

安贤先是愣了，很快明白过来，羞愤欲死，脸红得要滴出血。她慢慢放下勺子，不看振东母亲，只对着振东冷笑，一字一顿地说：刘振东，我只是以为你比较无能，没想到你无耻到这个地步！我为你牺牲这么多，你却这样对我？你们娘儿俩是一条心，我在这里也是多余。

说完，安贤踉踉跄跄地到了里屋，收拾了东西就要走，斌斌不知怎么回事，吓得哇哇大哭。刘振东赶紧劝解，但安贤不听。这次她连孩子也不看一眼，只是简单地收拾了东西就走了。母亲见自己惹了祸，识趣地闭嘴，又有些幸灾乐祸，嘟哝着说：让她走，不就是带斌斌吗？你小时候也是我一把屎一把尿地带出来的。

话是这么说，但安贤这一走，天真是塌了，斌斌晚上哭闹到半夜，就是不睡，振东母亲怎么哄都不行。第二天不肯去幼儿园，又发起烧，振东忙得脚不沾地，也算是祸不单行，还耽误了第二天上课。待他赶到课堂，只见学校人事处管考勤的领导脸色阴沉。另一边，安贤不仅不接电话，短信微信也不回。斌斌打了退烧针，才算安定了点，怯生生地问：爸爸，妈妈是不是不要我们了？振东有点心酸，埋怨自己嘴欠，也埋怨母亲神经质。但事已至此，唯有慢慢来了。振东尝试给岳父母打电话，被岳父劈头盖脸地骂了顿，也没问出个所以然。

过了几天昏天黑地的生活，刘振东彻底投降，也了解了安贤的重要性。母亲做饭都是老三样，早餐是西红柿面条，中午是大炖菜，晚上是稀饭，倒比较节省，但斌斌对奶奶根本不买账。振东母亲忙得脚不沾地，但孙子对她却越来越讨厌，哭着说：奶奶是坏人，我要妈妈。老太太躲在一边抹眼泪，也拿不出好办法。

振东的生活乱了套，尹院长那边却没放松，又是吃饭谈心，又是打电话，大有不达目的誓不罢休的意思。振东除了受宠若惊，还挺不理解，难道自己真那么重要？振东把家里吵架的情况简单和尹院长说了，尹院长拍着胸脯说：你放心，安贤我帮你劝回来，她是深明大义的，一定会支持你到上海发展。对尹院长的表态，振东不置可否，倒是学院的气氛越来越古怪，先是自己报销签发票，被学院分管副院长训斥了一顿，接着学校人事处领导也找他谈话，让他认清形势，不要盲目跟随，要牢记学校培养的恩情，为学校继续贡献力量。又发生了一件更古怪的事，让刘振东对调动的事，不得不重视起来。

那天下午，振东到学院的信箱取了信，刚回到办公室，突然发现门缝塞着一封信，信敞开着口，并没封住，里面的文字是电脑打印的，大意是让振东不要一意孤行，要悬崖勒马，否则安贤的工作也会受到影响。

这不是黑社会吗？古人做事还祸不及妻儿，这倒好，高校挖人大战，都用上了这么下作的招数。振东心头火气猛蹿，恨不得马上去找赵书记。这种缺德事，十有八九是他干的。他和尹院长的矛盾，院里的老师们都知道。赵书记是宣传部调过来的，平时就忌讳别人说他不懂学问，尹院长偏偏喜欢拿这个事在学院的会议上敲打他，俩人也就结了仇。

当然，现在高校调动就是这样残酷。他也听说，夫妻俩都在一个学校工作，如果一方调走，学校通常会威胁要处理配偶。他还听说某高校，两口子都在学校任教，男的调走了，学校竟将他的配偶除名了。现在的高校根本不像象牙塔，简直比资本家企业还冷酷。尹院长和校方已经短兵相接了，彼此你来我往了好几个回合。学校管事的是校长，但冲在前面的是学院党委书记老赵。赵书记这次可有了用武之地。学校威胁要扣罚尹院长的长江学者补贴，扣人事档案。院长临危不惧，找了些大领导，给学校施加压力，甚至要对学校财务进行审计。这也让学校投鼠忌器。双方暂时还没看出胜负。

现在最尴尬的是尹院长的嫡系部队，校方不知在哪里得知了尹院长的团队调动计划名单，由校办主任和几个副院长出马，进行有针对性的“定点爆破”“定向公关”。据说，好几个原来咋呼着要调走的老师已经公开发表声明，受到了尹院长的蛊惑，现已幡然悔悟，希望继续在学校贡献云云。这就让尹院长调动的事变得暧昧起来，原本说好的九个人，一下子反水了五个，变成了四人。而且这四个人，看样子也犹犹豫豫。最令人惊讶的是，这反水的几个人中还有尹院长带过的博士生小高教授。小高教授原来在西部一个很差的学校，尹院长费了很大劲，才将他弄到这个国家重点大学，还破格给他评了教授，可以说是师恩深重。但这个小高教授还是义无反顾地背叛了老师。据说，他已和学校达成了协议，有着某些交易。这些打击，让尹院长一下子苍老了许多。

振东明白，这是刺刀见红，双方都没有了退路。但尹院长比较被动，都是学校针对他想办法，他应该主动出击，才能化险为夷，而不是这么干挺着。也正因为出了这些事，尹院长更看中振东的选择了。振东想了很久，也没有个解决的办法，只能约老秦出来喝酒，听听这个“梅菲斯特”有何高见。

五

晚上九点，他拨通了老秦的电话，传来了一个娇滴滴的年轻女人的声音。不一会儿，老秦接过，很不耐烦地问：谁呀？是我。振东低声说。怎么了振东？老秦明显热情起来，声音也很关切。振东有点小感动，老秦很够意思。他缓缓地说，想邀老秦出来喝酒。老秦犹豫了一下，答应了。振东听到那女的骂骂咧咧，赶紧把电话挂了。他明白这个时候把男人拉出，女人不愿意，可谁让他是没人疼的老男人？只能在友谊之中抚平伤口了。

老秦这家伙是个人精，他俩一起去香港开学术会议。振东被安贤弄得情绪低落，看着满街美女，简直要流口水。老秦盯着他看了会儿，一拍大腿说：振东兄，你是“婚内性压抑”！振东吓了一跳，这个家伙眼睛太毒，搞的女人多了，就是不一样，经验丰富。振东喜欢听老秦吹嘘风流韵事，听得有滋有味。老秦也喜欢被朋友崇拜。一来二去，俩人的关系火速升温，恨不得歃血为盟拜把子。老秦答应振东，带他去扬州找小姐，他有门路，保证又安全又刺激。扬州瘦马！明清那会儿就风靡海内，你等着吧。俩人热烈地讨论细节，振东答应给俩人出钱，老秦找路子，保证安全就成。每次他们都商量得热火朝天，在美好的遐想中结束会谈。可振东等了一年多，议论了很多次，也没见老秦兑现诺言，也不知是为何缘故。时间久了，振东也多少想明白了，老秦的承诺，就像中国股市，无论看着怎样欲火焚身，牛气冲天，都是短线，不能当真，冲进去就会发现都是美丽的泡泡。

天气炎热，晚上还是热，空气好似浸着油，一点就着火。刘振东缩在解放东路的“爆香”小龙虾馆，守着一盘酱爆小龙虾，从火红沸腾到渐渐冷却，冰镇啤酒从冷清可口变得有些黏稠，老秦才拖着两片趿拉板，优哉游哉地踱过来。老秦是个秃头，看着有些年过半百的怪爷爷的模样，既不像师道尊严的大学教师，也不像风度翩翩的美男子。刘振东每次从远处看着老秦那副半死不活的熊样，气都不打一处来。那些女人都瞎了眼？他刘振东不是什么帅哥，可老秦也不是什么好饼，咋这么多女人喜欢这货？

又没上床？老秦猥琐地挤挤眼，看你急赤白脸的，又压抑了一次！振东没搭话，开始狠狠地灌啤酒。老秦不无炫耀地说，刚在网上认识了一个女人，卖服装的，就崇拜有知识的人。你给人家啥知识了？振东斜着眼问。《聊斋》呀！老秦故作神秘，接着又得意地哈哈大笑。老秦读博士的时候，专业是明清小说。他泡妞的诀窍是，利用知识先讲《聊斋》的《考城隍》，再讲《尸变》，最后讲《倩女幽魂》，总之既有痴男怨女，又有很黄很恐怖很暴力的段子。老秦口才又好，讲起来还掺杂着在考据和文本的研究心得，比《百家讲坛》那些学术大咖毫不逊色，常常是讲得女孩子又尖叫，又兴奋，又气恼，最后无一漏网，都成了他的俘虏。

老秦说到兴起，揪起一个龙虾，狠狠地抠下头，扯掉尾，将剩下的龙虾尸体丢到嘴里“嘎吱嘎吱”地大嚼，好似龙虾不是一坨坨肉，倒像漂亮女人的叫床声，掐头去尾全是高潮，全是精华，满满正能量。

你那个女学生盛英华对你有意思。老秦冷不丁地说。振东有点不相信。你不要胡说？我不是那种人！振东气得脸色都白了。虚伪！老秦不屑地说，跟我这儿装什么颜回孟轲？你充其量也就是个缩小版的方鸿渐，不坏，但全然没用！哈哈！

振东的脑海之中闪现出盛英华的影子。这是一个非常有个性的女生，短发，T恤，白色的牛仔短裤，这是她习惯的装扮。英华个子不高，但敢于质疑权威。振东还记得，她在硕士必修课上曾针对国内一个老教授的专著，写了措辞激烈的批判性论文，拳拳到肉，针针见血。振东这些中青年教师相互传看，都大呼过瘾。振东爱惜她是个人才，想培养她考博士，但英华似乎对此并不上心。她说学术圈不好玩，太沉闷无聊，她毕业了要做专业作家。她对振东说：老师，你们这些“高校青椒”，都是闷骚一族，话不敢说，事不敢做，你们能不能像姜文在《让子弹飞》中说的那样，站着就把钱挣了？

振东面对这样的学生，能说些什么？也只能宽容地苦笑了。英华对振东就是大大咧咧，没大没小。但振东认为，那是亲近和信任的表现，也就纵容了点。但英华对振东很佩服，常说“我导师是最有学术能力的青年学者”。振东开始一笑了之，听多了，欣慰之余，也在英华热情顽皮的眼中读出了点别的东西。他不敢确定，也不敢想，这次却被老秦揭出来，弄了个大红脸。

女学生要当作家哇。老秦擦手，在手机微信里翻出篇文章，说，这是朋友圈传的，都说是你学生写的。振东让老秦转给他，认真看了看：

颜值资本的稀缺性正在上升，其兑换比率更在上升。但男女的投资技巧不一样。长相帅气的男人追美女叫“给你浪漫”“心动一刻没商量”。长相丑的男人追美女叫“做生意”，家世、学历、背景都是抵押品，时间金钱和心血都是投资、正常支出，耐心和忠诚是必需的附加消耗品，能上床算投资收益回收一半，能结婚算是投资成功。这单生意也有风险，不仅要提防出轨，更要提防被卷走钱财。王宝强就是一个活生生的例子。美女追求美男叫“酸酸甜甜的爱”，长相丑的女生追美男叫“恐龙逆袭”，能拉拉手就算是赚到了，学历毫不重要，甚至是负值，金钱和背景最重要，是投资必备，但这单生意风险极大，能结婚的少，结了婚不出轨的更少，出了轨不离婚，就算是赚大发了。

振东看了这篇小鸡汤文，不禁有些佩服自己的女硕士，但也觉得这样的文章和他心目之中的“文学”，似乎还有着不小的距离。可他还真没认为，女作家英华，会对自己的导师感兴趣。他还是有自知之明的。圈里流行“一瓶矿泉水”的段子，也是发生在朋友身上的真事。陈教授是公认的帅哥，高大威猛，还经常健身，不说玉树临风，也是剑眉星目，经常遭到女生上课时的欢呼声，无疑是振东这样外形比较猥琐的男教师们的敌人。陈教授有些自恋，经常被女生包围，也难免飘飘然。有一阵子，有个绝色女生，天天坐在第一排含情脉脉地听陈教授讲课，每次还为陈教授带一瓶矿泉水。陈教授的小心脏就凌乱了。某个飘着小雨的下午，是陈教授本学期最后一节课，他特意带领大家复习了《关雎》，声情并茂，空气中飘满了陈教授的荷尔蒙气息。下课铃声响了，女生施施然走来，红着脸说：陈老师，有件事，很久了，一直没敢和你说，再不说，我怕没机会了……陈教授好似打了鸡血，亢奋得有些颤抖，当即猛点头示意。女生继续说：我要去美国的康奈尔大学读书，人家说了，国内大学本科必修课的成绩必须在85分之上，您行行好吧……

振东每次在饭局说到这里都是狂笑，然后狂喝矿泉水。他既嘲笑陈教授自恋，又苦笑自己没自恋的资本，比陈教授还要可怜。现在的女学生，早就不是二十多年前高校的清纯状态，一个个都清醒务实得很，就高校青年教师这点可怜收入，女学生宁可去贴尹院长这样的学界大佬，也不会简单看什么颜值。如果说颜值有作用，也不过是锦上添花罢了。

俩人说笑了半天，振东才期期艾艾地说了调动的事儿。老秦收起狂态，认真地想了想说：先等等看，别慌张表态，关键是你和安贤要达成一致意见。

安贤不同意，你就是去了，后方也不稳；安贤想让你去，如果你不去，那就是既得罪了领导，又得罪了老婆，日子更惨啦。老秦意味深长地说。

你要先搞定老婆的事，老秦又斩钉截铁地说，再来考虑走还是不走。

振东啄米鸡似的表示赞同，可安贤又在哪里呢？

六

振东了解到，安贤借住在图书馆宿舍。他琢磨着，这几天就去图书馆演一出负荆请罪，把她接回来。振东想拉着老秦一起来。老秦死活不同意，说不愿参与他们家庭内部的事。但老秦还是很够意思的，他有同学在人事处当领导，答应帮振东打探消息，随时和他沟通。

那个下午，振东只好一个人溜到图书馆。图书馆的人不多，他探头探脑地进去，正好碰到一个女生火急火燎地跑出来，一下子撞到了他。振东被带了个跟头，正要恼怒，抬头看去，竟是自己带的女研究生，那个想当作家的英华。

老师，你没事吧？英华笑嘻嘻的，不好意思地吐了吐舌头，把振东扶了起来。

振东握住英华的手，软软的，还有点香气，不禁有些走神，他微微红着脸，讪讪地收了手，说：英华呀，怎么走路这么着急，赶着约会吧。

话一出口，振东有点后悔，和女学生虽然熟，但这么说话，还是不够稳重。英华倒是浑然不觉，只是甩甩头发说：刚借了书，准备写论文，还要老师多指点。

振东点头就要进去，英华拉住他，想了想，有点神秘地说：老师，那些借书处的老师说您闲话呢，说您把师母赶出家门了，这是咋回事儿？

振东有点气急，图书馆的人真是闲得胡扯淡。他支支吾吾地混了过去，打发英华走了。

振东先是去图书馆找了安贤那个保管部的同事，让她把安贤叫出来。谁知，那个同事说安贤有事出去了。振东有点灰头土脸，也不知安贤是真不在，还是不想见自己。倒是那个同事，纠缠着振东问这问那，一副“八卦掌门人”的嘴脸。振东是真的有些腻歪。出门的时候，他看到还书处的几个中老年妇女管理员，还在喋喋不休地嚷着放假去哪里旅游、房屋装修防水、股市最新动态等话题。她们时不时地爆发出“咯咯”的笑声，回荡在空荡荡的图书馆大厅。振东突然感觉，这图书馆真像个干净整洁的大棺材，好人整天闷在里面，也会闷出不少怪毛病。如此一想，他就越发怜惜起了安贤。他不能想象，安贤这么一个好高骛远的知识女性，是怎么和这帮妇女终日相伴的。

振东离开图书馆，就想回家，不料出了校门口却意外发现了安贤的踪迹。振东是在欧尚超市旁的必胜客看到了尹院长和安贤。那家店为了采光，用了半透明玻璃，刘振东毫不费力地发现了尹院长半秃的短发，以及安贤乌黑如瀑布的长发。安贤个子高，腿长，身材并不火辣性感，而是颇有骨感美人风范，加上她皮肤白，举止有知性风度，颇有令男人心动的资本。安贤最能吸引人的，还是那头长发。当年，刘振东就是因为长发飘飘的安贤，从背后看很像《倩女幽魂》里的王祖贤，才义无反顾地追求她。她把这头长发收拾得清爽滑顺，穿着白色连衣裙，搭配上淡绿色发卡，不知迷倒了多少来借书的生猛男大学生。走在校园，安贤也多次被人误认为是在读本科生或研究生。这让她颇为得意。但这些事，在振东眼中，都有点“绿茶婊”卖弄风骚的嫌疑。三十多岁的女人，儿子都会打酱油了，充什么清纯少女？

振东看着安贤半低着头，一边抚弄着长发，一边跷着二郎腿，手上轻轻地转动着一杯咖啡。这是安贤的招牌动作，不用看，振东闭着眼都能想象，此刻她正用半含幽怨，半是娇嗔的清纯声音和尹院长讲话。这就是安贤的“范儿”。振东有几次实在忍不住，点破这件事，让她今后别这么跟男人讲话，但每次都是安贤恼羞成怒，俩人不欢而散。可以肯定的是，每当安贤有所求，只要她拿出这个“范儿”，没有几个雄性能顶住，包括图书馆的邹馆长。去年，邹馆长就愣把为数不多的副高职称给了安贤。这事轰动了图书馆。振东也知道这叫女性魅力武器。安贤倒和老邹没啥瓜葛，但振东就是受不了自己老婆和别的男人软糯糯讲话的“暧昧劲”。更何况，尹院长是有前科的男人，有名的“志玲控”。说到底，安贤和“院办志玲”没啥本质区别，不过安贤加了点小清新的调料和才情的路数。

这么一想，振东又觉得过于诛心。他到底还是忍不住走近了，好近距离地观察这俩人。他躲在门口大玻璃后的一株植物盆景后面，只见尹院长一副虚怀若谷、体贴关心的样子，但怎么看都透着馋痨痨的劲儿。俩人谈得开心，安贤也不时微笑，点头，带着欣赏的表情看着尹院长。振东常和尹院长参加学术会议，老尹口才好，记忆力也棒，出口成章，加上学术地位，他对女性也是有吸引力的。振东想，也许是尹院长劝安贤支持他调动，才会找安贤，也许只是碰巧遇上，说说这个事。但不知为何，振东就是觉得牙齿酸得要倒，真是醋意横流。他就是不放心老婆和老尹这个老色鬼单独接触！

振东按捺不住，正要冲进去，尹院长突然起身，结束了谈话。他随意拍了拍安贤的肩膀，恋恋不舍地走了。振东火冒三丈，这个动作他太熟悉了。尹院长有个毛病，谈话结束喜欢拍人肩膀，以表示亲近。不同的是，他拍男人，都是拍肩膀靠后背的地方，拍女人喜欢偏向前胸的位置，越是他有意思的女人，越拍得向前。老流氓！振东内心涌动着杀人的冲动，安贤的表情却让他冷静下来。她没有反抗，也没有嫌恶，而是脸微微红了。接着，更令振东震惊的一幕出现了：尹院长走得急，随身携带的防风镀金打火机落到桌上。安贤顽皮地拿起火机，一次次地点燃，又熄灭，然后放在手中随意地把玩。她居然傻傻地笑了……

振东失魂落魄地向家走，几次浑浑噩噩地走错了方向，又都折返，再顽强地走下去。下午街头很热闹，汽车的鸣笛声，店铺传出的喧嚣的音乐，还有人们边走路边打电话的声音，但这些振东都听不见了。他感到走入了一片灰蒙蒙的空间，一切都模糊不清，很多移动的生物成为一团团灰色雾气，呼啸着在他身边飞过。所有高楼大厦都软软地熔化了，仿佛热锅盖下安放的黑巧克力。脚下也不再是柏油马路，而是那些软软的巧克力，发着甜腥气味，黏着他的脚，仿佛是地狱伸出的脏手，要把他拽入黑暗。振东的眼窝热着，想流泪，也似乎感到存着泪，却不知泪从何出。他太熟悉安贤了，当年他们谈恋爱，安贤就是这样的表情。如今，她对自己冷冰冰的，却对老头大动春心。难道说，这世界上，除了财富权力，再没什么能抵抗爱情的衰败？也许，人性就是喜新厌旧，喜欢物质享受，这一点人和动物没什么分别。大学时代，和安贤那美好的一幕幕不断地在他脑海里放电影般闪回，青涩地相识，苦苦地追求，甜蜜地相爱……想到这里，振东痛不欲生，不禁加快脚步，他心里暗想，如果有辆车撞死自己，也许是种解脱吧。振东觉得，他和安贤正像两条铁轨，开始是齐头并进，如今却渐行渐远，不知所终。

七

手机响了，刺耳的铃声将振东从游魂状态唤了回来。一辆电动车擦身而过，车主是个五十多岁的老男人，对他高声咒骂。振东赶紧退到马路边。看了眼来电显示，是英华的电话。还是那个爽朗清脆的声音，此时在振东耳边，却无异于天使的唱诗声。英华约他去学校谈毕业论文。振东看看天，时间还早，索性去学校和学生聊天，也好排解一下心情。到学校的时候，已是下午三点，英华看他脸色不好，关心地询问。振东也不答，只是考较她的学问。英华的论文，研究明代南方官员的家族史，已经颇有些心得。看得出来英华准备得很充分，对答如流。

振东有些欣慰，心情放松了，慢慢地就讲了些闲话。话题也就从论文岔开，振东回忆了很多大学往事，特别是和安贤的情感历程。八月初，天气炎热，幸好还有空调的调适。下午暖融融的阳光照射着，英华全神贯注地听着，振东说了一阵子，声音又低下去，俩人就这样慢慢地相对。振东突然意识到，他正在和一个美丽的女孩谈话，而不仅仅是学生。阳光照着她忽闪忽闪的长睫毛，再飘到她粉嫩的脖子上，扩散为一团团裹着青春气息的空气。振东还闻到她身上刚洗完澡后残留的洗发水味道，不是什么大牌子，但透着一股青春活泼勇猛的劲儿，好像雨后野花的芬芳，或是青草沾了露水的味道……振东缓缓地想着，看着，不禁有些痴了。

英华笑嘻嘻地说：怎么走神啦，想什么呢？振东有些尴尬，支支吾吾地不答，办公室的气氛有些暧昧。英华一扬眉，直直地盯着振东说：老师，听说你要调走？

谁说的？振东把脸一板，你们学生不要乱打听，好好学习。

谁不知道？英华噘着嘴，都说尹院长要带着你们几个骨干教师“整体打包发送”呢！

现在的学生还真是人精。振东不再否认，也没承认，只是说，不会耽误他们毕业。

我也喜欢H大呀，英华突然走近振东，认真地说：我报名参加H大的辅导员考试了。

是这样呀，振东倒是有些出乎意料，H大是不错。

主要是您要去，英华抬起头，目光直直地看着振东，这样就能和您在一起了。

你说什么？振东面红耳赤，他没想到英华这么直接。他板起面孔说，你们这些小孩，怎么老胡思乱想？我可不小了，英华还是嬉笑着，却挺了挺胸膛，把那对发育良好的小苹果展现在振东面前。她又向振东面前凑了凑，鼻子几乎贴到了振东的脸上，又说，我可喜欢老师呢，我不喜欢那些没深度的“小鲜肉”。老师有学问，人又风趣。

振东退后了两步，想要训斥她，却不知如何开口。英华收了笑容，快步上前，抓住了振东的袖子，急切地说：老师你别骗自己，我知道你喜欢我！你不是要和师母分开吗？

振东有些狼狈，额头都见了汗，家里还有一大摊子糟心事，哪还能招惹女学生？他只好含糊地说：我是有家庭的人，还有孩子，我不能为你负责任的……

那你撩我干什么？英华松开手，眼泪却说来就来，“啪嗒啪嗒”地落下，像断了线的珠子。振东更慌了，要劝慰，英华却甩开他的手，恨恨地说：我不能给人家当小三。你要喜欢我，就光明正大地离了婚睡我，否则别惹我！

英华跺了跺脚，飞快地从办公室跑开了。振东听着她急匆匆的脚步声，一点点地消失在空旷的走廊尽头，好似沙滩上逐渐消逝在潮水中的小螃蟹的脚印。

现在的女孩子，翻脸比翻书还快。振东也知道，自己今天是被安贤的事弄得有些失态了。他颓然地跌坐在椅子上。他说不上喜不喜欢英华。从生理上来说，他肯定喜欢和年轻女孩在一起，但让他一个三十五六岁的大学副教授，冒着身败名裂的危险，抛妻弃子和女学生结婚，他又怕麻烦。他至多不过是空虚寂寞和女学生调情罢了，没想到，英华把这调情当了爱情。也许，爱情的谎言都像小痞子身上的假文身，看起来华丽耀眼，张牙舞爪，经得起汗水、呻吟和抚摸，却经不起雨水、泪水的冲刷，更经不起刀砍斧剁的血的浸泡。从这一点来说，振东非常理性，他宁可与老秦去外地酒吧找女人，也不会在身边找什么情人。没到手的情人，都是别人家园子里挂在枝头的鲜果，不管摇曳多姿，还是摇摇欲坠，都是骚得可爱；到了手的情人，就像掉进泥巴的脏果，别管凤梨，还是猕猴桃，也别管它是不是新鲜，都是即将腐烂变质的垃圾——区别只在于何时何地彻底丢掉它。当然，也有的男人执着于爱情，执意将脏果“咯吱咯吱”洗干净，带回来，存储在自家的冰箱里。那也不过是一件暂时保鲜的果类收藏品，和冰箱里的其他水果一样，再也没有了心动的感觉。

老婆跑了，母亲带着儿子去医院打吊瓶，自己莫名其妙地卷入挖人大战，想和女学生搞点小暧昧，也被人家小女孩把心思扒了个一干二净。振东一想起这些烦心事儿，就觉得深深地厌倦。真是失败的家伙。男人往四十上走，好像骑着自行车过山梁，前半程尽管艰难困苦，牙关咬紧，但乐在其中，还有无数可能性；而行程过半，咬牙吃苦已有些力不从心，显出捉襟见肘、狼狈不堪的样子，一切不再是奋斗，而只是勉强延迟失败。狰狞的终点正在地平线一点点地显现——那不是胜利终点，不过是死亡肮脏的微笑。振东感到从内到外都被人掏空了，自己现在就是一具干尸。

烦恼的时候，朋友最重要。振东寻思了一会儿，还是想给老秦发微信。没承想老秦的微信电话先打了过来。老秦的微信昵称叫“凶猛的恐龙在八月”，头像是一个张牙舞爪的霸王龙，倒符合他张扬的性格。

振东，你在哪里？老秦电话里的口气有点急。

在学校，振东说，啥情况？

最新消息，有好的，也有坏的。你选吧。老秦有些得意。

振东想，老秦这个“轻兵斥候”肯定有了消息。他想了想，约老秦去“水晶心”酒吧见面。那是市南一家比较小资的地方。老秦发了大大的叹号表情包，说：咋改风格了？振东没回，只是约好时间。晚上六点，母亲打电话说，斌斌已打完针，他们在外面饭店随便吃点，让振东自己想办法解决。振东苦笑着出门，黄昏已抖抖地扑了过来，吞噬了所有喧嚣的存在。

老秦赶到时，振东已喝了不少酒，有几分醉意了。老秦也没说什么，先喝干了几瓶啤酒，才大声说：大事定矣！

振东忙问情况。老秦佩服地说，还是尹院长有能力！听说是省里大领导发了话，学校也不敢再阻拦。跟着走的人，学校也不敢再给下绊子了。倒是赵书记，因为学校不采纳他的阻拦意见，忠言逆耳，只能申请调离到轨道学院当书记，算是彻底倒灶。

老秦说:这对你是机会，前阵子，尹院长的好几个嫡系都反了水，他现在更看重你！你老兄到了H大，肯定受重用！

振东的确有些高兴，这些烂事拖了这么久，总算有些眉目了。

不过，我这可有个不好的消息。老秦看看振东，好像有些不好意思讲。

你说吧。振东心头突突直跳，可还是硬着头皮回应。

安贤住在图书馆，你见到了没有？老秦倒反问振东。

振东脸红彤彤的，也不好答，只是问:到底啥事？

老秦叹了口气，犹豫地说:兄弟，你最好还是把安老师的事尽早沟通好，她一个漂亮少妇，天天住在单身宿舍，总不是办法，会惹麻烦的……

老秦就此打住，闭口不说，只是喝酒。振东也不再问。他也感觉无从说起，谈谈和女学生的糗事？说说安贤和尹院长的私会？根本没法说。就像是快溺水而死的人，拼命地抓住一根木头，却发现木头不过是包着木头壳的铁块。俩人就喝起了闷酒。喝了半个多小时，振东醉醺醺的，老秦也居然不太清醒了，大着舌头嘟嘟囔囔。他使劲地拍着振东的肩膀，断断续续地说:有老婆，挺好，起码知道这世界上又多了一个活人和你有亲密关系。你别以为我这个离婚的中老年教师日子好过……

振东推开他的手臂，嚷着:你是丢掉一根木材，拥抱整个森林。

森林个屁！老秦大声咳嗽，使劲地摇头，那都是骗你的，我那些女朋友，都是我花钱叫的小姐，我认真追过的女人，没有一个成功过……

老秦垂下头，醉意更浓。他伤心地抽泣了一会儿，又哈哈地笑着说:没成功过，真的。我们都是失败者，只不过，我这失败者比你多了一层铠甲。这世界上，没有八月的恐龙，没有婴宁，也没有聂小倩，没有啥真爱，都是些“会算账”的狗男狗女……

不知为何，振东的酒一下子醒了大半。他付了账，把老秦丢上出租车，默默地向家的方向走。不能说老秦骗了他，或者说，是他刘振东心甘情愿相信老秦的那些美丽谎言。漂亮性感的女人，在哪里都是稀缺资源，都是留给那些成功者的，而不是他和老秦这样的失败者。每个失败的男人心中都藏着一段耻辱的记忆。老秦不过是这城市另一个可怜的男人而已。

八

母亲和斌斌还没回来。

振东失落地坐在沙发上，斌斌的衣服丢得到处都是，想来是母亲急着出门，没有收拾。振东懒得动，他还看到电视机柜旁有几只自己的袜子，显然不是成双成对的，都冒着臭烘烘的气息，但他也不想去管。少了安贤，这个家一下子变成了战地医院，乱糟糟、脏乎乎的。母亲到底是年龄大了，再怎么逞强，也是不行的。振东兀地伸手去抓茶杯，才发现杯子里都是昨天的残茶。他也不管是不是卫生，只“咕嘟咕嘟”一饮而尽，胃里火烧火燎的感觉这才好了些。他还真希望那不是残茶，而是鸩酒或鹤顶红，这样他就不用再考虑这些烦心事了。夕阳穿过玻璃，斑斑驳驳地映在他沮丧的脸上，好似一条条金黄的刀，要将他割成破碎的布片。振东恍恍惚惚，似乎又回到了大学时代。有一次，也是一个黄昏，安贤威胁要和他分手。闹了好一阵子，他费了九牛二虎之力才把安贤安抚住。他把安贤送到女生宿舍，一个人独自向回走。那个下午的校园格外安静，黄昏把校园的杨树染成了一片片金黄，只有不知名的鸟叫，在那铁锈般最后的夕阳之中，跳跃在枝头，好似来自天外的神谕。世界好似只剩下了振东一个孤独可怜的人。那时他泪流满面，甚至怀疑了他的爱情。也许，这世界从来都是一个人的，哭也罢，笑也罢，只有自己才能深深地理解自己，可怜自己。什么爱情，也许不过是那些文人编出来，去骗骗像振东这样害怕孤独的人……

“叮叮，叮叮”，门铃响了，把振东唬了一跳，去摸摸脸，居然有了一行浅浅的泪。振东有些自嘲，也不知今天自己是怎么了，一个大男人，居然伤感起来了。肯定是斌斌和母亲回来了，但母亲一贯都是带着钥匙的，怎么这回出去连钥匙都不带？

振东打开门，门口却不是母亲和儿子，而是一个鬼头鬼脑的陌生男子。他看着二十多岁，干瘦干瘦的，像是刚从埃及金字塔中爬出来的小木乃伊。那家伙冲着振东咧嘴笑了笑，说：振东大哥，我给阿姨送东西来了。

我认识你吗？振东看着他比较陌生。

我是小高呀。那男子谄媚地笑着说，阿姨经常和我说您呢，说咱俩和亲哥俩似的。

振东看看男子，又看了看他手里拎着的东西，不禁又是火冒三丈。肯定是那个忽悠母亲买磁疗枕的家伙。振东愤怒地要赶走他。他却把东西放在门口后才嘟哝着退走了，说是母亲已经付了钱，不能退货的。

振东气呼呼地将那个磁疗枕丢到了屋里，不料却“哐啷”一声磕在了沙发脚上，好似碎了什么部件，振东也不想去管。他太需要发泄一下了，于是鬼使神差地拿出套服装，那是他在超市新买的，一套迪迦奥特曼战斗服。他还特意买了奥特曼面具。咸蛋超人的魅力不可阻挡。振东上小学，也迷恋过奥特曼，现在看着好又买了套大号的自己穿。这必须隐瞒安贤和儿子。振东悄悄地将服装藏在黑床底下。现在家里没人，振东醉得发狂，也不管那些就套在身上。他先到卫生间吐了一阵，没擦干净脸，就戴上面具，蹿上那张大床。他猛地倒在床上，在枕头上感受安贤身体的味道。他搂着床单，想象着他最喜欢的、原来和安贤一起做爱的体位。他倒立，仰卧起坐，翻跟头，摆出各种淫荡或怪异的姿势。他醉眼蒙眬之际，那张大大的黑床也变身为海底巨怪，有着无数触角，发散着苔藓般的恶臭，床头镶着它那双凶恶的小眼，正不怀好意地盯着振东。振东就跌落在它柔软的、充满黏液的身体上，无法自拔。为什么？有个声音在振东心里狂叫，他不过想过上普通人的生活，而这幸福如此简单地就被摧毁了，而且如此猥琐难堪，难以启齿。振东猛地站起，站在这床上，对着床头镜子，手不停地颤抖……也许只有这样的安慰，才能让他安静。

振东正自顾自地快活，冷不防门口又传来钥匙转动的响动，还有说话的声音，不用分辨，那肯定是母亲、安贤和儿子。要是他们看到了他的这副模样，还不闹翻了天？振东慌了神，想冲到厕所，必须要跨过客厅，已然来不及，要躲进衣柜，也太过狭小。听着门被打开了，几个人在门厅放鞋子，振东不能再犹豫，当机立断，俯身藏在了床底。那面黑床简直太大了，仿佛黑洞洞的地狱入口，散发着陈腐邪恶的气息。振东穿着奥特曼服装，琢磨着如何脱身，也冷不防被这黑暗吓得浑身冒冷汗。这黑床太他妈的邪门了，改天一定要换掉它。振东刚这样想，黑床仿佛张着血盆大口的怪兽，已经了然了他的心思，竟也发出“吱呀吱呀”的声响，冷笑一般。振东不敢再动，只听到妻子在和母亲谈话。母亲收敛了很多，俩人有些客客气气的样子。振东正奇怪，突然听到母亲叫了起来，脚下似乎还踢到了什么硬东西。不用想，母亲肯定是发现了那个破碎的磁疗枕。振东听到了母亲气急败坏的声音：是谁弄坏了我的枕头？我叮嘱小高要小心送过来的！这是谁干的？这是成心让我没法睡觉吗？还是要折我的寿？

振东的心里直打鼓，心想安贤刚回家，您老人家就不能忍耐一下？谁料，安贤并没有发脾气，只是淡淡地说：我是刚进门，斌斌又在医院，振东是您的宝贝儿子，肯定不能害您。想必是送货的不小心吧。也不是啥大事，我过几天再给您买一个就行了。

你给我买？振东听到母亲期期艾艾地说，说实话，他也有点不敢相信自己的耳朵，难道安贤出去了这几天，性子也转变了？

不管怎么说，抬手不打笑脸人。“温老师”也不是不讲理的人，只要有人肯出钱就行。安老师和气，温老师也就不能再拧巴着。振东听着俩人语气明显变得亲密，母亲也主动张罗着要给安贤去烧洗澡水。振东藏在床底，心里感到阵阵宽慰，要是天天都能这样，真是要感谢上帝了。但现在他只盼着安贤和母亲赶紧离开客厅，他才有机会溜出来。

振东又听安贤慢慢地说：温老师，振东他们院长今天碰到我，让我劝振东和他去上海。

母亲停了半晌，说：安老师，看振东的意见吧，只怕耽误了斌斌。

安贤又说：尹院长是学界权威，他答应招我为博士，振东先过去，我博士毕业也带着斌斌过去。我早就想从事专业，这样也不用在图书馆和那帮闲人磨牙。

振东躲在床底，终于知道了安贤和尹院长下午会面的基本内容。振东了解，安贤一直有学术的野心，这次也算有了机会。尹院长名气大，考他博士的人很多，需要排队，看来尹院长这次为了带他走，也算下了本钱。可不知怎么的，振东总觉得事情怪怪的，透着暧昧。尹院长说服自己老婆，总要和自己讲讲吧？难道是他疏忽了？

振东又想起安贤和尹院长聊天的表情，他一辈子也忘不了。振东晓得，安贤当时嫁给自己，不过是因为自己追得殷勤，有不少屈就的意味，安贤从来不像她的清纯外表那样淡泊名利。

斌斌嚷着困了，倒在床上。母亲来帮忙，安贤却责备振东为何还没回。振东趴在床底下，不能翻身，汗水湿透衣服。斌斌压得床直响，灰尘落在了振东脸上。振东暗暗叫苦。正想等俩人都出去，找机会溜走。母亲却并不肯罢休，又对安贤说：安老师，你沾了振东的光。看来我们家振东也不是一无是处。有人肯挖他，这说明振东的学术能力还是很强的。

安贤久久不答，振东暗叫不好，阴郁的沉闷，是安贤发火的前兆。安贤冷冷地说：我从没说他一无是处，他有些小聪明，当年要不是为斌斌，哪里还轮得到他？振东从来就没考过我。我为儿子牺牲罢了，如今尹院长也是看我的才华才招收我，沾他的光？难道我考不上？母亲被抢白了，讷讷地说：那就好，但愿我儿子去了上海，将来还有机会上这张床！

振东眼前一黑，这下完了，俩人又要吵。果然，安贤当仁不让，母亲大义凛然，婆媳你来我往，语速越来越快，火药味也越来越浓。

振东正想着如何脱身，母亲猛地将床垫掀开，怒吼道：没你这么当老婆的，破床要它干什么？振东赫然觉得眼前发亮，灯光刺眼，床塌下去，他缓缓爬起，奥特曼战斗服格外鲜艳昂扬。窗外传来“轰隆隆”的过车声，好似炸响焦雷。车灯的光亮偷偷爬进窗棂，映衬在那张被掀翻的黑床之上。振东仿佛被施了定身法术，凝固在时间中。他暴露在亲人面前，他看到了母亲、安贤、儿子斌斌难以言表的古怪神情……

夜　王

九月中旬，陈轩考入N大，成为一名博士生。他本科出身于普通二本院校，硕士也只是省重点。从双非学校“越级”进入985院校，同学都恭喜他，说他“鲤鱼跳龙门”。陈轩也有点飘，在母校做了两场讲座，学弟学妹坐得满满的，渴望他分享成功经验。

以学术为本心，要有坐冷板凳的勇气。陈轩坚定地挥手，目光闪烁，台下掌声雷动，很少有人注意，他眼神背后复杂的东西。

搬到博士宿舍，又走运了。舍友李小凡，父母都是N大老师，只有有课时中午休息才来这里，大部分时间，这间宿舍只属于陈轩。陈轩老家在河南商丘，父母都是农民，他能考上N大，太不容易了，还有几分运气。

莱教授赏识你哇。李小凡半开玩笑地说。

小凡是学校子弟，根基和背景自然有。俩人都专攻教育学，导师不同。小凡个子不高，瘦瘦的，说话语速慢，吐字清晰，慢条斯理，头脑很清晰的样子。

陈轩参观N大院士、学部委员的雕像，暗暗发誓，要拼出个样子，不期待能像大咖们“绘像凌烟阁”，至少拿个优秀博士称号。按照学习计划，陈轩开始清教徒式的博士生涯。早上五点起床，跑步，吃早餐，去教室，中午午休，下午图书馆，晚上自习室，十二点睡觉……李小凡没那么用功，打掼蛋，参加朗诵社文艺活动，还谈了个女朋友，撒狗粮，秀恩爱。

这样不行，小凡对陈轩说，没毕业，你就累垮了。

陈轩状态的确不好，脸色又黄又青，还有黑眼圈，有时胸闷心慌。本科开始，他就努力拼搏，七八年下来，感觉身体里原本满格的电力被透支得亮了红线。

小凡弄来只缅因公猫，毛发蓬松，个头不小，性情却温顺，很少叫，常沉默地趴在阳台上，据说已做了绝育。陈轩对养动物不感兴趣，可架不住小凡的情面。小凡说他父母不让在家养，只好放在宿舍，让陈轩照看。猫粮等费用由他出。小凡给缅因搭了猫窝，放了猫砂盆。小凡说，陈轩可借此多活动一下，铲屎，喂食，打扫卫生，当锻炼身体了。

气味不好闻，要每天打扫。陈轩在学业之外，找了点事。他最大的乐趣，就是和缅因对视。一人一猫，相对无言。小凡让陈轩别和它瞪眼，猫以为是挑衅它，要懂撸猫和吸猫技巧，那样才能给沉重的学习生活减压。

它叫“夜王”，小凡说，原是本系一个教授的爱猫。几年前，教授离异，性情大变，和名下博士生闹翻，几个弟子实名举报他剥削学生，此事轰动全国，没听说过?

陈轩摇头。他很少关心八卦。“夜王”这名，也不晓得来历。小凡说：那是火爆全球的美剧《权力游戏》里的一只鬼王。

这是丑闻，小凡说，后被学校压下，教授灰头土脸，申请调到福建的高校，“夜王”送了人，几经辗转，才到了我这里。

我以这事为基础，写了个广播剧，准备给喜马拉雅。小凡笑着说罢，塞给陈凡一沓纸。陈轩晓得小凡不务正业，可没想到他还搞创作。小凡说，在喜马拉雅当个“声优”也不错，他喜欢用声音讲故事，声音可直达灵魂，比文字更直接。

别把学术太当回事，否则活得更累，小凡说，没事多撸撸“夜王”吧。

那天下午，陈轩有点空闲，斜靠在阳台躺椅上。阳光正好，暖洋洋的，他翻着小凡乱七八糟的稿子，和传统小说不一样，更像几个人物的独白。“夜王”蹲在他脚下，碧绿的眼眸，在阳光映射下，似乎透露着无穷的秘密……

一

没想到，这样的事，发生在我程兵身上。导师路修远，不该是这样的人。

大年初一，阳光惨淡，风是湿冷的，白杨、柏树等绿化树也溶在雾霾里，看不清轮廓，走了很久的路，才听得几声喜鹊叫，还有咳嗽般的鞭炮声。一片片宿舍楼，兀地在眼前露出一块块灰色屋角，仿佛白癜风病人不经意间露出的白斑。

深冬的北方，靠近年关，学生大多回家了，校园西北角宿舍区就显得很冷清。学校建了几个新校区，青年教师大多搬到新区旁海德公园、燕莎这样的高档小区，留在老宿舍区的老师，除了退休老人，就是工作很拼的中年教师。

拎着礼物的手有些酸，越来越沉。妻跟在身后，埋怨说省城鬼天气真烦人，早上九点多，雾霾还没散。我和妻来导师家拜年。我叫程兵，二十八岁了，教育学博士第三年。妻是博士一年级在读，她在历史系。虽没觉得自己老，可老家的同学，孩子都会打酱油了。

也还好，没孩子，否则俩人都读书，日子怎么熬……

导师家非常安静，没有过年的气息。地上一片片黄色污渍。桌上放着盛有剩饭剩菜的饭盆，散发着清冷的臭气。沙发上丢着十几本书，都折着页，看上去，似是一些姿态各异的、死去的士兵。再低头，发现塞满便当盒的纸篓，被撑着大嘴，仰天长啸。

导师正埋头看书，看到我和妻，点点头。我说：春节快到了，来看望导师，祝您新年快乐。导师快速扫了一眼我带的礼物，两瓶五粮液，两盒金骏眉。导师浅浅地说了声谢谢。

一只大猫，无声无息地从卧室里钻出，眯着眼，冷冷地看着我们。

妻被吓了一跳，这猫看着让人不太舒服，不是那种温柔的小动物，更像是某种沉默的猛兽。导师说：它是只缅因，叫“夜王”，不碍的，不咬人，你们不用管它。

我和妻在沙发上向里坐了坐，导师又说：来得正好，赶紧开动。

导师很少露出笑容，他有时沉默寡言，有时又口若悬河。这种分裂感，在他离婚后更明显了。他讲的都是怀才不遇，学界如何打压他，他的学问有多好。这样的话，我们开始还听，但他上课只讲这些，有学术含量的东西不多。导师的嗓音有两种，一个低沉嘶哑，诉说命运不公；一个嗓音高亢，表扬自己的才华。

课堂上，我时常被这两种声音搞得头昏脑涨。我甚至怀疑，他的身体住着两只鬼，一只郁闷鬼，一只骄傲鬼。这两只鬼，天天在导师身体里辩论，互相攻击，又彼此安慰。在两种不断变幻的声音中，我陷入昏睡。梦境里，导师变身为双头鹰，双声变幻，连绵不绝。奇怪的是，我听着“靡靡魔音”，睡得格外香甜。那天，我被导师剧烈的咳嗽声惊醒。他愤怒地盯着我，我擦净嘴边涎迹，闻到空气中弥漫着香椿般古怪气息……

导师丢来一堆影印民国资料，说：程兵，相关信息摘出来，录入电脑。

我们没带电脑。妻小声说道，紧张地搓着手。

导师又塞来一台笔记本电脑，旧联想机器，上面油腻腻的。妻拉了拉我的衣服。拜年碰上这样的事，我也蒙了。这两年，我都是在整理资料中熬过来的，过手的资料四五百万字总有了，暑假也是独自在资料室弄资料。钱是一分没有。资料室闷热异常，没空调，影印资料有的字迹模糊，要用放大镜仔细查阅。我的近视程度更深了，颈椎病时常发作，一次甚至中暑，差点昏过去。导师给我送来两盒藿香正气水。

我们住在学校旁的出租公寓。只有四十平方米，房租要好几千。学校从去年改了政策，只多发三百元津贴，不再提供免费宿舍。那点可怜的博士津贴远远不够。导师也不给补助。他说，要磨砺心志，锻炼学术孤勇。妻的导师还好，不定期发点钱，也是杯水车薪。我在外面兼课，编些杂书，勉强度日。这些东西，不敢向导师抱怨。导师家虽冷清，可又宽敞又舒服。我们挤在小公寓，就连做爱也小心翼翼，生怕隔音不好，惹得邻居讨厌。

夜深人静，妻紧紧拥抱我，她的身体是瘦的，我抚摸着她清晰的肋骨，感受温热的呼吸，也不免苦楚。这样的生活，何时结束？那顶黑色博士帽，到底值不值这样的付出？

早上过来前，妻和我争吵。她心疼钱，不让我买东西。岳父过寿，我也没买啥高档酒，不过两瓶三百多元的“海之蓝”。可我明白，论文下个月要提交，如果导师不同意外审，答辩就要泡汤，找工作就要推迟。我和妻都在读书，没收入，眼瞅着三十岁，日子咋过？

我捏着那卷材料，看着导师冷冷的眼，仿佛捏着块沉甸甸的冰。妻依偎着我，有些颤抖，我低下头，脖子上的青筋“嘭嘭”地跃动，好似随时可以跳出来的长虫。

你到底弄不弄？导师的语气有些不耐烦了。

那只缅因猫“夜王”，弓起身体，背毛奓起，发出低低的警告声，像个讨厌的监工。

二

“路漫漫其修远兮，吾将上下而求索。”

屈子这句话是说给我的，我拿它当座右铭。我对自己说：路修远，还做得不够，你要当真正的学者，严格的教育工作者。

北方的春节，千篇一律。放鞭炮，吃年夜饭，看春晚，傻呵呵地等敲新年钟。我们需要仪式，其实是害怕孤独，我们的怯懦，让我们以聚集形态逃避孤独。

陈美林这个恶女人真走了，欣欣也和她一起走了。都走吧，我早晓得，她们一定要走。

那天下午，我忍不住流下泪。我坐在沙发上，抽着烟。烟雾缭绕，遮挡了视线，也挡住陈美林充满讥诮的眼。她是保险公司会计主任，喜欢算账。她决定和我离婚，跟着她的上司，那个“刘总”共赴美好生活。她的脸上恢复了我多年未见的容光焕发的气息。她有大把时间做瑜伽，按摩，身材保持得不错，我却整日整夜忙碌学术，日渐苍老。

她远远地在我身边站定，说：路教授，天天拼命，还是住办公室算了。可这么拼，怎么也没评上啥“学者”名头？

她知道我的“七寸”，懂得在哪里能戳疼我，哪里扎得出血。

我握着拳头，紧紧的，但还是慢慢松开。我是大学教授，要有素质。已经离婚了，再吵架，楼上邻居听到，要笑话了。我不理她，就是最高蔑视。我继续抽烟，眼里熏得有些泪，只听她“哼”了一声，拖着箱子走向门口，高跟皮鞋在地面轻叩，发出“咔嗒咔嗒”的声音。她在门口站定，又说：欣欣和我一起。

我吐出烟，终于看清欣欣瘦瘦小小的身影。她垂着头，背着小提琴，悄无声息地跟在陈美林身后。她那么沉默，就连分别都舍不得与父亲多说几句。她很像我小时候。我不想她为我错误的婚姻买单，可有什么办法呢？我和陈美林的战争，她看在眼里。她不指责、分辩，连沮丧的表情都不曾表达，这反而更令我内疚。每次我看到欣欣麻木的眼神，总感觉心被什么揪住了，很疼。她不愿和我谈心里话。

研究教育学的教师，居然无法教育女儿？这真是荒诞。

让她们走，也许，这恰是我期待的。我又回到博士时期单身汉的状态，我可以全身心地投入研究。那时我和陈美林关系还好。我在博士房苦读，她在老家保险公司，每周带着孩子来看我。陈美林认为我能改变她的命运，那时博士毕业还能解决家属就业问题，她想调入我们学校机关财务，成为悠闲自在的女人。我住在六楼，当阳光照进冷清的博士房，阳台飘起晾晒的衣服，如风中蝴蝶，我会听到陈美林的笑声……

等我毕业，博士学历已不那么值钱，我费尽全力，在导师的支持下才堪堪留在母校。陈美林应聘来省城保险公司。事情慢慢变了，不知不觉。她变了，我也变了，当然，她变得更多。她对我不愿再忍耐。她越来越相信，这世界只有钱是最可爱的东西，有了钱，就有了一切。当她遇到那个有钱上司，一切也就顺理成章了。

我不甘心。我是大学教授！妻子居然被商人骗走，太丢人了。女人不可信，她们太善变。她们的情感，如同飘扬在风中的柳絮，随时会无影无踪。还是学问最可靠。我写的论文，不会自己飞走；我申请的项目，不会离我而去；我编写的教科书，只要有一级又一级学生，就要在我的名字之下，反复被研读。

我又恢复了读博状态。我严肃，谨慎，充满战斗激情。我可以名扬天下，成为学术权威。我可以的。每天早上，我定好闹钟。五点半起床，诵读经典半个小时，去小区跑步，锻炼身体，呼吸新鲜空气的过程之中理清思路，想明白论文和课题思路。早上七点半，我吃完早饭，阳台的春光安静地透进来，我开始了学术阅读和写作。中午，我点个外卖，午睡一会儿，继续工作。晚上，熬点稀饭，工作到十二点再洗漱上床。这样有规律的生活，才适合我。

我全部被学术所拥有，我也拥抱了学术，畅游在学术海洋，好充实，好踏实。

家庭的气息，在那套一百五十平米的房子里日渐稀薄。欣欣的泰迪熊、陈美林的化妆品，我都没有收起，看书累了，盯着那些物品，感受她们曾经的欢声笑语，还有淡淡的逝去的气味。我的住所，越来越像坟。阳台角落，有一只欣欣喜欢的书包，紫色的，里面有作业本、发卡、漫画书和文具。她没带走，好像刻意把书包留下来陪我似的。

我把书包摆在桌子前，仿佛是个可爱的笑脸。

我还有那只缅因猫“夜王”，它原是欣欣养的。欣欣走后，它也变得沉闷阴郁，叫都懒得叫。有时我把它抱在怀里，在躺椅里午休。它从来不挣扎。它在夜晚会变成魔鬼？我不晓得，偶然深夜起来上厕所，能看到它碧绿的眼，在黑夜中熠熠生辉。

我和世界的联系，只剩下学界往来，以及学校那些烦心事。现在的学生，都不省心。我多希望能带出几个品学兼优的好学生。可他们都不想吃苦，下不得史料功夫。教育学也要史料功夫，傅斯年说，上穷碧落下黄泉，动手动脚找东西。做学问，不熟悉史料，怎能打下好基础？

三

静悄悄的，只有妻翻动资料发出的“沙沙”声。

妻的嘴噘得老高，满脸都是愤怒和委屈。导师不是按常理出牌的人。我的同门最怕接到老师电话，总有乱七八糟的杂事。他自己忙，疯狂地忙，也见不得我们闲。偏偏他还吝啬，不要说发补助，平时请吃个饭也抠抠搜搜，带我们去快餐店。

妻对我的导师原本也很崇敬，可自从我到了导师门下，妻就没啥好言语了。

啥教授，骗子！妻不屑地说，没学问，又没品。

导师的真功夫，就是找冷僻题目，然后鞭打研究生做挖矿人，诸如“民国儿童教育科学行为培养”“现代中国儿童创伤性心理研究”这类很唬人的题目。他的学问，大部分来自学生夜以继日地从故纸堆挖掘出的种种有用或无用的信息。他化身炼丹“巫师”，将那些东西，反复揉捏，挤压，熔铸，最后变成一篇篇论文，用它们来拿奖，搞项目，弄经费。

我虽也看不惯导师，但听到妻的讽刺，也不舒服。妻的导师，不热衷搞项目和论文，喜欢与和尚道士搅在一起，给和尚上课，帮道士编书，参与他们的各类活动，挣些钱，也有些福利，比如，免费在寺院吃素斋，节假日免费带朋友去游玩。

我看了眼导师，他此刻正在电脑前敲字，全神贯注，丝毫没留意我和妻的不满情绪。他的头发已花白，前额发际线很高，他皱眉时，皱纹层层堆垒，好似云南山上种的茶田，远远看了，有几分烟雾缭绕的审美感，走近了看，却心惊肉跳，密得怕人。

似乎有种悲壮的同情涌上心头。导师有很多毛病，但不能否认，他把学术当成生命。和那些混日子捞钱的老师比，干的总是正事。大年初一，不睡懒觉，不吃饺子，不走亲戚，不打掼蛋，趴在电脑前写论文，无论如何让人钦佩。人就是这样，只要专心致志干某事，总有人佩服，哪怕你只是简单金鸡独立，只要时间长，也有人认可你。妻说我性格软弱，被导师洗脑，但谁也不能否认，导师不疯魔不成活，把学术变成了最好的情人。

我劝着自己，浮躁的心渐渐平静下来。我认真检索民国材料，将有用的做标记，誊抄到电脑。我似乎忘记了春节，忘记了妻，眼中只有材料。我仿佛变成一只小蚂蚁，爬入字缝，融化在油墨香气，穿越到民国，变成勤勤恳恳的中学教师……当我全神贯注对付那些发黄的纸片，胳膊却一阵疼痛。妻又在掐我，眼神更幽怨了。我问怎么了？妻嘟哝着说：十点多了，我还想逛街，找个理由，咱赶紧撤。

我看表，果不其然，一个多小时了。我推开材料，走到书房，怯生生地对导师说：路老师，我们要去看看婷婷的奶奶，老人家九十多岁，等着我们呢。导师探出头，盯了我好一会儿，缓缓地说：这么急？我也很急呀，材料是为今年一篇重要论文做准备，必须这一周整理出来，必须三月份之前拿出论文，才能确立重大项目坚实的前期成果……

导师正讲着，客厅电话响了，导师接起电话，开始心不在焉，后来脸色渐凝重，阴沉。他捏着听筒，紧紧地，身体在颤抖。

我不管你和那个姓刘的怎么想，欣欣不能改姓，她是我的女儿！导师爆呵，声音在客厅回荡，似是呼应，窗外爆竹声又响成一片，仿佛某种天外来的笑。导师扣下电话，回到书房，脸色阴沉，竟关了房门，将我和妻丢下，不再理会。

怎么办？妻问我，我叹了口气，看来导师又和前师母闹起来了。

这时触霉头，没什么好果子吃，还是先把资料搞完吧。这么一闹，整理资料的心情也被扰乱，效率低了不少。要说我也是被虐得有几分贱，看到这些发黄的破纸，比看美女还兴奋。

我整理的速度慢了，妻就更不耐烦，搓着材料，时不时小声和我交流。书房门关了，导师也不会听到。妻问我，你们路导，堂堂教授，怎么混到老婆和女儿都跑掉？他不会有性格缺陷吧？妻的眼睁得大大的，完全是一副听八卦的吃瓜表情。

我略微了解些情况。前师母温婉动人，在银行当高管，又常年健身保养，虽已是中年，但身材紧致，曲线玲珑，加上性格开朗，很有男人缘。导师这些年醉心学术，肚肥发秃，邋遢随意。关键是导师这么拼，也没拿下那些关键东西，比如，重要人才帽子、院长职务等。俩人生活圈子不同，导师又不能给师母提供高品质生活，只要有个优秀男人介入，分开是迟早的。只是我没想到，导师的女儿也不愿和他一起，想来受不了导师孤僻性子，要不就不说话，说起来就滔滔不绝，关键还自恋，只要他讲话，没别人说话的份儿。

听说路导离婚有一段时间了，看状态还是很差。妻惋惜地说。

有些事，我没和妻说。有个师妹郭蕊喜欢导师。也不知为啥，可能是学术敬仰吧，郭蕊读书时就对导师特关心，如今她在某高校任职，孑然一身。按理说，导师离婚是好机会，好像又听说师妹要彩礼，导师虽是教授，也拿不出那些钱。

这样想来，导师疯狂谋求人才帽子，就可以理解了。他想有了这些，就能和学校谈判，争取更好的待遇。校领导也不傻，只是督促他出成果，不肯帮他跑帽子，或给个实惠官职。

路导不是当官的料，妻说，做事太轴，不懂变通，我要是上级，也不提拔他。

妻的言下之意，我也懂。导师不溜须拍马、站队表忠心，又没钱送礼，也没上级支持、学术大佬力量的加持。导师的导师，如今也已仙逝，他凭啥搞那些帽子？但导师那颗荣誉之心也非常强烈。听说，他每周都要去孙副校长和社科处刘处长那里，说是汇报，其实是泡蘑菇，软磨硬泡，逼着领导表态帮他。

聊着天，整理着材料，速度不快，好在不沉闷，我和妻开玩笑，并承诺下午陪她逛街，买化妆品，她的脸色才渐渐变好。我们仿佛又回到本科一起复习考研的艰苦岁月。

“当当……”墙上老式挂钟突然鸣起，好似委屈孩子的哭声。就连“夜王”也打了个哈欠，似乎同情疲倦的我们。

我长舒口气，眼睛酸涩，颈椎不舒服，材料总算搞完。我捧着材料，到书房拿给导师。他还是保持一个姿势，目光炯炯地盯着电脑屏幕。他接过材料，随手翻看，似是检查。

十二点了，我故作轻松地说，不打扰您吃饭了。

导师毫无表情，说：还有1935年的，一并整出来吧。冰箱里有速冻水饺，你们在厨房里下了，吃了饭后继续整理，弄完再走。

我呆住了。那只死猫，咧开了嘴，白白的胡须翘着，它在嘲笑我们吗？

四

这是压榨学生？我是为他们好。

现在的学生，太娇气。程兵是农村娃，人较朴实，可他的老婆孟婷婷，看着就桀骜不驯。我让程兵干点活儿，她就撺弄他要劳务费，要不就让我给程兵推论文。现在博士毕业，学校要求高，C刊资源宝贵，我要发也不易，博士生不经过严格训练，将来怎么搞学术？我从来都鼓励学生自由投稿，一块好钢，要经过锻打淬炼才能成为锋利武器。我晓得个别学生不服气，就连程兵，也向我暗示，说孟婷婷的导师，帮她发了个 C 刊论文，她太幸福了。啥意思？讽刺我？跟着我不幸福？天大的笑话，谁规定导师有义务给学生发文章？

我读博士时，导师让我整理资料，我独自在资料室抄卡片，一个暑假，资料室皮椅都被我磨破了，导师也没给我一分钱。我很感激他，导师磨炼了我的心性与意志，没有这样的功夫，怎能在这样一所著名学府当教授？

程兵夫妻看望我，我还是很高兴的，说明小程心中认可我这个导师。不就是春节期间查点资料吗？顺带手的事。真正的学者，远离世俗欲望。风动，旗动，不能心动。我当年读书，市中心美好广场，都没去过一次，暑假和寒假大部分时间都在学校图书馆读书。日本京都学派学者宫崎市定，十年如一日，每周四下午，聚集一群人研究清代宫廷密档，过年过节雷打不动。这不值得我们学习？

春节太闹，打乱了我的节奏。河北老家不想回，回去要应酬，麻烦，给父母从微信转五千。陈美林和刘总领了证，她居然带着欣欣在新买的别墅过春节。欣欣的心也太狠，春节也不给爸爸打电话。陈美林还说要给她改姓，我死也不能答应。虽然欣欣被法院判给陈美林，但她的血管里淌着我路修远的血！想到这事，我气得发疯。我真要疯了，想打人。我承认，自己有些疑神疑鬼，我可能是抑郁症。我偷偷查过医书，好多症状都吻合。

我不相信那些女人，《三十年代儿童创伤性心理机制研究》的论文里，我批判了非婚生子和被遗弃儿童的母亲。遭到了某些女性学者反击。她们说我是意淫，厌女情结，攻击女性的变态学者。

她们才变态！我只是抑郁，被那些女人伤怕了。

社会都在传我和郭蕊的事，真是冤枉。我是教师，研究教育学，为人师表标准，我还是有的。即便离婚，我也不会和小我二十多岁的郭蕊在一起，这和彩礼没关系。郭蕊是个好女孩，对我也许有几分情愫，我这个年纪，情爱的事，早已看淡，无非又一个围城，又一份责任磋磨，空耗无数时间。

我对郭蕊说过，路修远的命，已献给学术，人生苦短，梦幻朝露，要做有价值的事。春节太闹，春节晚会闹，窗外爆竹声也闹，还有窜来窜去的人。中国人太看重虚伪礼节，有限生命浪费在虚头巴脑的事上，真是悲哀……

我让程兵和孟婷婷在家里吃饭，他们很诧异。谁规定过春节就要大吃大喝，一群亲戚聚集吹牛？西方圣诞节放假，一般就两天，然后大家赶紧忙工作。我们这边可好，不过正月十五，不见有人正经上班。

程兵还好，不说话，孟婷婷咬着嘴唇，眼中冒火。我喜欢看女人吃瘪的样子。为了安抚程兵，我主动给他们下饺子，韭菜虾仁馅，我昨天在超市买的，大年三十，我也是吃的这个，味道不错。我还开了两盒熟食，拿出饮料和啤酒。按照惯例，我让学生整理资料，让他们去亨得利吃快餐。在家里吃，那是不错的待遇了。

饺子出锅，孟婷婷别扭着没吃几个，程兵还好，吃了足足一大盘，他试探着问我有关论文外审的问题。孟婷婷也支起耳朵。我不禁好笑，就知道他们拜年是别有所图。

你自己感觉论文如何？我盯着程兵问。

还行，行吧，程兵又开始挠头，结巴着说，哪里不行，我可以改。

让他外审吧，孟婷婷憋不住，红着眼说，工作这么难找，您发仁慈，放了他，我们继续认真帮您搞资料！

被她气乐了，我求着程兵考博士？想考的人很多，很多考生都有强硬背景，是我力排众议，把他招进来，也是看重他勤奋肯干，如今倒成了我不让他毕业？搞资料也是为他好。资料都搞不好，论文肯定写不好。他的论文不过关，外审被毙掉，学院招生名额缩减，我就成了学院罪人，五年毕业又怎样？为何不珍惜跟着老师学习的机会？

看修改情况再说吧。我没答应，也没拒绝。这的确要看论文完成度。

程兵垂下头，拿着汤匙的手轻微颤抖。孟婷婷抽噎着，眼泪掉下来，轻声说：我都快三十了，不毕业，不知到哪里工作，不敢买房，也不敢要孩子……

和我有什么关系？谁说毕业就要有房？我刚参加工作，也没房。我的第一套房，是单位分的，1998 年最后一批房改房，只有四十五平米，我在那里住了好些年，也没感觉差。现在的学生，都想毕业一步到位，没有奋斗精神，只想要待遇。

我不理他们，让他们在材料海洋里冷静一下吧。任务很多，必须抓紧时间。门虚掩着，我听到孟婷婷的哭声，断断续续传来，女人就是麻烦。“夜王”发出低吼，想来对这个制造噪声的女人也不耐烦。我又听到程兵的安抚之声，细细的，仿佛一条条红丝线。慢慢地，这些声音都消失了。好一会儿，我悄悄打开房门，大概下午三点吧，天色渐暗，客厅灯开了，程兵夫妇伏在桌上整理材料，不再抱怨。

我站在客厅，“夜王”仰着脸，和我对视，那双碧绿眼眸深处，似有无尽悲伤。我这才想到，忘给它弄饭了，就手忙脚乱地倒猫粮，换水，加鸡胸肉冻干和几条小鱼干。我不知道，欣欣为何给它取了这么个古怪名字。晚上，等我睡着，它会在客厅各个角落欢畅奔跑，快如闪电，有次甚至撞倒花瓶，平时就是懒洋洋的，像极了摆烂的男人。

“夜王”吃饱了，慢吞吞地在客厅逡巡，还没到夜晚，它居然那么精神。

我回到书房，又过了一个时辰，客厅突然传来孟婷婷的惨叫。她和程兵爆发了激烈冲突。我去劝架，孟婷婷甩开我的手，挠着程兵的脸，骂道：你个屃货！读博士读成软蛋！大过年的，谁把送礼的学生拘在家里干活？你连屁也不敢放，将来还指望你撑起家……

我愕然，又有些惊讶。程兵的脸被抓花了，跌坐在地上，眼镜腿斜挂在耳边，样子非常可笑。孟婷婷也趴在地上，大声哭泣。材料散落一地，仿佛满地的纸钱。这下惨了，年代顺序弄错，还要再整理，真是岂有此理。"夜王"围着他俩绕圈，锋利如刀的爪子，伸出了肉垫，在白色瓷砖地面不断划动。

没想到，这点小事，就让他们崩溃，早晓得这样，就放他们回去了……

陈轩断断续续看了广播剧脚本，被程兵博士和路修远教授的故事搞得心烦意乱。好像还没完，李小凡的稿子只这么多。他平时嘻嘻哈哈，心里却藏了这么多故事。故事听着真实，也别扭，"程兵"和"路修远"定是化名，故事也有添油加醋成分，可总觉有股扑面而来的压力。路修远不是疯狂压榨学生的典型。有个女导师，每周都让学生去她家打扫三次卫生，一分钱不给，还经常叱骂，学生忍无可忍，将导师告到学校。

讲这些烂事有啥用？证明读博这件事有多无聊傻逼？

下午的阳光一点点退去了，还残留点光晕。博士房窗台上，摆着一盆盆多肉和仙人掌。光晕缓慢从植物上移走，如同一张张魔法消失的黄金卡片，遗留下浓黑的阴影。黑夜将至，万物缄默。阳台外，是一片片学生宿舍，那里有无数声音组成的秘密，也即将隐入黑暗。可惜，他并无兴趣知晓。"夜王"跟在身后，冷冷注视着。陈轩从窗台镜子里，看到了它倒映的、硕大的猫头。兀地，它嚎起来，不似猫叫，好像某种不知名野兽。

陈轩被吓得打了个寒战。这只猫太邪门，不是被阉割过嘛，怎么还这么大火气。按照计划，此时他该去图书馆，不知怎么了，陈轩感到一股巨大的酸楚，顶到鼻腔火辣辣的，或许，还有很多莫名的恐惧。

陈轩的导师莱教授，开学前几月在法国，昨天才回，据说弄了批资料。刚才，陈轩接到导师微信：这批资料，需要博士一年级两个同学，一个月内整理出来。

健身兽

一

星期四早上，高伟博醒来，平生第一次梦到了自己的尸体。今天是星期五，高伟博很忙，但还能想起昨天的沮丧感。他给研究生上完课，通常不回家，在教工餐厅打饭，回办公室，和学生们一起吃。可眼前的饭菜，他咽不下去。他的脑海里摇晃着一个影子。勾芡肉丸、撒着芝麻的椒盐排骨、红烧老鹅，都是他爱吃的，如今却变成了一张张催命符。他又拿出“马大神”发的那条微信，仔细看了看：你是一个失败的男人。你要拯救自己，你要活成一只勇猛精进的豹，在生命的山峰，睥睨世界。

“失败”的男人？高伟博没这样想过。他在这所南方大学当教授，也有十年了。工资不高，够花；爱车非豪华，够开；老婆不是“倾国倾城”，也是“小家碧玉”；儿子没有“天赋异禀”，但考个像“好饼”的大学问题也不大。高教授热爱厨艺和旅游，喜欢在朋友圈发美食和美景图片。学问上，他兢兢业业，也有些拿得出手的成绩。

上周末，“美好”的生活向他龇出了獠牙。

晚上，学生家长请客，高伟博和几位教授，还有些校中层领导，都参加了。高伟博酒量不大，黄酒略喝点，白酒不敢沾。家长诚惶诚恐，说的都是恭维话，领导也纷纷向他敬酒。高伟博多饮了几杯，出了包间就感到天旋地转。他强撑着，旁边有人比他还惨。邻座甄院长喝茅台，手舞足蹈，看着就是好酒之辈。他和甄院长一起乘坐电梯，按铃从六楼跳到地下一楼停车场，他回过头，甄院长就不见了。

甄院长像一根煮烂的面条，瘫软在了电梯间。

有人喊救护车，有人说找找他身上，看带没带着药。科研处的刘副处长很有经验，大声喊着让大家散开，给他一个空间。有人带头，大家纷纷响应。刘副处长又让甄院长平躺在停车场保卫的长条桌上，递给他一瓶矿泉水，让他慢慢地喝。

他有高血压，电梯速度快，引发心律不正常。刘副处长说。

高伟博很诧异，院长和自己年龄差不多，不过四十多岁，怎么如此虚弱？

这是缺乏锻炼，“三高”不是小事，会要人命。刘副处长感慨着。

这番话引起大家共鸣。高伟博问问其他教授，有的跑步，有的游泳，女老师练瑜伽和健美操，只有自己，啥业余锻炼都没有。

高伟博爱独处养性，平时除了上课，就是宅在家里读书写论文，搞科研项目。他不喜欢运动，也耐不住枯燥，觉得挺浪费时间。

刘副处长又说，他原来也有三高，锻炼了半年，好了很多。学问做不完的，甄院长这样子，就是上个月申请国家重大项目，累狠了。

诸位大学教授，看向甄院长的眼神，莫名多了点兔死狐悲的意味。都说大学教授受人尊重，谁晓得其中的苦？科研压力与经济压力，这两座大山压得人喘不过气。高伟博家庭条件不错，可高校老师都要弄科研，教授如果没有学术活跃度，照样处境尴尬。

把甄院长送进医院，晚上回到家，高伟博心绪不宁，总有一根烂面条晃动在心里，散发着哀怨气息。他又接到研究生同学周童的电话。周童语气低沉，说：同寝室的冯建军，昨天晚上抢救无效……高伟博努力回想冯建军的样子，想了半天，还是有些模糊，只记得胖乎乎的。周童介绍，冯死的时候，脸黑得吓人，完全认不出来了。那是心梗的症状。

心脏三条大血管，堵了两条，交通环线也抵抗不住这种堵，周童叹息着。

高伟博失眠了。往日柔软的床垫，如今变成铁砧板，高伟博翻来覆去，身体像长出鳞片状东西，被铁砧板一点点地蹭掉，钻心地疼。他瞪大眼，黑暗寂静，除了妻的鼾声，只有家具的轮廓隐隐浮现，如同暗夜大海中漂浮的鲸鱼死尸。它们是无声的，用死亡的永恒，嘲弄着自以为坚固的东西。

高伟博很少想到死。人生经历，仿佛电影般在脑海不断循环播放。少年求学，中年教书，忙忙碌碌，谈不上多圆满，好像也没过够。他想着冯建军孤零零地躺在停尸房冰冷的铁床上，眼泪就不由自主地涌出来。他依稀记得，十二岁那个冬天，他第一次见到死人尸体。那是邻居奶奶。她的脸色灰白，皮肤失去了弹性，嘴角微张，仿佛是一个诡异的笑。她笑什么？少年高伟博挤在人群中，总觉得那个微笑对着自己，让他如芒在背。人到中年，那个微笑似乎潜伏在记忆深处，再也没冒出来过，可这个夜晚，它被如此轻而易举地召唤出来了。“微笑”似乎提醒他，很多表面看起来幸福的事，如事业成功，妻子贤惠，儿子聪明，有大房子和豪车，不过是造物主的把戏。那位冷酷老头，随时可以微笑着把它们收回。

高伟博爬起，跌跌撞撞地奔向浴室。打开灯，一股月光般明亮的气息从头到脚地浇灌下，他长长地舒了口气。活着，这真好。他发现了镜中的自己，日渐稀疏的花白头发，不能再用力梳理。龇出的鼻毛，都有些白了。大大的眼袋，好似下垂的肚子，难堪地牵拉着。满脸的肥肉，拥挤在两腮和松弛的脖子上，抹不平可怕的皱纹。

他第一次恨上了镜子，像白雪公主的恶毒继母，嫉妒时间魔法赋予青年人的活力。他翻出“马大神”的微信，文末还有几句话，说得沉痛：

生活，读书，搞学问，都是为了一个证明。

尽可能地健康活着，只有活着，才能有机会证明，我们存在过。

我们“在过”，这比什么都重要。

二

无人的健身房，仿佛是冷漠的钢铁坟场。

成排的钢架，一个个沉重的哑铃，橙红色的瑜伽垫，散发着汗水的酸味。房子北面，是一排排跑步机、椭圆机和不知叫啥的器械。

让高伟博震撼的，是四周雪亮的镜。健身房简直是镜子的世界，它照亮光滑的地板，让男女老少无所遁形。身材性感健美的女人，衰弱的中年大妈大叔，甚至超级肥胖的男女，都必须在镜子面前，接受大众的目光检验。

“不要管别人的目光！活出自我！”健身房的标语，还是让人振奋的。

这身材不行，练出来，最起码两年。“马大神”缠着护腕带，上下打量他。

我就是出出汗，减减脂，把三高降下来，高伟博讷讷地说。

“三高”的问题，也是高伟博的秘密。前些天，他的体检报告被学院秘书拿错，放在学院行政办公室。他赶去时，报告封皮的细线已被人扯断了。他接过报告，感到办公室几个年轻女秘书都对着他笑。他莫名其妙地脸红了。出了办公室，在拐角僻静处，他抖抖地打开报告，几个鲜红的加号，触目惊心地躺在那里，血淋淋地宣告着他的处境。血糖高，血脂黏稠，血压还凑合，尿酸非常高，脂肪肝到了严重地步……

他瘫坐在走廊椅子上，额头冒汗，冯建军和甄院长的面孔，又浮现在眼前。

憋屈。他真没大吃大喝，就是运动太少，熬夜，外加抽烟。这些年，他醉心学术，常感到时间太少，要多看书，多写作，身体就忽视了。回到家，看到抽屉里的中华烟，他马上送给了小舅子。晚上也不敢熬夜了，到点正常睡觉。他还去了趟市中医院，拿回一大堆中成药和汤剂，天天咧着嘴，强忍味道喝下去。

这些还不够。医生说了，加强锻炼才是根本。

他想到大学时代的体育课。高伟博身体素质一般，引体向上和长跑考核，都是托关系找人才涉险过关。他不踢足球，不打篮球，游泳只会狗刨，只有跑步这种孤独的运动适合他。但由于体重大，有关节炎，走路膝盖酸痛，长跑也被搁置了。

"健身"耗费时间和金钱，高级健身房要办卡，想锻炼科学，玩转器械，还要有专业教练指导，特别是综合格斗这类技能，必须有保护。锻炼时间长了，健身营养餐是必备的，牛肉，深海鱼，低糖食物和水果，低热量蔬菜，还需蛋白粉补充体能。高伟博办了年卡，健身房的人让他请教练，他有些踌躇，一节课四百多，有些肉痛。

幸运的是，他还有"马大神"。

"马大神"本名马凤奎，是外语学院朝鲜语方向的教授。和高伟博这种"运动小白"不同，他大学时代就爱健身，二十年如一日，将汗水洒在健身房。作为回报，他有了"马甲线"，也拥有健硕的肌肉，被称为“N大马东锡”，以呼应韩国那位膀大腰圆的暴力影星。他不苟言笑，戴着墨镜，脸上棱角分明，如希腊雕塑般。“马大神”有双肩文身，是女战神雅典娜和东方狂龙。他冷冷地走在街头，常被人误认为是黑社会打手、职业健身教练，或体育系教师。他操持着朝鲜语，挥舞着拳头，韩国人和中国人看着都会害怕。

“马大神”生活简单，除了锻炼就是读书，保持着独身。高伟博问过他，不想女人吗？“马大神”说：女色杀伐性命，勇猛的“思密达”，要识破“白骨骷髅”陷阱！

在“马大神”的引荐下，高伟博认识了一群爱锻炼的同事，他们有个微信群叫“N大健身教授群”，群里有活泼的老麦，沉默寡言的李萍，美国回来的胡约翰等。他们年龄差距不大，都是四五十岁中年教授或副教授，年轻的也要三十多。他们有的为了娱乐，有的为了减肥塑形，更多的是高伟博这类教授，受到疾病困扰。老麦开玩笑说，啥“健身教授”，又不是学术头衔，“健身兽”就挺好。社会上都喊咱们“叫兽”，咱就是锻炼体魄，教授也要帅帅的，美美的，去掉“秃顶大肚子”！大家将热烈目光投向“马大神”，对老麦的言论颇为赞同。高伟博有点自惭形秽。他就是老麦说的那类“不雅形象”教授。

一群中老年“健身兽”，在健身房高呼呐喊，还真有些滑稽。

“马大神”自告奋勇担任群主，提供专业指导，比如，教授专业动作，讲授相关保健按摩和营养学知识。对于高伟博这样肥胖体弱的三高患者，“马大神”的建议是：三分练，七分吃，要配合节食，增强肌肉含量和代谢率，先减脂，提高身体素质，再一步步地锻炼。

运动，节食，对高伟博来说，都太难了。

先去体育用品店购买专业装备，宽松舒适的运动服，护腕、护膝和护腰，纯棉吸汗大毛巾，运动型水杯，专门泡柠檬和红枣，增强饱腹感，补充气血。准备工作完成，高伟博在“马大神”指导下每周锻炼四次，只要没课，他就泡在健身房，如果白天有课，就争取晚上去。他先跑椭圆机，再是跑步机。开头一周，简直像散了架，运动后的拉伸也疼得要命。

老婆支持他锻炼，主动揽下做饭和接送孩子的任务，毕竟体检报告摆在面前。可老婆也提出了警告：锻炼就锻炼，别整歪门邪道的。我听人说，健身房有很多美女，你要管住眼和嘴。高伟博苦笑着说：我哪有那闲心？再不好好锻炼，命都没啦！

高伟博疯魔了一般，除了正常上课与写论文，时间都用在了健身上。晚上去应酬，老酒不喝，饭菜不吃，搞得宾主都扫兴。最难的是高强度无氧运动，心脏都快蹦出来了，还不能正常进食。高伟博最喜欢吃的蛋炒饭和红烧肉，也只能禁了。由于血糖高，他基本告别米饭和馒头等主食，只吃杂粮。那天他狠心吃了碗“鸭血粉丝汤”，也被“马大神”教训了一顿。粉丝主要成分是淀粉，要合成脂肪的。就是吃鸡蛋，也只吃蛋清，蛋黄也含脂肪。吃肉的话就是白煮鸡胸肉和牛肉，吃了几天，嘴角都上火了。

高伟博咬牙坚持，还写健身日记，鼓励自己，可效果不明显。他有些泄气。恰在这时，颜曼丽出现了。她带给了高伟博巨大的改变。

三

周四晚上，高伟博又到了健身房。“马大神”要求高，八组卧推实在完成不了，只能在无氧运动区训练平板支撑。搞完这些，高伟博又挑选小杠铃，练习硬拉。正当他挥汗如雨，旁边有人轻声说：姿势要正确，肩部发力太多，起不到训练效果。

高伟博回头，是一个身材高挑的俏丽女孩。

高伟博不是没见过美女。在高校教书，又是社会学这样的文科，莺莺燕燕自然不少。他带的研究生和博士生，也是女生占多数。可他的心思，大部分都在学术上。大学毕业，经别人介绍，他认识了在市二中教语文的老婆，谈了半年，俩人彼此满意，迅速结婚，生子。有了家庭，高伟博教授更是对女人不苟言笑，女学生害怕他，女同事暗地里嘲笑他是老古板。他却不太在意。他不是不喜欢美女，只是怕麻烦。高校管得也严，有些男教授就是栽在这方面。

女孩一米七五左右，细腰圆臀，身材挺拔，皮肤白皙，秀美的眼又大又亮。聊了几句，高伟博才晓得，她是专职女教练颜曼丽。曼丽体育大学毕业，是馆里的明星教练。高伟博这个迂夫子，每次来健身馆都是一副拼命锻炼的架势，从不注意美女。美女过来搭讪，他反而慌了。

我不买课，就是减肥。高伟博直言不讳，他明白，教练想让他买私教课。

没关系，咱们聊聊，希望能帮到你。曼丽笑得阳光，看着诚恳，靠谱。

高伟博碰到过搭讪的女人、减肥的女学生、找资源的女房产中介、期待结婚的漂亮女护士，更多的是身材臃肿的中年妇女。N大“健身兽”中也有几个“女兽”，不是太瘦，就是太胖，难得有身材好、颜值高的。

随后，高伟博和曼丽接触了几次，感觉很好。人家是正经女孩，对嬉皮笑脸的男人，从不假以辞色，她对高伟博很尊重，一口一个“高教授”喊着。“马大神”不是合格教练。他戴上耳机就进入癫狂状态，不耐烦纠正别人动作、帮助学员进步，他最喜欢带着大家一组组地做枯燥的举铁项目，两个女老师当场搞到腿抽筋。大家都有些怕了。高伟博也不太愿跟“马大神”训练了。“马大神”郁闷了一阵子，暗地里说：老高重色轻友哇。

高伟博跟着曼丽体验了一节私教课，效果不错，对买课有些动心。他先尝试买了二十节，曼丽给了一个很低的折扣。经过两个月训练，他的腰变细，肚子也小了，整个人气色好了。再去医院检查，血糖和血脂控制住了，尿酸大幅下降，脂肪肝也变成轻度的。

高伟博由此信心大增。可他洗澡时发现，皮肤变得松弛了，像块树皮缀在身上。他问曼丽怎么办，曼丽说，要上瑜伽课和格斗技能课，配合特殊精油，才能慢慢恢复。只能继续买课。他瞒着老婆提钱，做贼一般。老婆大大咧咧，也没发现情况。高伟博鬼使神差地买了十几万元的私教课。效果的确好，他搬轮胎，练瑜伽，跟着曼丽练综合格斗，身体越来越轻盈。高伟博去上课，同事惊呼，他简直变了一个人。“马大神”对他的态度好了很多，说：你小子行哇，不管怎样，锻炼就好。

“健身兽”们发现了高伟博的秘密。李萍等几个女教授，对高伟博冷嘲热讽。李萍练得不错，天生就是瘦人，喜欢在跑步机上狂跑。这种瘦人体质，吃啥都不胖，让人羡慕。她运动完了，去日料馆和泰国餐厅大快朵颐，发朋友圈。她觉得健身自己搞就成，犯不上花钱。她最崇拜“马大神”，提到他，眼里全是星星，还整天把他挂在嘴边，说他是“国内高校健身第一人”。胡约翰那些从国外回来的洋教授，倒赞同高伟博找教练，但普遍认为他目的不纯。最可恶的是老麦，这家伙没安好心。

老麦拍着他的肩膀，说：我监督着呢，如有异动，要汇报给嫂夫人哟。

高伟博有些心虚，说：麦教授，你要怎样？

老麦意味深长地笑着，露出抽烟熏黄的牙，说：你的私教课，我上上呗，也体验一下美女服务的感觉。

高伟博打心眼里腻歪老麦。他和老麦住在一个小区，都是N大教工宿舍紫金书香小区。老麦在行政管理学院，严格说起来，不是教授，只是后勤处副处长，因为教着课，他也挂着副教授牌子，行政与科研“双肩挑”。老麦五十多岁，瘦小枯干，学问是不做的。他是本地人，靠着拆迁赚了不少钱，行政职务方面也不想再上了，天天泡在健身馆，也不好好锻炼。他这人有点色，喜欢骚扰美女，又抠门，舍不得买课，只能馋痨痨地看着高伟博上私教课，眼神都能擦出火。偏偏老麦还嚣张，群里嚷得最响亮的就是他，说要打造N大健身神话，超越“马大神”。高伟博想，老麦若能有八块腹肌，肯定是用颜料蘸着口水画上去的。

高伟博支支吾吾，没答应老麦。老麦阴着脸走开了，满脸都是愤怒。

高伟博也不高兴，一节课四百多块，凭啥让老麦体验？自己是为了保命，才来锻炼的。每锻炼一次，都是续一次命，和老麦又不是失散多年的兄弟，凭啥把命给他？

曼丽的课，的确心惊肉跳。曼丽爱穿天蓝色紧身服，把身体各部位勒得非常显眼。每次她给高伟博拉伸，高伟博都会不由自主地闻到她身上的汗味。那是一种混合着香水、汗液和精油的味道。曼丽做一些幅度大的示范动作时，高伟博还能时不时地看到深深的乳沟。最让人不好意思的是一些臀部动作，是个正常男人，就受不了。她的紧身衣，纤纤细腰靠近臀部的地方，每次都被汗渍打湿，形成湿漉漉的圆形，更让高伟博眩晕，呼吸不畅。

曼丽赶紧停下，关切地问：不舒服？要不要休息？

高伟博深呼吸几次，又到浴室，用凉水洗了洗脸，滚烫的血液才慢慢冷却。他自以为是正人君子，可今天咋了？只能请教真正的直男——“马大神”。

“马大神”面无表情地听了高伟博絮絮叨叨的讲述，缓缓地说：健身不是撩妹，是孤独的事业，运动到极限，极疲倦时再挑战一下，来上几组动作，会收获极度愉悦。你全神贯注于自己，你就是世界的王，一切由你做主。

这才是健身的奥义！“马大神”说着，目光炯炯，就差摸高伟博的脑袋，来个醍醐灌顶了。

“马大神”也太直了，高伟博悻悻地嘟哝：说得痛快，可不解决啥问题哇。

高伟博站在悬崖边，快把持不住了。山风太大，他就是一本唐僧的“经书”，一天天地被耳鬓厮磨，软磨硬泡，也早被吹得凌乱不堪，就差化成一摊“纸浆”了。

四

年末，健身馆要举办“极限单车挑战赛”。“动感单车”也是高伟博喜欢的项目，大家在动感十足的音乐伴奏下，表演各种眼花缭乱的动作。这个项目，考验的是心肺耐力和肌肉抗疲劳性，从晚上六点到十一点，以剩下最后十辆单车为限。最后十名骑手就是胜利者。

曼丽第一个出场领骑。高伟博毅然报名参加。“健身兽”们这次都有点屃，老麦和胡约翰犹豫了半天，没敢参加，怕强度太大，“马大神”只喜欢撸铁，对单车不感兴趣。

“马大神”有些担心，说：老高，老胳膊老腿，别硬撑。

高伟博晃了晃脖子，沉声回答：好着呢，从没这么好。

夜幕降临，健身馆外的广场上，一百辆健身单车依次排开，好像一百辆银光闪闪的战车。高伟博最后检查了一遍装备，轻型水壶、毛巾、护具、发带，还有脖子上的哨子，一切齐全。一声哨响，百名勇士上阵。高伟博踏上单车，自豪感油然而生，好像真变成满身腱子肉的“健身达人”。灯光不断变幻，音乐也越来越急，每当一声哨响，就是一个教练结束了一个小节，下一个教练继续跟上。汗水从腋窝、发根和腿上，不断渗出，更不断顺着下巴滴滴答答地滴落在单车表盘上。记录卡路里数的表，也不断跳跃，仿佛是跳舞的小虫。高伟博偷眼看去，胡约翰和李萍羡慕地看着，都在为他鼓掌加油。

天色已然暗淡下来，广场上却激情如火，一个又一个选手败下阵，高伟博还在咬牙坚持。曼丽正微笑地看着他，目光之中流露出赞许。对于人类来说，肉身的强大，总要比精神的强大更具有视觉冲击力。高伟博不禁回想起数十年如一日枯燥的书斋生活。成堆的书，中文的，外文的，各种落着尘埃的文献资料，仿佛是禁锢着的水牢。他日复一日地被这些东西捆绑着，折磨着，浸泡着，抑郁，焦虑，脱发，最后在脂肪的阴谋中耗尽活力，走向生命尽头，就像衰弱的甄院长和死去的冯建军。

他必须改变，必须对抗强大的时间。也许健身的极致，正如“马大神”所说，是挑战自我极限的愉悦。他好像变成一只灵活敏捷的长臂猿，穿行在森林，野风在茂盛的毛发间呼啸，绿色葱茏、生机盎然的世界，在脚下飞奔而逝。速度，他必须拥有速度，身体不断起伏，摇摆，肾上腺激素燃烧，大腿和手腕不断传来痉挛般的抽搐。他咬牙忍住，汗水模糊了双眼，曼丽窈窕的身影也变得模糊了。她性感的腰肢，在紧身裤的包裹下，显得更加火辣。她始终微笑，好似一团火，诱惑着高伟博纵身而下，飞蛾般扑上去……

他猛地听到，胳膊上部某个地方发出了轻微的脆裂声，好似灰烬中，那些半炭化木柴二次燃烧后发出的响动。

高伟博栽在了地上。曼丽紧急救助。她是专业教练，学过运动创伤护理。并无大碍，只是肩袖肌群轻微撕裂，养起来麻烦，要较长时间，可能落下点轻微的后遗症。

高伟博没什么，曼丽很歉意，非要次日请他吃饭赔罪。高伟博也就顺水推舟，和她去了健身馆附近的“低卡轻食坊”。那里雅致朴素，全是日式榻榻米。女老板和曼丽熟识，精通茶艺和插花，在轻食制作上更有独到心得。女老板做的轻食，以轻煎嫩牛肉和鸡胸、深海鳕鱼寿司著称，上等有机蔬菜搭配，赏心悦目，养生不腻。

雅间外，精致的仿宣德炉里檀香气息袅袅，一个清纯干净的长发女孩，轻轻地弹奏着古琴曲《有所思》。

琴声时断时续，高伟博和曼丽说着悄悄话。高伟博摘下眼镜，眼前的美人朦胧起来。闻到曼丽的香味，他有些眩晕。一切太突然，太不真实。人到中年，他这书呆子，居然还能和如此美女约会，难道春天可以再来？高伟博捋了捋头发，好像真回到青春时代。他又变成那个羞涩的少年，偷偷地看着心仪的女生，心狂跳着，如同一只胖胖的、亢奋的金表。

曼丽挑着一只绿秋葵，轻轻地咬着，说：高教授真厉害，虽然掉下了单车，但仍坚持到最后十人，你是咱们馆里获奖的年龄最大的选手呢！

高伟博面皮有些抽动，没说啥，默默地伸出手，紧紧抓住曼丽的右手腕，好似深深海底，即将溺毙的人抓住最后的海草。

曼丽挣扎了几下，没走脱。高伟博的手有力，像抠住了单车的横梁。曼丽的脸红了，不再摆脱，而是挑衅地反转过手掌，温热的掌心，紧贴住对方的手掌。

高伟博手心潮热，凑过来搂住曼丽。雅间青色海胆布幔低垂，上面绣着的卡通人物，笑得开心。轻食大多是冷的，到了高伟博口中，也像是滚烫的，又倏地融化，不着痕迹。

曼丽的身体也是滚烫的。她仰望着高伟博，低声说：你的学问太高，我不敢和你交往呢。她趁势斜倚在高伟博怀里，脸红得娇艳欲滴。中午阳光是暖的，似一层细细的金粉，晒在高伟博受伤的胳膊上。他一动不敢动，好似生怕好时光是假的。太不真实了。高伟博在梦里也从未体验过如此销魂一刻。曼丽的脸，贴着他的脸，将一块鲜红的鲷鱼片，轻放在他的口中。

曼丽讲述着什么，漫不经心。高伟博头昏脑涨，全然没听清楚，好像是搞投资理财，要借他的钱周转。高伟博一惊，想抽出手来，曼丽反而凑紧，手心又贴了上来，嘴里的气息，慢慢地吹弹在他的脸上。

高伟博在深海翻滚，头顶就是深深的蓝，无声无息地压迫，劝诱着他放弃反抗。他迷迷糊糊地觉得该醒过来，集中精力，好好思考目前的处境。但他什么也做不了，甚至动弹不了。曼丽会欺骗自己？这样一想，高伟博又有些愤怒。他爱曼丽，愿意为她离婚，抛弃家庭，甚至为她肝脑涂地，只要能在人生下半场真正寻到点爱情。她在骗他？这难道不是电视上常见的套路？高伟博好歹是研究社会心理学的教授，居然会相信这些鬼话？

高伟博想发作，胳膊却软绵绵地使不上力。他摇晃身体，嘴里发出“呜呜”的声音，像在海水中吐出的气泡。高伟博看着曼丽诚挚的眼神，又否定了自己的想法。曼丽是好女孩，他也不过是迂夫子，没多少钱，曼丽能贪图他这点钱？他叹了口气，转念又想，即便是骗他又能怎样？男人不就是让女人骗的吗？

曼丽接了电话，说有急事，离开了包厢。高伟博自斟自饮，他喝着北海道清酒，从白色百叶窗缝隙中看到曼丽与穿着和服的女老板告别。门前高大的玉兰树下，是一溜白色的、缠绕青藤的法式长廊，略带着湿冷寒意的南方的风。曼丽套着一件黑色长款羽绒服。她把头发盘起，轻轻地笑着，挥舞着手，白皙的手指，好似一只只跳动的竹虫。

活着，到底为什么？高伟博痴痴地想着。像冯建军化为一团青烟，或如甄院长那般被孱弱衰老的肉身拖累，人生有什么乐趣？也许，只有片刻的温存，才是最真实的……

五

日子波澜不惊。那天之后，他们的关系，一直若即若离。高伟博表白了几次，曼丽只是微笑。他要更进一步，可总不得要领。过了段时间，曼丽说要去总部学习，让另一个女孩小高带着他上私教课。高伟博不痛快，也只能答应了。

几个星期后，曼丽还未回来。高伟博有些想念，看微信朋友圈，她在广东总部培训，晒的都是生猛海鲜照，发微信过去，曼丽也热情，可有了点淡淡的意思。高伟博情绪不高，锻炼也没那么及时了。“马大神”劝说：还是和我练吧。大家也打趣，说他是佳人不在，魂不守舍。老麦更阴险，冷冷地说：人要有自知之明。

没了曼丽，高伟博也辞了小高，还是和“马大神”混。“马大神”闷得很，除了撸铁，就是戴着耳机听音乐。高伟博也没兴致，俩人都不说话，一组一组地硬拉，“吭哧、吭哧”地，将杠铃摔得响亮。他突然有种无处发泄的郁闷。

高伟博丢下杠铃，后面没了声响，正纳闷，就被人猛地推开，脚下绊了个踉跄。再看时，闯进五六个男人，倒提着棍子，不说话，向“马大神”招呼。高伟博被唬得乱颤，不敢上前，嘴唇抖着，想喊人或打电话报警，却不能移动分毫，只看着“马大神”和人厮打。老麦和胡约翰几个同事都敏捷地跳开了，勇猛地跑到健身馆外，探头探脑地往里看。“马大神”的速干紧身衣被扯烂，露出胸前文身。那些人更猛烈地压上，丝毫不给他喘息的时间。几十秒后，“马大神”被放翻，蜷在椭圆机旁，紧紧抱着后脑，脸上和身上都是血迹。

领头的瘦高男人，啐了口吐沫，狠狠地说：就是个老师，还真以为是老大？

“马大神”动也不动，昏死过去似的。斜着蹿出个人影，撞开瘦男人，扑在马大神身上，哽咽着说不出话。

高伟博看去，竟是李萍，不禁目瞪口呆。

半小时后，警察来了，带走了他们。第二天下午，“马大神”又准时出现在健身房，只不过脸上包着纱布，隐隐透着血迹，有些狼狈。大家离他远远的，谁也不敢上前。

高伟博不忍心，给他一瓶水，悄声说：杀伐性命嘛，怎么杀伐到人家床上？

“马大神”丢下哑铃，喘着粗气，沮丧地说：身如污泥，心向莲花，鸠摩罗什口舌化舍利，方证因果不虚。我欲度化众生，不料身涉险境，可惜金刚不坏之身……

高伟博又好气又好笑，说：得了便宜还卖乖？李萍可惨了。

瘦高男人是李萍的老公，两口子闹着离婚。“马大神”没想到李萍这么执着，有点慌，转移到海德公园附近的小健身房。李萍寻了他几次，满脸都是憔悴。李萍常年玩跑步机，半月板损伤得厉害，又遇到这档子事，也就不来了，连带着很多N大教授也打了退堂鼓。热闹的健身房，少了这些大学“健身兽”，冷清了很多。

高伟博憋了一肚子话想和曼丽说。他打曼丽的电话，总也打不通；发语音，过了几天，她才留言，说是很忙。高伟博有了不好的预感，再联系，她的手机就停机了，高伟博赶紧找健身馆馆长刘教练。刘教练说，曼丽在总部培训，考过了美国国家运动医学院颁发的NASM证书，说是去了国外，手机换了，他们也联系不上。

高伟博脸色惨白，摇晃着，刘教练看他不好，扶住他说：曼丽出国前，借了很多同事和学员的钱，都找她呢，您也借钱给她了？

南方的冬雨，说来就来，仿佛扯不断的小白珠。高伟博失魂落魄，深一脚，浅一脚，向着家的方向走，往常熟悉到闭着眼就能摸到的地方，现在却遥不可及。路口，红绿灯闪烁，雨愈发急，高架桥上轰隆隆地跑着车。高伟博想喊，却听不到自己的声音，只能看到汩汩而出的泪，坠落在胸前，和众多雨点混杂，分不清彼此。

绿灯亮了，又熄灭；红灯熄灭了，又亮起。高伟博呆站着，不走，模模糊糊地想，如果他钻入飞驰而过的汽车轱辘，会是怎样一番情境？傻站了会儿，他缓缓走到路边的香樟树林，把健身背包丢在泥里，坐在了满是雨水的道旁。

可笑，太可笑，明知不可信，偏要奋不顾身。他居然还无数次奢望能锻炼出健美肌肉，返老还童，再变成少年，和曼丽再爱过一次！这难道是人类的愚蠢和贪婪？他抹了把脸，铅灰色的天空，无数惨淡的风，夹杂着雨，摔在肮脏的尘世。他仿佛看到，无数狰狞的、肌肉发达的野兽，在云层中咆哮着，扭动着丑陋的身躯。

他在微信上分批转给曼丽十万元，转账记录和借钱微信，他还留着。但这些还有意义吗？他在乎的不是十万块钱，而是无法回避的真相。他想起曼丽的微笑，那些让他迷恋的甘甜笑容，居然让他想起多年前第一次见到的死去的邻居奶奶。

雨慢慢小了，高伟博捡起一片落叶。一只褐色的蜗牛，丑陋，迟钝，在叶片上留下亮晶晶的痕迹。它爬着，还有着一些不人为知的、缓慢的热情……

它“在过”，这也许比什么都重要。

六

“健身兽”群鸟兽散了，只有老麦还执着地每天打卡去健身房。他也不认真练，纯粹是消磨时间，喝茶，聊天，兼职撩妹。“马大神”和高伟博，都成了笑话谈资，讲给新来的女人们听。老麦自称是N大“麦东锡”，和几个中年妇女聊得火热。

高伟博的老婆到底知道了十万元钱的事，和他大闹了一场。高伟博怀疑，是老麦告的密。正好发了十几万特聘教授补贴，他谎称是外快，才堵住了老婆的嘴。高伟博追随“马大神”，去了海德公园旁的小健身房。那里离家更近，老婆常来查岗，在旁边虎视眈眈地盯住他。高伟博不再认真训练，只不过在跑步机弄半个小时，出出汗就行了。

他又开始不断下馆子，拍美食照片。他不再发健身照片到微信朋友圈，肚子也日渐隆起。“马大神”愤怒地说：佛家讲，这叫“废退”，你这个失败的男人，没得救了。

日子在不经意间，又回到了从前。

敦　煌

一

阳光像从天空撒下的沙，火辣辣的。林远眯起眼，烤蓝色天空，没有云，风逃得无影无踪，闷热之中，太阳也惨叫着化了似的。汗渍渍的眼角，只有一片刺目的红。林远头晕目眩，手中的油菜和圆葱抖了抖，像要蹦出菜篮，慌得他蹲下去，攥紧篮子，喘了半天气儿。

林老师没啥事哇。

卖菜的阿婆晃着湿漉漉的手，关切地问着。

林远感激地笑笑，缓缓站起，拎着菜向小区走去。林远的老婆魏青在全市最好的高中教书。学校规定，教师必须在六点半之前到校盯早自习。女儿娜娜小学五年级，面临上初中。她比魏青晚三十分钟到校。林远须早早在小区旁三角地菜市场买好菜，用最快速度弄好早餐。

家里那辆 POLO 一直是魏青开着。魏青的早饭通常是两片全麦面包，一盒特仑苏，两个白煮蛋。魏青三十岁后，非常注意身材，鸡蛋都是前一天晚上煮好凉着，走的时候直接带上。她必须稍微早点出车。小区车太多，万一卡在门口就糟了。到了校门口停车位，魏青才稍微喘息一下，花费五到十分钟在车里搞定早餐。

林远的时间相对宽松些。他是本市D大讲师。早上，他去早市挑选菜蔬。林远弄的早饭，千篇一律是鸡蛋面条，西红柿炝锅，顶多再加点火腿丝。林远算过，从时间而言，这样的早餐是最快的，成本也最低，而且富有营养。当然，为了娜娜的发育，林远偶尔会为她准备一块煎牛排。

每天赶早市，冰箱基本省下了，只有夏天才开。林远大可不必每天去早市，可以囤下几天的菜，但他坚持去，说是为吃菜新鲜。林远明白，自己其实非常享受买菜的那一个小时。三角地菜场，永远都是热闹的。窄窄的小巷，好像装下了整个城市的闲人。早上空气清爽新鲜，青石板两旁蹲满了高高低低、粗粗细细的吆喝声，带着鲜活烟火气。嘈杂和忙碌透露着活力，就连那些汗臭、讨价还价的粗鄙笑骂，蔬菜与肉类各种难以言明的气味，都带着“人间亲和力”。林远会停下，观察炸油条师傅娴熟的手法，悲悯地和关在笼里的白鹅交谈几句，手里拎着几把鸡毛菜，外带一块肥瘦相间的带皮肉，林远感觉融在了人间，众人的喜怒哀乐感染着他。

魏青教学非常忙，回到家，恨不得立刻扑倒在床上睡死过去，话都懒得说两句，就是做爱也难得哼哼几声，好像那话是肚子里的孙悟空，窜出来千难万难。娜娜每天放学回家，就是把自己关在小屋，戴着耳机听歌，也很少有话。林远越发感觉发慌。他也想和老婆女儿说点啥，可她们通常不耐烦地摆摆手，或努努嘴，意思是让他找块地方凉快去。

林远是西北人，家境贫寒，学习刻苦，当年博士毕业，阴差阳错地来了这个南方城市。都说江南乃温柔富裕之地，林远当年也抱着这样想法。魏青是本地人，说起来，俩人认识的经过还有点戏剧性。魏青的家住在城市西关，父母已退休，都是普通市民。那年深秋，林远租住了一间地下室，准备考研，就在北京中国政法大学四惠桥旁边。他白天上辅导班，晚上在地下室学习。那里住了很多像他这样的考研族。

魏青也算其中一员。她的层次更低，不过是一个专科毕业生。她也要坚持来地下室住着考研，这让林远挺佩服。林远经常回忆起当年第一次看到魏青的场景。当时，他正在和同屋的考研兄弟飙英语口语，俩人哇里哇啦地乱讲一通，清脆的敲门声响起，林远疑心吵到隔壁邻居，做好了挨骂的准备。当他犹豫地打开门，门口站着一个女孩，爽朗地笑着说：你们好用功哇！

十几年前的魏青，个子高挑，穿着平跟鞋，还比林远高出不少。她那天戴着羊绒帽，扎着辫子，米黄灯芯绒外套，叮叮当当地挂了不少小饰物，典型文艺小清新的范儿。地下室灯光昏暗，潮气泛滥。魏青看样子刚从外面回来，白色围巾上还有小霜花。围巾包着半边脸，林远只能看到她那双带着笑意的眼，明眸善睐，亮晶晶的，连带着淡淡香水味。魏青就这样自自然然地杀来，林远自然是溃不成军。

那间半明半暗的地下室房门外，林远就这样邂逅了魏青。对于一个自视甚高的西北才子来说，这样娇憨可爱、秀气温柔的南方姑娘，杀伤力可想而知。俩人颇为投缘。魏青热爱文学，可惜英语不好，本已在当地银行就业，毅然在家人反对下，辞了工作，孤身来到北京，租了间地下室学习。恰巧俩人还同在中关村的一个培训学校补习英语。

接下来的事顺理成章，他们想办法调在一起上课。课程不太好，先是一个旅美华人教英语口语，还不错，后来就换了一个整天板着脸的德国教师。但德国人怪异的英语发音，丝毫没有阻止他们二人爱情的脚步。魏青自从认识林远，生活重心也发生某种漂移。比起背诵枯燥的英文单词，她更热衷打毛衣，偷偷地在地下室给林远弄火锅。

她最喜欢的，还是呆呆地看着林远用功。他学习非常认真，几个小时闷声不响。林远瘦瘦的，勤快，深邃，话不多，偶然讲一句，蛮有哲理。北方人是有些蛮气，有时俩人争吵，林远绝不认错，嘴唇抿得紧紧的，也攥着拳头，但绝对不打人，只不过闷闷地生气。每次都是魏青以南方姑娘特有的温柔宽容了他。魏青虽是出自小门小户人家，上面也有哥哥，但从小被父母当小公主宠着，何时受过这样的气？不知为何，当时魏青喜欢他这点儿蛮气。男人总要有点英雄气，即使不是英雄，也要有主见，有定力。

魏青可能不知道，林远面对魏青，有些自卑。他来自甘肃一个偏僻的小乡镇，再过去几百公里，就是沙漠。这里常年缺水，由于过度砍伐，土壤沙漠化也越来越严重。林远当初在兰州读大学，就是想离开那个漫天沙土的地方。干旱是可怕的，它能让人恨不得从血管中抽出血来喝掉，那是一种即将被耗尽的感觉，飘在空中的沙子则推波助澜。一有风，沙子就成了精，它们像尘埃，能钻进严密的屋缝。早上醒来，牙齿缝里都是黄黄的沙子。林远很恨自己，觉得自己很脏，特别是和水灵灵的魏青相比。他有一颗沙子的心、沙子的肺、沙子的肠，就连骨髓和血液中都游动着这些恶毒的小东西。

十几年过去了，林远成了南方大城市的女婿，也算半个南方人了。但是，那种沙子落满身体的感觉，依然挥之不去。就连女儿娜娜也喊：爸爸头发里有沙子味道！这让林远很气恼，又无可奈何。无论怎么说，林远通过奋斗，成为富庶的大城市的大学教师，妻子也是城里人。比起大部分中学同学与大学同学，林远的这种小资生活，就是真正地改变命运。

只有林远明白，他暗暗地爱着沙漠，尽管，他曾那么痛恨它。那种濒死的干渴，荒凉无物的色调，带刺的灌木，偶尔一见的动植物，都在宣示着严肃深刻的存在。它是终结性的，也公正无私。它让卑微的生命找到毁灭的意义。在孤独的沙漠里孤独地奋进，直到死亡魔手夺走他的心。林远有过一个有关沙漠的梦：他在沙漠缓缓地走着，直到最后被炽热的阳光击倒在沙丘之上。他躺在宁静的沙海之中，眼窝里是最后的眼泪。

那一刻，他以死亡宣告了尊严。他存在过……

二

魏青上班，娜娜也被林远送去上学。林远将中午吃饭要用的菜洗出来，晾好，又将脏衣服塞进了滚筒洗衣机。这才坐在了办公桌前。

他打开电脑，头脑昏昏沉沉，什么也写不出。

快到周末了，该写的论文拖了许久，也没弄完。娜娜面临小学毕业，魏青极力主张让孩子去本地区最好的十三中学读书，但他们不是那个学区的，找人运作，又很麻烦。为了这件事，他和魏青吵了好几次。他最近身体也很差，出虚汗，酸软无力，特别疲乏。胃口也特别糟糕，吃点东西就腹泻，腹部也隐隐作痛。

下午，课题评审结果就出来了。如今在大学，没有课题，没有核心刊物论文，就没法评职称。林远博士毕业快八年了，还是一个可怜的讲师，工资低、待遇差不说，就是在外面也抬不起头。这也是没办法的事，高校竞争就是这么残酷，林远没门路，人又倔，还不灵活，有这个下场也在意料之中。为了买房，夫妻二人也背负了高额房贷，林远只能牺牲时间当家教。除此之外，他也实在想不出更好的弄钱途径。家教干多了，搞科研的时间就少了，上完课，只能熬夜看书写论文。

几年下来，林远快撑不住了。

他和魏青走到今天也不容易。林远考上北京高校读研究生，魏青却没能如愿。拖拖拉拉，直到林远读研三，她才考上一所普通大学的研究生。林远毕业后选择直接读博士，又出了问题，明明初试成绩全专业前几名，复试结果出来，却莫名其妙地被淘汰了。林远又耽误了一年，在北京代课机构混生活，挣出了俩人的生活费。林远苦苦拼搏了一年，这次他学乖了，事先打听导师情况，选择了一位严格正直的老先生谭教授做博士生导师。

皇天不负有心人，他终于考上了那所名牌大学。

也是那一年，魏青怀孕了。携着林远名牌大学博士的头衔，魏青顺利说服父母，俩人算是奉子成婚。魏青没考博士，安心在家养胎，当全职太太。魏青在博士公寓养孩子，林远苦苦地在北京打拼，写论文，帮导师做课题，还兼着两份代课，人足足瘦了一大圈。那些日子非常艰苦，但林远想来，却是最快乐的时光。他和魏青彼此恩爱，共同鼓励，人生也充满憧憬。

林远的导师谭教授，那时七十多岁，是学术界赫赫有名的老专家。林远是他的关门弟子了。先生瘦小枯干，满头银发掉得差不多了，眼睛却炯炯有神。由于秉笔直言，谭教授在“文革”时被打成反革命，加上他是出了名的杠头，不仅平反通知比别人晚好几年，还当了几十年讲师都得不到升职。即使这样，谭教授也从不溜须拍马，向当权者低头。

当年谭教授走到林远身边，问他学者最珍贵的品格是什么。林远期期艾艾，说不出个所以然。

宁在直中取，不在曲中求！谭教授坚定地说，声音不大，却回荡在教室，发出嗡嗡的回音。

林远的脑袋“轰”的一声，血液都要沸腾了。这不正是自己这些年追求的吗？林远知道这是姜太公的名言，原来并未觉得怎么厉害，不过要做人正直罢了。可是，谭教授结合自己的人生经验讲来，就有些惊心动魄了。

谭教授呆了半晌，又缓缓地说：说起来容易，做起来难。我们这些老辈的人，受到的压力与迫害多，很多人违心干了很多事；你们这些年轻人，将来会面对更多诱惑和选择。当下社会，人越来越看重利，道德操守不值一钱。很多事可以从权，有些事却不行。学问之路，从来都是枯寂冷淡，真学问都在板凳与尺牍之间，要耐得住寂寞清苦，不能只想要个博士帽去混待遇。将来走上学术岗位，还有无穷帽子等着你们拿，背后又是无穷热闹和利益。如果一切不过是为了“混”，你们最好不要搞什么学问。难呀！坚持自我最难……

谭教授说着，情绪慢慢低沉下去，眼圈发红。虽然谭教授名气很大，但很多青年学生对他不以为然。他没什么学术头衔，学术资源也有限，发文章，找工作，拿课题，都不能指望他。看着名气大，不过是校方推出的一块牌子罢了。

博士三年级时，谭教授因癌症去世，林远在重症病房陪护了他最后几天。他的夫人去世很早，子女都在美国，没什么人看望他。葬礼也办得冷清无比。林远独自帮着整理导师简陋书架上那些藏书，不禁泪如雨下。

读博士的时候，顶着著名学府的牌子，林远发文章比较顺利，但现在所在的学校，不过是二流大学，发文章就越来越难了。有时他认为不错的论文，编辑不认可，说要有理论性的宏大文章。他写了宏观性论文，编辑又说过于空疏。

时间久了，林远的学术自信，就像那些飘忽的鉴定语与指导意见，最终化为有钱人家养的信鸽的鸽哨。鸽子比一般人家的鸽子漂亮，鸽哨自然也比一般小户家的精美大气，悠扬是悠扬，动听也是动听，却终归要消失在天际，留不下什么。

林远患上了焦虑症。一篇一万多字、有分量的学术论文，从选题立意，查找资料，阅读材料，组织语言到反复修改订正，最少要三个月。投稿之后就是漫长的等待，现在很多刊物都是通过电子信箱投稿。有的回复邮件，有的根本不理。越是级别高的期刊，等待时间越长。再就是反复修改，再找其他期刊投稿。偶尔中一篇，林远像范进中举般高兴好几天，通常则是不断失望。这种折磨咬骨噬心，让林远开始怀疑自己的学术能力，甚至怀疑人生。他的梦中常出现这样场景：铃声响了，他接起来，竟是退稿电话：对不起，林老师，您的论文不错，可惜不符合本刊要求，不能录用。他很丢脸地哭泣，然后猛然看到导师佝偻瘦削的身影。

导师看着他。他茫然伸手，祈求帮助。导师却冷冷地说：宁在直中取，不在曲中求。

我要怎么求？我现在这样，还能取到什么？求到什么？

林远哭泣着大声质问导师。导师的身影慢慢散去，化为一缕青烟。林远为莽撞无礼而羞愧。在梦中见到导师，得到导师精神指引不也很好吗？当一个默默无闻却有真材实料的老师，难道不也很好吗？

他丧失了很多机会。导师去世那年，正赶上他毕业。为了照顾导师的学术传承，院方有意让林远留校。院长找他征求意见，他非常乐意，但低估了留校的竞争压力。很多好友劝他，要主动找学校和院里相关领导谈谈，关键时要抛出有分量的“炸弹”，才能稳稳地将机会握在手里。林远经济不宽裕，又不屑做这些，结果院里留校指标下来，他竟然连参加答辩的机会都没得到，眼睁睁地看到名额被一个校领导亲戚的孩子拿走。说是为谭教授的学术传承，招的却是其他老师的学生，也算滑稽可笑了。

一气之下，林远跟着魏青来到这个南方大都市的二流大学，依然举步维艰……

趴在电脑桌前昏昏欲睡的林远，此刻被突如其来的手机铃声惊醒。是院办郑秘书，通知他抓紧去学院，课题评审结果上午就能出来了。

林远赶上45路公交车，希望能在十点半前赶到院里。车上人很多，他默默地挤在角落，思虑着课题的情况。学校离市区很远，坐公交大约一个小时。每次上班回来，林远都疲惫不堪，有时甚至会在车上睡着。如今，没有项目，不能申报副高职称。学校也很重视，要求他们这些讲师必须人人申报，还专门找人辅导。项目报上去，也不是每人都能报到省里，学校还要组织专家评估，为了保障入选率，要淘汰一部分。

到了学院，走廊早已站满同事。大家议论纷纷，焦急地等待评议结果。林远抓着随身公文包，心跳加速，额头也见汗，人慢慢地有些瘫软。担心此事的，大多是新来的年轻博士，以及像林远这样不得志的中青年边缘教师。

院秘书小郑从办公室探出头，让大家再等一会儿，院领导在商议。林远正难受着，一双手突然稳稳地托住了他。原来是同事冯副教授。冯副教授的专业是古代文学，五十多岁，因为花白头发，人又姓冯，大家戏称他为“白头冯唐”。这位冯副教授，人倒是幽默诙谐，开朗自如，大家都喜欢和他聊聊，找找平衡感。他说起屡败屡战、屡战屡败的“评职称史”，简直是一部曲折离奇的长篇小说。林远认为老冯挺好，起码不势利眼，不会只巴结领导。俩人私交不错，老冯为林远讲述几十年来学院评职称的一出出闹剧，有挥舞菜刀找领导拼命的，有主动要求献身的，还有互相揭发的，最夸张的是一位老年女副教授，因评职称受挫，开窗就要跳楼。

林远被逗得哈哈大笑，又颇为心酸。用老冯的话说，高校小知识分子，职称就是一道龙门，跳过去是鲤鱼化龙，冒充高级“濒危保护动物”；跳不过去，只能和泥鳅、清道夫混世界，充当朴素的“河底人民”。看起来，高校教师一个个教书育人，正气凛然，都是祖国教育大花园的高等园丁，其实大部分都是花园的花肥。园丁也分三六九等，高级的是园艺师，差一点的是花匠，那些既没名气又没职称的底层高校教师，不过是些“花肥”，丑陋寒酸，臭不可闻，虽然为花儿茁壮成长付出很多，但没人会记住。

小林，挺住呀。老冯挤挤眼。

最近休息不好，不太舒服。林远脸红了，慌忙辩解。

老冯不说话，意味深长地看了他一眼。门终于打开了，院长慢吞吞地踱着步子，看了看周围的老师，摊开手，又合拢，好半天，为难地说：各位老师，学校的意见，为了保证课题通过率，原则上讲师与副教授层次的老师就不要申报了，我们只能先报教授的课题。

人们愣住了。没人讲话，黑憧憧的影子摇晃着，挤得越来越紧，仿佛在浓汤里撒了一把盐，所有苦涩都蜷缩起身子，凝固成一片茫然的结晶。

实在无能为力，我向老师们道歉。院长难堪地鞠躬。

院长的话瞬间点燃了怒火。一位挺着大肚子的怀孕女教师哽咽着说：怎么办？我是师资博后，学校规定，没项目，要发四篇国家级刊物论文。我还指望这个项目……还有两个月就生了，还有一年时间，你们让我怎么发表那么多论文？

这不是耍人吗？一位中年男教师愤怒地攥起拳头，说，歧视！讲师和副教授的水平一定差？我们比教授更需要项目！

早知道不让报，别让我们准备呀！

这就是欺负人！

大家七嘴八舌，义愤填膺，也拿不出什么好办法，只能发泄一通。林远舌头发苦，身体打晃，虚汗冒得更厉害了。看来今年评职称的事，又要泡汤。他心中那团刚燃烧起的希望之火，仿佛是在寒夜海面漂流的纸灯，一点点地熄灭了。学校的规矩年年变，要求越来越高，他们进步的速度，怎么也赶不上学校的规定，特别是他们这些文科教师。

算了吧，小林，老冯也有些悻悻然，但还是潇洒地吹了个口哨说，又名落孙山啦，还好有你们这些弟兄相陪，不太难堪了。

散会了，老冯扶着林远来到办公室。办公室为防暑，特意拉了百叶窗。光线有些暗淡，办公室空调年久失修，发出“嗡嗡”巨响，却没什么凉风。

百叶窗坏了，合不拢，刺目的阳光从窗页间隙探进来，手爪锋利，似死神镰刀，耀得人心慌。

通常只要有课，小林和老冯总要趁课间休息在办公室乱侃大山，有时也会出去找个小酒馆买醉。如今报课题失利，他们连说话的兴致都没了，就是面对面地呆坐着。

姬老师要找社科处搞事，咱们去不去？好半天，林远嗫嚅着说。

老冯苦笑着，说：钱钟书讲，讲师是通房丫头，副教授是如夫人。你这个讲师，不过是学术僵尸罢了，发不了重量级论文，又没有重要学术支撑，也就只能像僵尸一样存在。你一个通房丫头，又是僵尸，还起什么劲？课题不报也罢。

再说，老冯冷冷地说，通知已下到各学院，想必是领导办公会决定的，你们去找，他们就推到院里。院里没决定权，只能再推回，浪费时间，踢皮球。

林远想了想，老冯说得有道理，小胳膊拧不过大腿，通房丫头闹不过主子，还是想别的办法吧。

老冯怅然若失地说：学校出新政策喽，职称不能连年申报，只能申报三次，如果三次申报不能通过，终生不能再申报。

老冯“唰”地站起，拉开百叶窗，闪亮的光撞来，老冯满头白发格外醒目。林远恍惚之间，莫名地生出恐惧，好像看到一个落寞的古代老书生。或者，就是二十年后的自己。

老冯静静地指着窗外院门口那块黑色告示牌，说：早晚，我死后，那边贴上白纸，写冯运良副教授，因病医治无效，与世长辞。小林，别忘了，悄悄给我写个牌位，就写冯运良教授之位。我在西郊买了墓地，你偷偷把牌子在墓前烧了，我到了阴间，也有个念想。

老冯已泣不成声，泪流满面。

三

周五下午，又上了四节课，林远强撑着身体讲下来，汗水湿透了衬衫。快放假了，很多学生不怎么认真听课，低头玩手机，或戴着耳机听歌。林远也没心思管，但还是有些学生非常认真，看到他们那专注的神情，乌溜溜的眼睛，林远又不忍心敷衍，只能强忍着难受，一点点地讲。慢慢地，他沉浸在自己的意识王国之中了，甚至忘记了疼，忘记了今天他答应要带娜娜和魏青去岳父母家过周末。

下课铃声刚响，林远的手机也响了。林远叹了口气，是岳母的电话。

当年魏青和林远在一起，家里非常反对。一个西北穷小子，自己还住地下室，凭什么娶魏青？林远考上博士，魏青的父母才勉强同意这门婚事。这些年，磕磕绊绊的小矛盾还是时不时地出现。先是结婚时，魏青父母收走了小夫妻的彩礼钱，连他们同学随的份子都不放过。接着，借着看孩子的机会，魏青父母又开始大张旗鼓地要钱。

魏青母亲的口头禅是：不是我要钱，我给小囡囡，我们大城市，不比你们西北，生活费很高，不能亏待孩子。

魏青的母亲喜欢跳舞，年轻时自命风流不凡，可惜遇人不淑，明珠蒙尘，嫁给了魏青爸爸这个庸人。她有一张艺术照，就挂在正厅。还非常喜欢买鞋，客厅旁就是她的大鞋橱。她最喜欢在吃饭时敲打林远，说某某亲戚的女婿真争气，又给岳母买了什么云云。

上了年纪，她顺理成章地爱上广场舞，成为远近闻名的广场舞女王。可惜，这个“女王”只是对那些猥琐胆怯的广场老头而言。电视剧《芈月传》热播，她又多了个外号，魏夫人。她本就嫁给了姓魏的，又有女王气质，活脱脱一个被庸俗生活摧残后的“老年版马苏”。她的名气更响了，还带着老姐妹上了一次电视台。她觉得男人要帅气，有幽默感，懂得讨好女人。当然，男人最大的优点，还在于有钱，随时给女人买礼物。魏夫人的理想人生永远是戏里的悲欢离合。魏青爸爸不是这样的男人。女婿倒是名校博士，可惜又是书呆子，不但没钱，人更无趣——亏得他还学什么外国文学。魏夫人眼中，林远简直配不上“文学”两个字。这个女婿就像块沉默冰冷的铁，除了锈迹斑斑的穷酸，既没有风花雪月的器乐之声，也没有滚烫感人的热泪。

读博期间，为了安心写论文，林远只得同意把孩子放在孩子姥姥家。林远的母亲，一个朴素的西北乡下母亲，也只能看了孙女两眼，就抹着眼泪走了。魏青和他的父母都认为，要给孩子一个良好的教育，不能被孩子奶奶的家乡土话和不良生活习惯带坏。林远非常生气，和魏青吵过好几次。母亲把他养大，含辛茹苦，太不容易了。这个乡下母亲，不照样培养了他这个名牌大学博士？

来到魏青的家乡，林远的性子越来越软，更多地选择妥协。林远最怕接到岳母的电话。岳母一般不找他，都是直接告诉魏青，让魏青转达，如果亲自给他打，多半是重要的事。这些事，往往又难办，从大学自主招生到艺术考试，到亲戚朋友职称论文，到工作调动，魏夫人简直把林远当成D大副校长。这一刻电话响了，林远知道，自己必须接，否则电话会不屈不挠地响下去。

林远刚接起，就传来魏夫人矜持刺耳的声音：小林哟，搞什么，怎么不接电话？

林远说：妈，对不起，刚下课。

我有个打牌的好姐妹，她的小女儿在二中当语文教师，要升副高职称，需要发表什么论文，你帮她办好就是了。我和她是好姐妹。我答应她了。

不好办。林远苦笑着说，要核心期刊，我自己都不好发，魏青的升职论文，我还没帮她弄好呢。

这样子呀。电话那头的声音明显降了几度，依然不屈不挠。

你是博士，又是大学教师，总有些门路吧。

真不好办。林远解释着，那边电话已放下了。魏夫人的女王病又犯了，林远回家后，肯定要被魏青数落一番。

林远明白，现在是看资源的社会。他没钱，没家庭背景，没官职，没过硬的社会关系资源，职业能捞好处的机会也不多。学术界也是一个讲资源的地方。如果导师谭教授还活着，他的路子走起来还能顺畅些。如今，导师没了，师兄弟的感情也淡了，林远又没钱打点走动，学术之路只能越走越窄。

他现在唯一的资源就是自己。他应该像那些看透了现实的同事，把学术什么摆在一边，专心致志地利用时间挣钱。这才是王道。他有两个牌子，名校博士，高校教师，他必须好好利用，才能迅速摆脱财政窘境，赢得妻子和岳父母的尊重。

有了这些，他才能在这个冷漠的南方大城市站住脚。

但林远做不到。

回到家，六点多了。魏青接了娜娜，正在门口等着林远，一起开车回娘家。林远偷偷看了看她的脸色，倒是一脸平静如水。林远讲了岳母电话的事，魏青表示理解，说：我妈就是这样，喜欢揽事，你不要管她。你现在最大的任务是多挣钱。

林远不禁有些焦躁，说：我带了这么多辅导，耽误了研究。

魏青冷笑着说：你不出去兼职，贷款怎么办？你也快四十岁了，现实些。你除了上点课，还能赚什么钱？你的同事周洪波，人家是作家，写剧本写小说，潘爱国开酒店，刘远方与人合伙做红木家具生意。你也是博士，你能做这些？你没这个本事，也放不下身段，只能糊弄几个小孩子。

现在学校在查校外兼职，林远小声说，我也放不下研究课题。

魏青毫不退让，尖声说：天塌下来也砸不到你这矮个子！这么些老师在外面搞事，凭什么先拿你开刀？你们单位领导凭什么管你？这么多年，职称都不解决，你掰着指头算算，单位的好处何时落到过你头上？你现在就是维持好家长资源，给达官贵人孩子多上私教课，多还些贷款……

林远不得不承认，魏青既精明又现实。

什么狗屁学术，骗骗不懂事的愣头小子而已。你什么年龄了，还没看透？魏青不屑一顾。

别忘了，你也是学术型硕士毕业！林远分辩着，有些被激怒了。

我当年是傻。魏青看林远急眼了，悻悻地说：不听父母的话，辞了职，跑到北京住地下室，看上了你这个傻小子。要不然，我的工资可比现在高。

说着，魏青“扑哧”一下笑了。

魏青不是针对他，她也着急。不由得，林远的心也软了，魏青照顾家，又要挣钱，也不容易。

魏青忧虑地说：老公，你再算算，你一个月工资六千左右，连上绩效工资和福利，不过七千多。你多出去上课，这个数字才能到一万多点。咱们的房子，均价三万多，贷款三百万，三十年还清，每个月还两万，除了你我的公积金，最少要还一万多。就你的收入，能干什么？

林远坐在车子后座上如坐针毡，这些数字，像跳舞的小人，在眼前飞舞。

他不是不知道这些数据，但就是逃避着，不愿去想。

你每月还要给你老家寄钱，你算算，除了开销，咱们还能剩多少……

魏青又激动了，林远感到窒息般眩晕。每个月挣一万多，在老家非常好了，但是，在这个南方大城市，物价高，房价高，也就是说得过去罢了。

到岳父母家，七点多了。一家人开始吃饭。魏夫人没给林远什么好脸，好在没当面揭出来难看。林远自觉无能，也不好意思多说话。

不咸不淡地吃完饭，魏夫人留女儿聊聊知心话。林远带着女儿先回去了。

老两口也是真疼女儿。虽然魏青上面还有哥，但这个女儿，又漂亮又聪明，从小就是父母的小棉袄。林远离开，一家人的氛围更融洽了。说了些话，就又扯到林远身上。

你们家大教授真阔气！你看买的带鱼，只有表带宽。魏青爸爸气哼哼地说。

魏青赶紧说带鱼是她买的，当时着急，也没看就买了。下次一定买好的。

你爸也不是图这个，就是觉得林远不行。

魏妈妈拦住话头，换上一双红舞鞋，来了个快速旋转，娇嗔地问女儿：小青，你看妈妈是不是逆生长？我穿这双鞋，再配绿裙子，咱俩走到街上，肯定会被认为是姐妹！

魏青对母亲的自恋无可奈何，心不在焉地奉承两句。

谁料魏夫人转过脸又提到林远，不屑地说：北方蛮子，交代他一点事都不肯办。他高攀上我们家，每月只赚这点家用，还好意思谈什么学问？隔壁芳芳爸爸那是真正的教授，请出去讲座，给五千块啦。哪里像我们的林大教授，只能在辅导班骗骗小孩。那些小孩子也是可怜……

妈，您太刻薄了，魏青有些不高兴，说，芳芳爸爸是长江学者，特聘教授，都五十多岁了，林远是有才华的，现在年轻，还没得到上面的赏识。他的学生都特别喜欢他，上次他还被学生评为最受欢迎的老师呢。

魏青脸色苍白地辩解，不知为何，自己有点心虚。

魏青爸爸看女儿难堪，赶紧劝魏夫人打住。

魏夫人却意犹未尽，咻咻地说：原以为是潜力股，没想到是僵尸股。有什么用？还不是连个副教授都搞不到手！

小青是亏本了，魏青爸爸也表示同意，和你一起长大的“大头”，书读得不好，是采石巷的小白相，但他有个好老子，能倒腾东西，如今有十套房，两辈子都不用愁。“大头”给他们父母看店铺，收房租，也超过你那个林大教授啦……

魏青闷闷不乐，聊了一会儿，央告着说要回去。

回到家，魏青看到林远在翻外文资料，俩人又吵了一架。魏青明知父母太市侩，但和林远吵架，忍不住拿这些话讽刺他。魏青只当是恨铁不成钢，殊不知那口流利难懂的苏南方言，对林远是怎样的打击。

很多次，林远想和老婆交流，但魏青闲下来只和手机面对面。前阵子追《芈月传》，现在改《延禧攻略》了，每次都看得如痴如醉。林远不明白，读研究生时，魏青最喜欢看世界名著。为何当了中学教师，智商也跟着下降？

每天，疲惫了一天，他开着台灯读点专业书籍，魏青插着耳机看手机视频。手机屏幕一闪一闪，魏青姣好的面容，被映衬得青青绿绿，似电影复活的艳鬼。林远越来越不了解魏青了，还是说，他们本就不是一路人？当年的魏青，不过是在少女青春梦想支配下，做了一场有关知识的美梦罢了。她心目中的高校教师生活，是收入丰盈，地位尊崇，走到哪里都受尊重。其实，那不过是一小部分高校高端人才的生活罢了。

林远又猛烈地咳嗽，魏青厌恶地转过头。

有病抓紧检查，你这个样子，谁看着都难受。魏青说。

明天我就去。林远下床抚了半天胸，又喝了一大杯水，这才好受点。魏青推说晚上听林远咳嗽睡不好觉，林远便只能蜷缩到了书房的小床上。

黑夜再次袭来，林远压抑着咳嗽，感觉正在慢慢变小，变成一个浓重的句号。

四

从奥龙官邸出来，漫天的雨无声无息地劈过来。

周末林远更忙碌，通常他一周做三次家教。周末，还要在一家培训机构上两次大课。这样平均下来，一个月也有四千元收入。但实在耽误时间，林远搞科研，只能晚上回家后熬夜，第二天起来，人的状态就很差，长期熬下来，林远都麻木了。

作为北方人，林远儿时对世界最大的印象是缺水。村子黄土飞扬，地力贫瘠，每家每户最显眼的，就是屋前陶土做的大水缸。童年的林远，永远记得村子上空干硬的风，牛屎般的太阳，能把人烤焦冒烟的阳光。他九岁时，端碗时洒了水，被母亲用棍子敲肿了屁股。母亲的目光忧郁绝望，这让他这个懵懂少年感到了沉重的东西。打过他，母亲又心疼地搂着他，只是哭，喃喃自语般地说：远娃，好好学习，走出这块地方。

林远学习异常刻苦。他的智力不是特别好，但胜在百折不挠。林远没有告诉魏青，他高中复读过一年课，起因是突然得了急性肝炎。他不服输，在家休养半年就上了考场，高考结束，只被大专录取。家里认为很好了，他却不去，硬顶着复习一年，这才考上本科。林远回想起人生道路，哪一步都是磕磕绊绊，踉踉跄跄。

为了今天这份别人看来平淡的生活，他已耗尽了所有生命能量。

刚到这里，他满心欢喜，他太爱那种湿润的感觉了。人都是滋润的，皮肤水嫩，心里也是水汪汪的。时间长了，却也厌倦。衣服甩不干，屋里有蟑螂，暗点的屋总有股潮湿腐败的味道。梅雨季节还好说，夏天是蒸笼般湿热，冬天则是无穷湿冷。林远感到骨头都要长出绿毛了。

复课那年，是他的人生低谷。大病初愈，他学习太专注，营养又跟不上，常在厕所偷偷呕吐。一次考试失利，他坐车去高台沙区，没钱，就漫无目的地瞎逛，溜到沙漠边缘。

他想死在那里。

他真的站在了沙漠，踩着松软滚烫的沙子，眼前是一望无际的沙丘。偶尔出现几棵金黄色胡杨的残骸，剑锷般刺向天空，没有野鸟飞过的响动，连苍鹰般的云朵都被驱赶出蓝得可怕的天空。绝对的蓝与绝对的黄，形成了疯狂又静止的对峙。

一种死寂，从脚底一点点地升到心头。这是绝对的力量，也是死亡本质面貌。

林远猜想，地狱就该是沙漠的样子，没有那么多断头拉肠，锯肢挖眼的场景。持续的痛是新鲜的，活跃的，能让人在折磨中找到动力和快感。但沙漠不一样，它是单调至死的同一性。他突然感到大自然创造者的威力。他攥紧拳头，大哭一场。他要做生命的强者，哪怕奋斗到死，都要维护尊严，就像海明威说的，一个人可以死，但绝不能被打败。

多年以后，林远依然记得生命中这重要的一幕。他的专业是比较文学，喜欢井上靖的《敦煌》。书生赵行德在战争中搏命拼杀，爱上美丽的回鹘公主。林远特别欣赏赵行德。书生没有过人武力，但敢于搏杀，生死从容。沙漠的战斗，在他的眼中，是一些伟大壮丽的曲线：

> 从战场中摆脱出来的人马队列恰如脱茧的蚕丝，在广袤的原野上一会儿画出一个半圆形，一会儿画出一条抛物线。弯曲、伸直、相互交叉，自由自在地画出各种曲线。战场中的人马也未曾有过一瞬间的停止，也在不停地运动和变化。

林远没有遇到战争，他希望挣扎着活得更好。卑微者最容易感受幸福，也最容易对现状妥协。林远一直认为自己是生命强者，其实也不过是贪恋稍微体面的安稳罢了。

林远不是有强烈自毁情绪的人。那是贵族病，弱者的选择。他只是在追求上进过程中，摸到了天花板，而大水早已从脚底漫延而上，淹没了脖子，危机须臾即至……

奥龙官邸，本市最贵楼盘之一。户主姓王，有几家工厂，工作繁忙，不常回家，林远做辅导半年多，没见过他几面，王太太来自苏南，四十岁左右，有了孩子，就辞职当全职太太。她有点发福，话不多，热衷瑜伽与美容，也很少与林远交流孩子的情况。他们的儿子晓光读小学，学习成绩很差。他们早就在香港买了房子，准备过几年就把孩子带去香港读书。林远每周给他补习语文和英语，今天因为有事，耽搁了点时间。王太太脸上明显不快，倒没说什么。晓光的话不少，学校趣闻也能讲半天，说到学习，就都不灵了。

晓光不着急，只是说：林老师，你陪我说说话吧。我在学校也没什么朋友，妈妈不让我和他们玩。我每天闷死了，只能打游戏。

林远摸摸晓光的头，看着他可怜巴巴的样子，心里感叹，有钱人家的孩子，也不一定快乐呀。

不到一个小时，林远的腹痛又开始了。他吞了两片药，稍微缓解，但额头上还是挂着豆粒大的汗珠，话也说不连贯了。

王太太闻声过来，嫌弃地看了一眼，说：林老师，生病，就休息，传染给宝宝怎么办？

林远忍着腹痛，鞠躬道歉，说实在不能带课，要提前回去。王太太点头，林远颤抖着穿好雨衣。晓光倒是好心，帮着林远穿上雨衣，还给他一把手电。

王太太有些不耐烦，啧啧地说：这次不能算钱，你自己的缘故，不是我们不给你。

林远脸色铁青，也只能无奈地同意，一点点地在雨中向公交站台挪。回到家，他被雨水淋透了。娜娜在家一个人写作业，魏青也给别人做家教，九点多才能回。林远换了衣服，给娜娜倒水。娜娜突然抓住林远说：爸爸，你可不可以别让妈妈给“大金链”的儿子辅导？

“大金链”？林远吃了一惊，想起魏青最近给一家小工厂主的孩子辅导，那人比魏青小几岁，穿得嚣张，常戴着金表和金链子。过节时，那人来家里送礼，林远和他说过几句话，感觉此人粗鄙无文，出手倒阔绰，交流起来也较爽快。林远也问过他的来历。魏青说，那位家长是本地老板，搞装饰装潢，人挺不错，据说一年也能挣几百万。

那人怎么了？林远问。

娜娜嘟起小嘴说：他常送妈妈回家，我不喜欢他亲妈妈。

林远不太相信。娜娜说，每次周末魏青给“大金链”的孩子做完辅导，大金链都坚持亲自开车送她回来。娜娜的卧室正对着窗户，看见过好几次他亲妈妈的脸，还搂着妈妈。林远辅导孩子的奥龙官邸路途远，回来比魏青晚，所以看不见。

林远摇头，让女儿不要乱想，但心里已隐隐有了一个不敢相信的真相。

魏青有个家长微信群，魏青朋友圈一发状态，这个群里的家长纷纷点赞。有时碰上生日，家委会的家长，一定邀请魏青吃饭，给她送不少东西，吃的，用的，衣服，化妆品都有。林远劝她不要拿，魏青反唇相讥：你又买不起，别人送给我，为什么不能拿？

最近，林远在魏青包里常发现莫名其妙的卡，商场购物卡，高档健身房健身卡，还有酒店贵宾卡。林远问来历，她只说朋友给的，说多了就不耐烦。林远担心她拿家长东西。现在查得严，网络又发达，不小心被弄到网上，身败名裂。现在看来，没这么简单。

林远的心沉甸甸的，还是按照惯性，拿脏衣服去洗。翻开魏青那条长裙，侧兜突然滑落出一张帝豪大酒店赠券，上面写着消费满入住十次，免费赠送超级豪华房超值体验二十四小时。

林远将满是泡沫的手擦了擦，有些茫然。

他把那张赠送券映着灯光看。肥皂水洇湿了点，那张花花绿绿的纸片上，有一个鲜红的酒店章的钢印，在强烈的灯光之下，那章更加鲜艳欲滴了，闪烁着地狱邀请般的邪魅。

不可能。林远倾向于相信是朋友的赠送，或无意间拿错了东西。但他还是模糊记得，魏青的确有帝豪酒店贵宾卡。林远又想了想，他们非常忙，要说有空闲，无非是周六和周日下午，林远送娜娜去补习班，然后去给别人补习，通常晚上在外随便对付点吃的，回到家要十点多了。魏青也说要给差生补习，收费还挺高，就是“大金链”的儿子。

故事太恶俗，也挺常见，但当它一点点地露出来，还是像海里礁石，风平浪静时不显峥嵘，波涛汹涌时便狰狞立现。

林远没有惊慌，还是认真地把衣服塞进洗衣机。洗衣间隙，他给岳母打了个电话，说了几句闲话，装作无意地说：明天魏青还要给人补课，回来挺晚，要不我去接她吧。

魏夫人的声音有些迟疑，说：小林，你不是也挺忙的嘛，怎么突然问这些？

林远说：没什么，我那边孩子家长这两天有事，提前结束，就是突然想到，怕魏青辛苦。

岳母停了半晌，又说：不用了，你车技不行，你晚上也要给人家补习，蛮辛苦的。

林远挂了电话，不再说什么。

九点多，魏青回来了。林远躺在床上没动，魏青也没搭理他，径自快步走入浴室，冲凉后默默上床，继续追电视剧。林远闻着她身上香喷喷的香波味道，泪水涌了出来。他咬咬牙，装着打哈欠，顺势抹去眼泪。他假装无事地与魏青聊天，魏青心不在焉，有一搭没一搭地说着，眼皮直打架。突然，林远悠悠地说：魏青，我是说如果，我们分开了，你会善待娜娜吗？

魏青疲惫地翻身，不耐烦地说：神经呀，孩子上学的事，我说好了，你出面交涉一下就行。

林远明白是十三中的事，还想和她多说几句。魏青歪头，睡着了，耳机还挂在耳朵上。

五

空气愈发湿热，像要拧出热水的灰毛巾，腻腻的。

林远在十三中学门口等了好久，戴套袖的老门卫，终于接到电话，将林远放进来。老门卫扯开铁栅门，摇着蒲扇，看了看林远拎着的东西，不屑地转过脸，面无表情地说：周末学校管理得严，闲杂人不让进。刚联系上楚校长，左拐，第三栋办公楼，203。

林远额头的汗滴，“噼噼啪啪”地落下，砸在门卫室的白瓷砖上。他拎的是两瓶茅台和两条软中华香烟，小小的黑皮袋子，仿佛装有千斤黑色炸弹，一不小心，磕磕碰碰，都能炸裂林博士可怜的自尊心。

林远明白，老门卫眼中，自己不过是一个卑微谄媚的家伙。这家伙身材消瘦，头发灰白，穿着寒酸。他弯着腰，拎着一袋礼物，真像一只鬼鬼祟祟的猴子。没办法。十三中学是当地最好的初中，如果不是本学区，一定要考试，高分成绩才能上。为了让娜娜挤进这所学校，魏青费尽心机。按照林远的意思，孩子能上什么学就上什么学。魏青不这么想，她恨恨地说：咱们这辈子就这样了，娜娜要到国外读名牌大学，说什么也不能输在起跑线上。

他们本来不在这个学区，现买学区房有点来不及，魏青只能求十三中的校长。魏青所在学校是重点高中，重点高中校长与重点初中的校长，就好比武林两大门派掌门人，都有学生弟子，自然也有互相交换的余地。十三中校长姓楚，答应是答应了，但拖着不办，也不见面。没办法，魏青又找了一个有权势的学生家长施压，楚校长这才答应。

魏青工作太忙，前来沟通接洽的重任，就落到了林远头上。据说，楚校长语文教师出身，喜欢文化人。

老冯的儿子是十三中毕业的，林远征求了他的意见。老冯的意思是，按照南方城市规矩办，直接给几根金条。林远准备了烟酒，又将在北京上学期间求得的一幅名人字画带上，跑了几家金店，都是金饰品，金条要预订，价格太高。林远无奈，只得又买了购物卡。每次想到求人的折磨，林远的羞愤心理就像短暂繁荣的中国股市，疯狂上涨，然后疯狂下跌。

办公室的门虚掩，里面欢声笑语。林远从门缝看去，一个打扮时尚的中年女人，正和一个端坐在老板椅的西装胖子应酬着。胖子应是楚校长，女人拎着东西，大概也是有事求他。

林远退出门外，毕恭毕敬地在门口沙发坐定。许久，女人探头探脑地走出，脸上还带着几丝红晕。林远这才敲门，胖子也不抬头，翻阅着文件，问：你就是打电话的林老师？

林远赶紧递上烟酒，楚校长扶了扶眼镜，并不起身，说：是什么？不要这样客气啦。

林远将东西放下，开始介绍娜娜的情况，递上孩子的材料。楚校长将材料翻了翻，丢在老板台上。他认真打量了一番林远，咂着嘴巴说：孟校长和高局长先后和我说过，好朋友的事，我义不容辞，我这人最讲义气。事情的确不好办，我说了不算，还有班子领导，现在查得严，上上下下多少眼睛盯着我，我压力很大哇。

楚校长的手指，轻轻地敲击老板台光滑的桌面。

林远又拿出字画。楚校长听说是某著名书法家的字，眼睛放了点光，这才起身观赏。林远说：听说您是书法家，正好朋友给了张字，还请您这方家指正。

楚校长的脸上有些笑意，收起字画，说：好朋友的事，我肯定尽力。不过，你还要再等等。

林远连忙鞠躬说：给您添了大麻烦了。

楚校长又坐回老板椅，仰着头，无奈地说：不瞒您说，您还真给我添了大麻烦，我这里还有好几个关系都盯着，我也难做呀。

林远咬了咬牙，又掏出了卡。真有些舍不得。最近家里紧巴，甘肃老家弟弟又要结婚，需要钱，至今还没挪出来。实在不行，只能先和老冯借点，再多上几节辅导，补上这个窟窿。

楚校长用眼角瞄了瞄装卡的红包，用书本轻轻盖住，想来目测了一下内容和容量。大概因为不是金条，楚校长脸上微微显现出小失望。俩人也说了几句闲话。楚校长介绍自己是大学中文系毕业，当年热爱文学，发表过不少散文，当过语文教师，也是教育系统内的才子。

林远恭维地说：您是博学儒雅，底蕴深厚。

楚校长得意地笑了，说：也谈不上，就是业余爱好，比不了你这名校大博士。

林远自嘲地说：我是务虚，多少孩子的命运都因您而改变。您是实干家。

得亏我没上博士，就考了在职研究生。要不然，还不和你一样？楚校长原本微闭的眼，猛地睁开，眼神带着点戏谑笑意。

对楚校长的玩笑，林远识趣地跟着嘿嘿笑着：您是教育家，我们这些底层博士，学术民工而已。

楚校长看看手表说：林老师，东西我先收下，字画什么是文人唱和，无所谓。办成了事，卡我要着。如果不成，卡再退你。

林远听得如此说，感觉还是不保险，连忙又祈求，讲了一大通困难，请楚校长务必答应。楚校长不再接话，只是说尽力，挥手让林远走出办公室。

林远后背衣服都湿透了，等迷迷糊糊地走出来才想起，楚校长从头至尾，都没给他让座位，倒上杯水。更令人担心的是，楚校长到最后也没吐句实在话。

他忧心忡忡地给魏青打电话，被魏青劈头盖脸地骂了一顿。魏青的意思，直接给金条最好，搞那么多虚头巴脑的东西，最后，事情还没有敲定。

我告诉你！魏青在电话那头有些歇斯底里，如果娜娜的前途没了，你那个蛮子弟弟别想从我这里拿走一分钱！

你混蛋！林远感觉胸膛都要气炸了，对着手机怒吼。他的嘴里有股腥甜的东西涌出。眼泪也顺势流下来。他低头看去，是一大口浓痰，痰里竟然还带着点血……

周一下午没课，林远在电话里和魏青吵架，心情很差，独自跑到办公室。老冯恰好刚下课，看到林远，关切地问孩子的情况。林远大致讲述一遍，大骂楚校长滑头。

老冯喝着茶，不紧不慢地说：小林，你的事不合规矩，是抢夺教育资源，凭什么教师孩子就该上名校？人家普通百姓的孩子，还有没有公平机会？

林远的气消了大半，也承认老冯说得对，自己根本是自取其辱。

老冯说：你做事太缺乏计划性和预见性。你本应留在北京科研机构，那里平台高，起点高，你的同门又多，发文章、拿课题什么，自然不在话下。

林远知道老冯关心他。

老冯这人就这样，分析别人头头是道，都是金玉良言，应验到自己身上，就不灵了。

老冯见林远默许，又说：就说结婚吧，你最好找家在北京、中专或大专毕业的女孩。女孩家的条件不能太好，也不能太坏，最好是教师或公务员。太好了，看不上你；太坏了，拖累你。中等殷实人家，看重文化教养，肯定把你这个名牌大学博士当尊神敬着。你最不能娶的，就是城市小市民的漂亮姑娘，人家是待价而沽的香果，专等有钱人吃，不是留给你这个穷酸博士的。

林远对老冯的这个观点，有些不认可，说：十几年前，一个博士头衔，还是蛮值钱的。

老冯笑着说：这才多少年，博士满大街都是了。博士满街走，讲师不如狗。

不管怎么说，林远分辩说，当年，最起码当年，魏青还是爱我的。

读博期间，他是公认的才子，论文写得棒，上课敢于和教授叫板，比学问，辨源流，好几个女同学倾慕他的风度学识。他是母校教师与同学一致肯定的学术新秀，前途远大。就这样一个学术新秀、985 高校毕业的博士，居然七年没有权威论文发表，也没什么像样的课题，论文倒是发了些，大部分在一般刊物。他不过是一个西部卑贱小子。他自以为成功了，是体面人了。不过是侥幸罢了，好运气被用完，就被打回原形了。

老冯露出老奸巨猾的表情，说：当年的北京考研族，我多少知道点。你也单纯，很多女孩又被称为考研太太，她们不是考研，而是考金龟婿。看哪个傻乎乎又有潜力的学子被套牢。

林远表示不信，内心却越发感伤。他早已失去魏青，或者说，他们在一起，注定是错误。

周日晚上，林远给补习的学生说家里有事，提前出来了。

夏夜燥热，林远躲在酒店棕榈树旁边。棕榈叶阔大，一丛丛的，从酒店的两旁钻天而出，好似遮蔽了林远所有的视线。林远燃起烟，烟头闪着红红光亮，热风在周围漫步而过，摊开手掌，又紧紧地攥住烟头，让它燃烧得更明亮，似暗夜中的一团仇恨。

一会儿，林远看到自家那辆POLO。魏青从车里出来，戴着墨镜，神色匆匆。一辆五系白色宝马紧随其后，是“大金链”。二人走进酒店。林远想，该把俩人车牌拍下，然后在酒店门口，等待他们激情结束，来堵个正着。

但这一切还有什么意义？

林远从没想过，这样狗血的剧情会出现在自己家。都说生活充满了戏剧性，其实生活比戏更奇特诡异，不过生活时常披上了一层无聊庸常的外套，等到这外套被扒了下来，日子也就没法过了。他从没觉得，自己和魏青的感情有多么惊天地泣鬼神，但也算相濡以沫，读博的时候，日子比现在艰难多了，魏青从没有对不起他。

魏青真是粗疏，居然将赠券带回家，事后找不到，也不起疑心；林远更粗疏，笨得可以，老婆和别人好了这么长时间，居然恍然不觉，还不如女儿敏感。

林远擦了擦眼泪，抽完了几支烟，人又冷静下来。

管他呢，凑合着过，人总要活，活到哪步算哪步吧。

六

栖渡河不是什么著名景点，是市郊最大最干净的河。林远在百度上查到的。

林远来这个城市年头不少了，却从未有空闲郊游，今天突然想去看看，放松一下。这些天，他烦死了。

清晨，阳光还不至于毒辣，林远照例五点起床，去早市，为家人准备早餐。他特意买了牛肉饼和鸡蛋卷，娜娜很高兴，说：老爸今天怎么了？我就喜欢吃牛肉饼。魏青还是匆匆忙忙，拎了鸡蛋卷就出门，嘴里嘟囔着说：太浪费了。

林远说：我吃昨天剩下的鸡蛋面。

也就匆匆两句，魏青就跑到楼下发动车了。

林远站在阳台，透过淡蓝色玻璃窗，看到楼下那辆红色 POLO 突突地发动，冒着欢快的烟，很快消失在视野外。林远突然觉得一切都如此陌生。他对妻子不熟悉，对女儿不熟悉，自家那辆小车也没开过几次。林远对开车不感兴趣，也是为省点油钱，车总是魏青开着，他是搭乘公交或走路。只有在最后的夏天，林远才真正地从屁股后面看清自家这辆小汽车，不过十几万，玫瑰红，低低矮矮，外观不起眼，怎么看也不是嚣张淫荡的车型。可就是这辆普通的钢铁小机器，裹挟着魏青游到另一个男人的胯下。

他不是一个理性精明的男人，缺乏老冯的务实算计。如果真像老冯说的，他留在北京娶妻安家，也许能过得比较舒心，最起码专业上有所建树。如今文章发不出，课题弄不到，评奖别妄想，职称更遥遥无期。最可悲的是，在这个南方大城市，他这样一个土里土气的西北蛮子，最终是孤独的。尽管他在名校读了博士，可在老婆和岳父母眼中，还是一个蛮子，他只配滚回西北老家吃酸汤面。

魏青走了，娜娜去上学了。林远洗干净家里的脏衣服，猛然惊醒似的想到栖渡河，他决定去一趟。这个决定吓坏了他，他不能再按照惯常生活节奏安排时间了。此刻，他应该着手备课，三小时后准备午饭，中午两点之前赶到新校区，给本科生上外国文学史。

他还是决定去栖渡河。这是想好的事，不能更改。

他先给班级学生委员发微信，告知取消课程，改天补课。他找出那件魏青在北京给他买的花格子衬衫，洗了个澡，认真打扮了一番。

他有些瘦了，衬衫松松垮垮的。

林远的手机短信铃声响了好几遍，是交通银行与建设银行发来的祝贺短信，祝他生日快乐。林远的三十八岁生日，他自己都忘了，更不要说魏青和女儿。

还好，有中国两大金融机构祝贺，也算不太寂寞。

栖渡河不远，坐公交一个小时就到了。河不宽阔，也没见多干净。林远坐在河边石阶，看着河水泛绿的水藻飘飘摇摇，点上烟，关了手机，静静地等待黑暗降临。

午后阳光慢慢地蒸腾，林远不饿，有些快意地想，魏青中午找不到他，肯定会惊慌失措。当然，也许魏青不在意，只当他在学校有事。

他贪婪地呼吸着空气，心情慢慢放松，腹部疼痛似乎也好了很多。他一支接一支地吸烟，烟雾围绕着他，他慢慢地有些迷糊了。

兀地，一声凄厉的鸟叫惊醒了他。林远抬头，天空暗下来，河水也被一团团墨绿色阴影笼罩，空气愈发湿润。

林远蜷缩起身子，大滴泪奔涌而出。

他的手中，还攥着两张单子。都说人走背字，喝凉水都塞牙。一张是市人民医院开具的，肝硬化的诊断书，情况有些严重，看样子要治好，得花费不少钱，也不晓得公费医疗能报销多少。林远高中得过急性肝炎，不知和现在这病有没有关系。第二张单子，是 D 大人事处发来的通知。院长亲自找他谈话。林远还以为是到社科处闹事的事儿，坚决表示，他虽然没有通过课题审批，但从没想过给学校找麻烦。

院长说：知道的，林老师，不是那件事。

林远很少和领导打交道，领导找他，不会是奖励。果不其然，院长带着同情口吻告知他，林远的聘用合同是五年一个聘期。按照学校新规定，毕业从教后六年还未升副教授的教师，将不再续聘。林远目前已工作七年，如果今年年底职称评审再不过关，只能另谋高就了。

该怎么办？

他才三十八岁，他到哪里找单位接收？即使D大不撵他，也只能苟延残喘地活着……

身体病变部位越发疼，林远蹲在河边，大口呕吐，鼻涕眼泪都淌了出来，看着胃里呕出的西红柿鸡蛋面残羹，林远感到身体里“啪”的一声，仿佛脏器都融化了，连骨头都一点点变软。骨头和筋骨，连带着肌肉和脂肪，都一点点地变成金黄色沙粒，从他的鼻子、嘴、耳朵和眼睛冒涌，好似在欢唱的汩汩泉水，挡都挡不住。他捂住嘴，那些沙粒又狞笑着从耳朵挤出。他堵住耳朵，闭上嘴，眼睛又喷射出那一粒粒的小恶魔。

他似乎变成一张薄薄的皮。他的身体都变成沙子。他流光了自己。

天边响起闷雷，云朵被病菌般的阴霾染暗了身体。

要下大雨了。这个郁热得要爆炸的城市，终于迎来了一场豪雨。

河水怒吼，黄黢黢的水纹不断搅动，凝固，又不断被搅碎，煮开了锅的黄沙般，小小水珠，在河面不停沸腾舞蹈。河面浮现出无数人脸，魏青，老冯，导师，还有岳母……他们表情各异，有的悲伤，有的诡异，有的冷漠，有的蔑视。这些脸在河水里时隐时现，林远感到莫名恐惧。这难道是传说的冥河？闪电，雷声，连带林远凄厉绝望的号哭，都好似成了天地壮丽的盛宴。

林远呆呆地望着河水，三十八年的人生，似电影镜头般在脑海急速闪现。记忆不再有远近之分。他清晰地看到童年时被他打破的那只黑色粗瓷碗，他记起少年时曾遭遇的沙漠死亡威胁，还有北京那间阴暗的地下室。如果他走下去，河水就一点点地揪住他的脚，他的腿，他的腰，雨水凶猛地灌入他的耳朵和嘴巴。他的意识就会融化在这河水之中了，不再难堪，或者不合时宜，全都可以被安慰与理解。他将越来越凝滞，沸腾的河水煮着他的身体。他的眼就要被黄沙般的雨点彻底封闭了。

林远闭着眼，水滴在身边水草似生长蔓延，先是树木的样子，又不断向上疯长，很快变成一个几米高的黄金色巨人。这巨人有深陷的眼窝，粗犷的脸庞，高耸冷漠的鼻子。它的身体不断凝聚，也不断抖落着沙粒。林远和这巨人面对面地望着，感到无与伦比的狂喜……

他还可以逃走，逃出这个城市，逃回那个沙尘的世界。那是他的起点，也是归宿。

也许今天的这场雨，就是林远人生新的起点。

他模糊想起，十几年前，收到博士录取通知书那天晚上。他和魏青喝醉了，在北京四惠桥上看星星。他们甜蜜地依偎着。林远仰望着星空，脱口而出：我们命该遇到这样的时代！

年轻的林远博士，眼睛亮晶晶的。

星空下，他背诵着莎士比亚的名句，意气风发……

狩猎时间

一

狩猎时间结束了。

我在人工湖边拨打了110。几小时后，警察来到，看到了湖边的高处长，又在湖里找到导师。在警局，他们询问我发生的事，我简单说了经过，做了笔录，签上名字，离开。这和我没什么关系，我不过帮了导师点小忙罢了。

一个姓刘的警察追出来，对我说：不能离开学校，有事随时要找我。

我答应着，打了车，回到学校。陆阳是我的舍友，也是二年级的硕士生。我回到宿舍时，他一边用电脑修改论文，一边用手机打着《王者荣耀》游戏。他摆动着脑袋，眼珠乱动，好似一只刚学会左右互搏术的胖仓鼠，在枯燥的图表、数字与电光石火的打斗之间，不断切换场景。游戏有炫酷的战甲和燃烧的长剑，无论是人，还是魔兽，都倒在他的剑下。

你没事吧？陆阳停下手中活计，对我说。

关我鸟事？我抖抖手，我他妈能有啥事？

但你毕竟在现场，陆阳似笑非笑，摸着下巴，沉思着说，而且死了人。

这和我没关系，我低下头，说，我只是帮着看看高处长出来的时间。

你认识高处长？陆阳合上笔记本电脑，跷着二郎腿，继续问。

不认识，我快速爬到床上，不耐烦地说，警察都问过了，你是不是有病？

可惜了，陆阳伸了伸懒腰，说，一个前途远大的中年学者，也是咱们学校的新贵。你当时看到他脸上的血了吗？

你可以救活他吗？陆阳又说。

我假装睡觉，没有回答问题。透过眯起的眼缝隙，我看到陆阳脱下袜子，抠着脚丫，空气中弥漫着新鲜的臭，点点黄色的液体，从青黑色脚趾缝间漏出。他的手指甲也是青黑色的，充满污垢，好似野熊长长的爪。我的眼角充满泪水，使劲翻了个身。一天下来，我太疲倦了，需要好好休息。很长一段时间，我都会想起宿舍那一幕：邋遢至极的桌上，摆着个易拉罐剪成的烟灰缸，挤满了乌黑的烟头。联想电脑旁，还有一袋吃剩的肉松面包。陆阳抠完脚，在衣服上蹭了蹭手，就去抓那面包……

去他妈的，肮脏的世界。我在心里咒骂，用被子蒙头，进入了沉沉黑暗。我需要黑暗，正如我需要休息。我要忘记一切，尽快回到正常轨道，我有四篇课程论文要应付，要收拾行装，准备回河北老家过春节。我还有封电子情书要写，我想发到她的微信里。收信人是个鹅蛋脸女生，长相一般，身材好，屁股翘，个子高大，符合我对床第之欢的想象。

二

事情要从十几天前说起。我的导师，管理学院杨修副教授，要找我谈话。

我对他主攻的城市规划管理学毫无兴趣，也对杨修本人毫无兴趣。我本科时成绩不错，但努力学习，不过是不想就业，或者说，找不到什么像样工作，读研混几年罢了。我的父母都是河北农民，我不会讨好那些当红教授，分导师时就被推给了杨修。除了学校安排的课程，我从不主动找他，他也不找我。我正好落得清闲，不像陆阳他们，天天帮导师查资料、画设计图，甚至干家务，也没啥报酬。

杨修五十多岁，矮胖，脸上流着油油的汗，日益稀疏的头顶，像衰败的荒原，他有一张大嘴，总是紧紧抿着，嘴唇咬在里面，从侧面看去，就像一只扁口肥鲇鱼。学生们传言，他是gay，专门对俊俏男生下手。我并不俊俏，也不相信这些，我看到杨修上课时，偷偷瞟着漂亮女生。夏天来临，他有意无意地拍拍女生裸露的胳膊。师母是S大团委书记，常将杨老师骂得狗血淋头。我在杨修打电话时，听到过几次。杨修涨红了脸，讷讷不能言。他就是这副德行，但当杨修用哀怨愁苦的眼看着你，还是会让你不寒而栗。

我朝教学楼左边走去。那栋老旧的教学楼，是五十年代初的建筑，有着中西合璧的风格，红的墙，雕梁画栋的重檐歇山顶，屋檐有彩釉怪兽，我叫不上名字。我站在楼下的榆叶梅下，等着导师的接见。北方的冬天，干冷，寒霜之下，灌木也落了叶。法国梧桐光秃秃的，黑黄的叶片，倒在地上，榆树和杨树的枝条，刺戟般伸向空中。我裹紧黑色羽绒服，踩着干硬的地面。天太冷，风虽不大，却小刀似的，白霜的地面冻得裂出几道口子。血头颅般的夕阳，飘在天际，将大地涂上一层淡淡的红。学期末，校园人不多，教学楼有时断时续的诵读英语的声音，都是认真复习、准备考研的女生。工作太难找，我的几个本科同学都在当外卖小哥，还有一个卖厨卫产品。这些也不关我的事。我在冷风中呼着白气，闻到教学楼内自助奶茶机发出的温热奶香味。一个戴着白色绒毛玩具帽、身材高挑的女生，正小口地饮啜着奶茶，红色短裙下，两只白嫩的大腿晃动着，不时互相蹭一下。

闯祸了，还有心情看这些？一个阴冷的声音响起。

回头看去，杨修冷冷地盯着我，嘴角带着点古怪的笑。我赶紧喊老师好。那笑意逃掉了，好似一群被风刮走的碎青石子。你闯祸了。杨修继续强调。我做过什么？我目瞪口呆，口干舌燥，因为抄袭同学的课程论文？还是晚上在被窝偷看岛国女优片，被舍友举报了？我的大脑混乱，杨修的表情却愈发严肃，他拍着我的肩膀说：若要人不知，除非己莫为。你想退学吗？一个农民家庭，供出个研究生容易吗？怎么不懂珍惜？

我快崩溃了，不停挠着头，露出了粉红色头皮，指甲上沾着点血迹。我哀求杨修不要折磨我，否则我疯起来，对大家都不好。我几乎龇出了凶狠的獠牙，杨修这才不紧不慢地告诉我，论文代写的生意，东窗事发，学校正在考虑处理我。

我真没做……我嗫嚅着，声音越来越小，感觉喉咙里藏着一只白色的虫，它吞掉了我的声音，让嗓子痒得难耐。

读书太清贫，一次偶然的机会，我发现 QQ 空间里有请人代写论文的留言。抱着试试看的心情，我接了一单，很快做好了。拼拼贴贴，外加规避论文查重，这对我来说，是小菜一碟。拿到“第一桶金”，我又接了第二单、第三单。生意不错，我注册了微信群，陆续把几个外系好友拉进来，甚至还有系里的青年教师。我写得少了，主要负责转包。一个学期，我净赚了六万。谁料好运刚开始，就遭到无情打击。杨修说，我代写的论文，有的出了问题，买论文的人，告到了学校。校领导震怒，正考虑处分我。

三

有雾的冬天，也许不是好日子。

我开始了盯梢的生活。我放弃上课的时间、写论文的时间、打游戏的时间，看黄片“与左手姑娘约会”的时间，甚至牺牲了部分睡眠时间。我变成了世界可疑的“游魂”。我失去了自己的时间感。我穿着黑色羽绒服，戴着蓝色毛线帽和白色口罩，手上也有厚厚的褐色绒手套。我徘徊在教学楼、职工公寓楼、学校酒店等地方。那几天，J市雾霾很浓，能见度低。灰色有毒物质，掩盖了我的尴尬和沮丧。我盯梢的对象，是社科处高远方处长。这是杨修给我的任务，条件是帮我在学校开脱，免除处罚。

我不明白，导师为何让我干这事，他阴郁的眼神，阻止了我的发问。我隐隐听同学讲过，高远方和杨修是博士同门，高一路春风得意，很早升到教授博导，在学界名气很响，且出任学校社科处处长，有望成为下一届副校长。相反，我的导师杨修，一钱不值，一文不名，默默无闻，至今还是副教授。学期结束前，杨修再次冲击教授失败，据说是这位“高师兄”使的绊子。高处长的“某学者”称号刚公示，就被人举报在八十年代末期学生时代有不轨言论，因此落选。高怀疑是杨修所为，于是便阻止他升职。

我穿梭在严寒的校园，将自己融化在寒冬雾气里。灰色的雾，有着毛茸茸的爪子，勾着我的羽绒服，湿气侵入内衣，和汗水混成一体，让我越来越沉重。我艰难地移动，跟随着高处长的轨迹。高处长每天早上七点，准时将白色宝马越野停在文科教学楼前。然后，他快步走到主办公楼，小跑上到三楼办公室，开始一天紧张忙碌的工作。那是间宽敞的办公室，不时有老师和学生进进出出。他经常在学校会议室开会，也不时去教育厅开会。如果看到他出校园，我就打车跟上，追随他的步伐，好似痴情恋人苦苦追求着一个绝代佳人。下午下班，高处长开车回家，如果加班，就要延迟许久。杨修告诉我，记录高处长的行程，及他见过的人、遇到的事，打的费可以报销。

高处长体格精壮，红通通的鼻梁，挺拔俊朗，目光带着一种讥诮的锐利，仿佛一只有着鲜红长鼻的强壮的几内亚狒狒。有一次，我站在办公室旁，被他发现了。他把我当成来申请创新项目的学生，叫我到楼下找楚老师。我的心狂跳，闻到他身上有一股薄荷味，应是他抹在额头提神用的膏油。我躲在主楼旁的黑皮松下，用望远镜观察他的办公室。他读文件，从身后的铁柜取报刊。他大声训斥下属，与送文件的女助理调情，也毕恭毕敬地在电话里向领导汇报工作。没人时，他跷着腿，梳理头发，或啃着铅笔沉思，将茶杯的每一片茶叶，都仔细噬咬着，一点点地吞下。他表现得很正常，没有可疑之处。

高处长在高新区有别墅，但不常回去，周末才偶尔光顾。他的妻子住在别墅，高处长大部分时间，都回十五号教职工宿舍楼。那是栋老式电梯房，那天黄昏，我第一次尾随高处长进入那栋楼。收发室的门房，是一位面无表情的中年妇女。我默默地上楼，她默默地盯着我。她有着狭长的狐狸般的眼，眼神仿佛两条锈迹斑斑的铁钩。我飞快盘算着如何应对问话，可她始终没有问我，只是目送我进入电梯。楼道间狭窄，潮湿，阴暗，堆满废纸壳等杂物，人只能侧着身体进入电梯间。那扇绿色电梯间外门，布满各色涂鸦，不起眼的角落间或有捐精、替考等神秘小广告。我闭上眼，鼻腔里有不知何处涌来的尿臊气、杂物霉味、各家各户煮饭的味道。我按了十八层，电梯门颤抖着缓缓合上，又颤抖着上升，伴随着闪烁的楼层号，电梯间仿佛一颗巨大的金属心脏，而我就在这心脏之中，被送往未知的宇宙空间……

电梯停下，我惊魂未定，踮着脚尖，来到1814房间旁。那扇黑色的门关着，门缝里有昏黄的光亮透出，还传出轻柔的钢琴曲声、打电话的声音、人走动的脚步声、厨房里灶台点燃的声响。高处长在做饭，我掏出块面包，小心地吞咽。为了不被人发现，只能躲在人工楼梯通道。走廊灯是声控的，有人来，我赶紧藏好，等住户们窸窸窣窣地开门，再关门，灯光就抛弃了我，我只能再次沉入黑暗。我贴着楼梯间墙壁，冰冷的感觉环绕着我，仿佛是一个深邃狭长的石墓。我看不清自己的手，只能打开手机电筒，寻找点微弱的光芒。我站了两个多小时，冻得麻木，那扇门依然紧闭。我跺跺脚，只见电梯间出现两团黑乎乎的影子。是一对在暗处亲热的小情侣，看他们的校服，是S大附中的学生。情侣拥抱着，惊恐地看着我，似两只柔弱的考拉。借着手机电筒的光亮，我在他们稚嫩的眸子中看到一个戴口罩的、面目模糊的青年。那就是我，一个眼睛闪着饿狼般凶光的男人。情侣可能将我当成盗贼，或变态杀手。我再次看了眼高处长家的门，在情侣小兽般的尖叫声中，飞快地顺着楼梯跑了下去。

我太疲倦了。连续五天，我持续对高处长盯梢，逐渐陷入幻觉状态：那件黑色羽绒服，粘连在我的身体之上，蓬松温暖的羽绒，紧紧吸吮着皮肤，化为粗硬的鬃毛。我的嗅觉越来越发达，视力增加，鼻孔变大，指甲锋利无比。我热爱长时间站立，没缘由地奔跑……

放过我吧，我哀求着说，让我干别的，任何事都行，别让我去盯梢，太熬人了，我撑不下去了……我哭泣着，对着杨修作揖。我甚至不可察觉地、谄媚地把手搭在杨修的胳膊上，他厌恶地甩掉我的手，说：不要胡思乱想，帮我盯住他。

再有七天，你只要再盯七天就好。杨修说。

临走，杨修放下一个信封，里面有一千元钱，让我补充体力，多买点好吃的。

四

我的行踪越来越诡异。我原是一个开朗的大男孩，现在越来越忧郁。我不再和舍友一起打游戏，谈论各类女人。我早出晚归，沉默寡言，无声无息地存在着，好似一个透明的蠕虫。我快“消散”了。必须在结束盯梢之前，保持健康，才能挣脱锁链，顺利拿到毕业证。

你好像变了。陆阳盯着我看了半天，喃喃地说。我不置可否地笑了笑。陆阳掏出劣质香烟，吞云吐雾地抽了半支，又继续沉浸在游戏中。他发誓要在学期结束前，打爆几个通关游戏。我不想管别人，也不希望别人了解我，我要保守秘密。我甚至怀疑，代写论文的事，是陆阳到学校举报的。他也想加入我的“论文组”，挣点钱，可我没同意，我不想让身边的人参与这事。他极有可能恼羞成怒。他就是一个喜怒无常的人。

在忙什么？陆阳问我，在图书馆写论文？考博士吗？

找工作。我用低低的声音回应着，我只想活得舒服点。

陆阳“嘿嘿”地笑着，转动黑熊般壮硕的身体，继续盯住游戏。

我适应了盯梢生活。它让我成为游魂，类似刚脱离死亡肉体的中阴身，让我脱离束缚，进入自由境界。我和蚂蚁聊天，与麻雀进行眼神交流，和凶猛的喜鹊对峙，在小雨中听老槐树上寂寞的野猫的歌。高处长参加聚会，我跟着他去酒店，默默记下和他吃饭的人的车牌号。高档饭店前停满高档车，旁边的小吃店，却很少有人光顾。为了迎接春节，政府在经三路翰林酒店后面搭出一条美食街。一个个红色的、土气的小棚里，卖着各类年货与小吃。天太冷，鲜有人光顾，小贩在明亮的电灯下，苦苦支撑着。一个瑟瑟发抖的女商贩，守着烤面筋摊子。她穿着厚棉衣，将摩托头盔戴在头上，手上还有一个暖手皮套。她的脚旁，趴着一只悲苦的、黑白花点的土狗。失去了温暖的犬，在寒风中靠长毛保存体温，它将长长的嘴藏在毛里，露出两只惶恐的眼，让路人无法直视。醉醺醺的高处长走出酒店，叫了代驾。他似乎真醉了，咧着嘴，舌头打着卷，叽里咕噜地骂着，比比画画，也不晓得骂谁。

盯梢生活让我体验到孤狼狩猎的乐趣。我是“秘密”猎杀者，越来越有耐心，还增长着一种残忍的心性，那是对人性阴暗面的鄙视。一个人的时空是被切割的，会呈现出不同面向，庄严肃穆与猥琐无聊并存，光明正大与悲苦麻木共生。每个人都有无限小秘密。小秘密构成无限细节，进而构成丰富立体的人，一个你永远也无法完全理解的人生。我不仅窥视到高处长的隐私，也看到了很多人的秘密。翰林酒店，我偶遇和大款来开房的校花。大款像只胖土拨鼠，开一辆黑色劳斯莱斯。校花姓王，长相清秀，行政管理专业的，硕士二年级的美女，也是我意淫的对象之一。“土拨鼠”将猥琐的爪子，放在“王校花”腰上。“王校花”面现红晕，扭了扭屁股，不知是难受还是幸福。酒店辉煌的吊灯下，她仿佛一条裹着黏液的青蛇，妩媚妖娆，带着滑腻的手感。学校花圃，我看到神神叨叨偷练气功的陈教授。他早年毕业于北大，近十几年来，醉心某种转轮子功法，嘴上说改了，还是偷着练。他闭着眼，念念有词，不断摆着各种手印，花白的头发在寒风中飘荡，非常滑稽，有点像森林“树精灵”。经过校园学生澡堂，年级辅导员，一位以严肃著称的秃头老师，色眯眯地拿着望远镜，躲在草丛里望向女澡堂方向，认真巡视。他和我一样，是校园“秘行者”。

高处长家门口，我也看到鬼鬼祟祟来送礼的青年教师。他们争取项目、评审职称，都要取得高处长的支持。我默默记下这些教师的长相、车牌号。杨修非常满意，他询问我，是否听到高处长攻击政府和社会的言论。杨修说：高远方年轻时是愤世嫉俗的文艺青年，喜欢写朦胧诗，给学校领导提意见。我摇头说没听他讲过。杨修有点失望，鼓励我继续站好最后几天岗。

最后一天，杨修目光坚定地说：我会和你一起，见证历史的时刻。

还有件事，我嗫嚅着说，我说了，您不要生气。

杨修呼吸急促，面色苍白，脸上油汗更多了，鲇鱼似的嘴一张一翕，口臭味让人窒息。他轻轻咳嗽了几声，用痛苦又带着期待的神色问道：关于我的家庭吗？

我想了想，还是告诉了杨修。真相很残忍，但大概他也有所耳闻，不至过于痛苦。我很奇怪，杨修是个窝囊废，师母是S大团委书记，中层领导，比杨修小六岁，颇有几分姿色，他们是怎样走到一起的？这里也有很多秘密。我盯梢的第十二天，下午六点，我的确在十五号教工宿舍楼旁的车库，看到了惊人的一幕。车库是开发商后来建的，在小公园后面，那里有个人工湖，一片假山，还有茂盛的桃林。桃树刚喷了大量白色液态膜和杀虫剂，干硬的黑色枝干，绑着一道道褐色草绳，防止它们在冬天被冻死。车库价格不菲，在七万元左右，都被有钱的教师买走了。我发现了一个规律。每隔几天，下班时，高处长就会把车开到车库，在里面待上几个小时，等到天黑，再回家去。

我仔细地观察车库，终于捕获重要信息。车库面积不小，里面有微弱的光透出。一个穿米色大衣，裹着蓝头巾，戴着黑墨镜的女人，从车库走出来。过了一会儿，高处长才溜溜达达地走出，走向家的方向。我恍然大悟，前几次，我看到高处长先出来，就跟着他回宿舍楼，却没想过，车库里还有个女人。这次如果不是女人先于高处长走出，我还未能发现这个秘密。高处长很聪明，带女人回宿舍楼，总会遇到各种熟人。偏僻的车库，显然较安全。女人是谁？我改变盯梢方向，将目标转移到女人身上。她身材高挑，穿着皮靴，步伐很快，脚掌铁敲打着石子路，发出“咔嗒，咔嗒”的声音，好似撒在路面上的无数小铁珠。她穿过桃林，绕过人工湖，在假山旁的小亭旁停下，擦着皮靴上的泥点。大概晚上七点半，四周无人，只有一个双管黑铁皮路灯，发着幽幽的光。女人看样子不害怕。刚下过一场冬雨，草根和泥土，让本就泥泞的小路更加肮脏。女人的头巾滑落，一瞬间，终于证实了我的猜测。那是我的师母，S大团委刘珂书记。她保养得很好，脸红扑扑的，显然刚经历了一场缠绵的爱情运动。她大衣上掉下一颗黄铜纽扣，骨碌碌地滚到湖水中。她不理睬。昏黄的灯光下，她捋了捋头发，站直身体，好似一条刚跃出湖水的大青鱼，散发着闪闪的鳞光。

五

最后的期限终于来临。

我期待最后的时空点到来，有些莫名亢奋。杨修不断安抚我，说会在学校力保我，让学校撤销处分我的决议，但这一切，都要等下学期再说。只要拖上一段时间，他再去找找相关领导，事情就会大事化小，小事化了，不会耽误拿毕业证。我对他的说法有所怀疑，杨修红着脸，脖子上的青筋耸动着，说：你看不起我？我不比高远方差，他不过是更能钻营罢了。看到他这样，我也只能相信他信誓旦旦的说法。

我越来越削瘦，动作愈发敏捷，我的血管变得粗大，凸起，显现出青黑色的脉络。睡觉时，我激烈的磨牙声甚至吵醒了舍友。我在洗手间蓝色镜子前，仔细观察两排牙，感觉它们越来越锋利。我能利索地将食堂的酱大骨上的筋腱肉剔个干净，让同学们目瞪口呆。

我必须配合杨修。我告诉杨修看到的那些，他的表现过于平静。那是一种反常且瘆人的平静。杨修擦着汗，不再喘粗气，好似有什么沉重心思，终于尘埃落定。他拍了拍我，说：我不会亏待你。那天下午，杨修特意穿了墨绿色运动服，换了登山鞋。他拿了一根结实的棒球棍，不断扭着身子，练习击打准确率。我闻到他身上散发出一阵河泥般的恶臭，那是鲇鱼独有的味道，也大概是失败的龌龊气息。他大概要捉奸，但依照高处长和杨修的体格而言，显然杨修没有什么胜算。我肯定不会参与他的行动，我只是把风。

我们躲在了假山的一片山石后面。

他戴了一副面具，塑料的、京剧花脸的脸谱，显然是某些节庆的副产品。面具完全遮住杨修的头发和上半脸，只有两道细缝露出眼，眼神木然，仿佛也是面具的一部分，面具下露出他暗红肥厚的鲇鱼唇，以及嘴四周发灰的皮肤。他也给了我一张小丑面具，逼迫我戴上。这让我很不舒服，我们仿佛不是去捉奸，而是两个准备抢银行的悍匪。我只是把风，我再次向他强调。是的，我不会连累你。杨修也强调，但我总是感觉，这似乎有着陷阱般的圈套。可事已至此，只能进行到底了。

冬阳好似一团冰冷水银，白得亮眼，但缺乏热情。空气潮冷，刚下过小雨，时间一如雨势悬停在半空，在沉默中凝固成空蒙的虚无。假山石头也是冰冷的，有一股青苔藓苦味。我和杨修挤在假山台阶，像误入猴山的一只孤狼和一条鲇鱼。我讨厌他的气味，却不能不忍耐。从假山望去，湖水面积不小，湖面已结冰，一层薄薄的冰，像煎饼般脆弱。湖心亭有一副对联，写着校训：学高为师，身正为范。湖中还有芦苇和鸟类的踪迹。是那种黑白相间的、肥大而凶猛的喜鹊。它们叽叽喳喳地叫着，丝毫不畏惧寒冬，坚硬的喙敲在冰面上，发出奇异的声响。再往远处，就是学校网球场，此时空空如也，越过网球场才能走到学校食堂和教学楼，最后到达那片红色学校外墙。

我的眼皮不停跳动，有不好的预感。我这些天，都在做一个怪梦，不能安睡。我梦到高处长的头颅，带着鲜红血迹，滚落在我的脚边，又怪笑着，一路跑进湖水。我很想将这个梦告诉杨修，导师没有理会我，而是专心致志地用望远镜看着车库方向。时间一分一秒地过去，我们等得焦急。终于，我们看到那辆白色宝马车。车库电动锁打开，车辆缓缓行驶进“温暖的后宫”，卷帘门又缓缓放下，将我们隔绝在外面。棒球棍不停颤抖，杨修眯起眼，双眼在面具后面散发着骇人光芒。

现在怎么办？我问杨修。

杨老师叹口气说：等等吧，等你师母出来，不要吓到她。

现场捉奸是不可能了，杨修还是个㞞货。我们等了许久，天色慢慢黑了，太阳惨叫着，闭着眼，彻底逃离了奸情现场。路灯慢慢亮了，车库灯光也慢吞吞地亮着。我们终于等到师母靓丽的身影，出现在车库旁。她还是穿着皮靴，迈着轻快步伐，走过人工湖和假山。杨修把我的头压得更低了一点。师母没发现我们。

现在要冲过去吗？我说，再不过去，他就走了。

杨老师又叹了口气，说：再等等吧。

还要等多久？我说。

杨修说：车库门卷起，你把他叫到假山这边，就说，我要找他谈谈。

雾霾渐渐升起，遮蔽了湖面，眼前的一切变得模糊。我摘下面具，替杨修悲哀。从捉奸角度而言，充满理性的杨修副教授还不如武大郎有血性。有什么谈的？难道要“相逢一笑泯恩仇”？看到杨修慢慢松弛下来的手、躲闪的眼，我明白了，他彻底㞞了，想象中的暴力场景不会出现了。我走到车库卷门前，轻轻地敲了敲，卷门缓缓升起，高处长充满警惕地看着我，我讲明来意，说是杨修的学生，杨修让他到假山那边，有事相商。高处长不断冷笑，一边系着大衣扣子，一边说：杨修现在胆子大了，敢出来找我谈。

高处长拎起个撬棍，冷冷地对我说：你真是杨修的学生？

我摘掉口罩，给他看了学生校园卡，他放松了一点，掂着撬棍说：谅他也没有那个雄心，敢找社会的人来暗算我。

我们走过桃林。他跟在我的后面，问这问那。这是我第二次近距离接触高处长。我无法回答他，只能保持沉默。天色愈发黑了，据学校老人介绍，这片桃林所在，原本是老旧平房，也是七十年代初著名的S大“牛棚”，“牛鬼蛇神”的教授们都栖居在此，几个教授不能忍受，就上吊或者投湖，这里盛传闹鬼传说。进入新世纪，平房被拆除，才有了现在的桃林。桃树有些邪门。我和高处长走进去，立即感受到一股湿冷香味，刺激着人的大脑，让我头昏脑涨。高处长有些害怕，连声催促我，问杨修在哪里。

就在假山那边。我回答。耳边有很远处传来的汽车鸣笛声，惊醒了桃林里的鸟雀，发出惊恐的尖叫。高处长停下不走，我只能再次强调：杨修老师就在假山，他相信你肯定敢赴约。高处长挺了挺胸膛，捉住我的手腕，和我并排肩一起走。他的手很有力，捏得我生疼，我无法挣脱。我们绕过人工湖，来到了假山。杨修缩着脖子，哈着气，没有拿棒球棍，摇摇晃晃地从假山后走下来。他还戴着面具，这让他看起来更加滑稽。高处长丢下我，骂骂咧咧地迎上，看样子要教训一下他。我看不真切，高处长突然停下，撬棍掉到地上，杨修好像热情拥抱着他，高处长挣扎几下，没有挣脱。杨修贴着他耳朵，像对他说悄悄话。随后，空气中弥漫开一种奇特的气味。后来我回忆起，那是喷溅而出的血腥。我上初中时割伤过手掌，也流过不少血，但都没有凶猛锐利的恶心感，像肺部瞬间涌入大量尿液，有一种窒息的恶臭。我对警察这样形容。警察对我的感想不感兴趣，他们更想了解，杨修杀死高远方的详细过程。

雾渐渐散去了，挣脱开杨修怀抱的高处长，踉踉跄跄地逃走了。借着路灯和月光，我看到，我的导师杨修，举着一把闪亮匕首，上面还有鲜血“滴滴嗒嗒”地流淌。我不晓得他带着匕首，只见过那个棒球棍。我吓呆了，立住不动。杨修倒提匕首，在月光下追杀敌人，步伐从容，像换了一个人。高处长倒在人工湖边。他卧在湖边，大口喘着气。杨修也追到那里，他瞥了眼挣扎的高处长，又对我抛来莫可名状的一笑。杨修又往前挪动了几步，以极限方式深吸一口气后缓缓呼出，四十五度角仰面望向夜空，茫然的目光在星空停滞了片刻后，他猛然将匕首抹向自己的喉管，纵身跳入湖水……我看不到热血喷溅而出的情形，但能听到杨修跃入湖面发出的巨大声响。薄薄的冰，被他砸得粉身碎骨，发出“咔嚓咔嚓”的呻吟，随之而来的是一阵沉沦的声响，好似什么沉重的货物，或刚死去的大鱼，冒出一连串气泡。杨修很快消失在水面，还戴着滑稽的面具，至死也不肯摘下它。

高处长没死，“狒狒”的生命力真旺盛。但原本剧烈的喘息声渐渐弱下来，黑暗中，我分明在脑海里看到他伸向我的手指在颤抖，投向我的目光中交织着激愤与乞求。但我嗓子像是被鸡翅骨卡住了，发不出任何声音。只是本能地一边摇头，一边哆嗦着重新戴上小丑面具，然后扭头撒腿就跑。此刻，月亮又白又亮，像一片被剥落的女孩的指甲。寒风不小，刮走了雾霾和湖面溢出的血腥味。湖边，除了地上挣扎得越来越微弱的高处长，一个人没有，假山后没有，桃林里也没有，我侧耳听听，汽车鸣笛和惊起的鸟鸣也不见了，这片小小天地，仿佛世界末日后的地球，蛮荒而神秘。

漫无目的地跑跑走走了不知多久，心神被夜风吹得渐渐冷静了些，我回到人工湖边，掏出手机，清了清嗓子，拨打了110。

六

接下来的日子，警察和校方联合办公，清理了高处长挂靠在学校的公司。高处长的很多科研经费，都通过公司走账，他在省里与市里接了规划设计工程，让学生们去做，学生延期毕业，是为更好地完成工程。

我像被什么莫可名状的神秘力量操控驱使，不知呈现于人的是否镇定自若，只记得自己按要求仍留在学校，但打电话给父母，说导师要求做研究模型，可能要等春节过后再回老家。学校食堂不开门，我不仅鬼使神差地偷偷买了电热锅，在宿舍涮羊肉吃，还写了两篇课程论文，早上冒着严寒去操场跑步……不用盯梢，没了威胁，潜意识里的我感觉轻松不少。

陆阳在宿舍赖着不走。他的家在本市，不用急着回去。他的硕士生导师就是高远方处长。高处长是中层领导，也在管院兼任硕导和博导。他常给陆阳布置任务，陆阳很少能按时完成。还好他家境不错，父母都是本市中层公务员，高处长没难为他，但很多同门就惨了，极少有人按时毕业，大部分延毕半年或一年。

你解放了很多人，陆阳阴阳怪气地说，要不是你，我现在还要做图纸呢。

高处长毕竟是你的导师，我没有笑，说，他的去世，是学术界的巨大损失。

我想推荐你考他的博士呢，陆阳说，可你那个杨修导师与他结怨太深。

我不想考博士，我摇头说，我没啥学术理想，又没有天赋。

别这么说，陆阳冷冷地说，你那些当枪手写的论文，有些还是不错的。

我愣住了，赶紧换话题：我也没想到，杨老师能做出偏激的行为。

陆阳耸耸肩，不再和我讨论。他总想和我讨论那晚导师和高处长斗殴和导师自杀的场景，我不会满足他的好奇心。

与此同时，警察找我谈过几次，要到人工湖边搞模拟再现，可“狩猎时间”结束了，我不想再重温那些惨烈的记忆。我的师母，尊敬的刘珂书记，想请我吃顿饭。这我无法拒绝。为了赴宴，我认真挑选了衣服，穿了黑色西服，外面还套了米色风衣。这些衣服，原本是我准备回家后在村里给父母长面子用的。口罩不能再用了，无论我怎么努力，那夜湖边交织着血腥与绝望的阴冷气息都浸透在口罩的经纬纤维里，仿佛幽魂，怎么搓洗都洗不掉。

灯火辉煌的翰林酒店，师母请我吃西餐自助。牛排味道鲜美，还有法国红酒和鹅肝，澳大利亚的龙虾和猪肋排。泰式冬阴功汤和韩式烤肉，也符合我的食物审美。我从未到过如此高档的酒店吃过饭。她吃得很少，话也少，眼睛还红肿着。她询问我，当天是否见过她，还了解什么。我不假思索地回答：那天没见过师母，我对警察也是这么说的。我什么也不晓得，这些东西和我没关系，我只是给导师帮点小忙。

师母掏出一张训诫意见，盖着学校公章。我心惊肉跳，接过来仔细一看，是学校对我的处理。鉴于我的悔过表现，学校决定，不开除我，也不给予留校察看处分，但要求学院内部对我进行训诫。我的心中一阵狂喜。师母也露出笑容，问我是否满意。我表示感激。她又说：杨修虽走了，但你是他的学生，就和我自己的学生一样，你在学校有事，可以找我帮忙。

说完这些，师母说有事先走，让我在这里慢慢吃。我咀嚼着羊骨，透过酒店蓝色窗帘，看到师母优雅地走向一辆红色保时捷。她还是穿着那件米色大衣，风度迷人。车门里钻出一个高大男人，忙不迭地为她撑开伞。我依稀认出，高大的男人是学校的甄副校长。不知何时，纷纷扬扬的雪花偷袭了这个城市。这美丽的装饰物，让我们忘记寒冷和不愉快的记忆。寒风吹着阵阵细雪，吹过几乎垂直的高楼大厦。纵横的、仿佛蛛网般的街道，熙熙攘攘的人群，此刻也披着盛装，仿佛化身为无边无际的枞树、桉树和白皮松树林。那里有狼群出没，也适合男巫与女巫们的邪恶狂欢。一种无力与虚脱感顿时由体内升腾。

我努力让这丰盛的晚餐成为某种秘不可宣的标志，之前的一切和我没什么关系，都过去了，我要专心致志地对付美食，我将在宿舍迎接春节。我思忖着，要准备哪些火锅食材，是否还要准备彩色拉花。我还想邀请那位心仪的女生来宿舍吃饭。她的家也在本市。如果顺利的话，也许我会结束处男生活，成为真正的男人。时间紧迫，易于破碎，我们都要抓紧。

训诫书、窗外的雪、眼前的美食、对接下来日子的畅想，都像飘在空中的句号，可一阵急促的电话铃打破了这一切：你好，我是刘警官……

凤凰于飞

一

忙完年底的会，刘建国一下子放松了。

高主席宣布：同志们辛苦了，还要站好年前最后一班岗。建国答应着，忙不迭地离开充满烟味的会议室。下楼后，对着门卫挥挥手，刘建国启动那辆白色尼桑，踏上了回家的路。车转过某校门，他看到一群背着古琴的学生，突然想起，许久没去古琴学习班了。古琴班每周末都有活动。建国读书时就爱古琴，常跟着掺和。那种悠然散淡的氛围，让他想起母校，一所北方重点大学——麓城大学，以及他的导师，费有渔教授。

费教授专治唐宋诗文，在北方学术界享有盛名。后来，他跳槽到南方，在海边筑庐，有美人相伴，自得其乐。这位美人，不仅颜值高，且财富惊人，还对费教授言听计从。人生最快乐的事，也许不是事业的成功，而是按照自己的想法塑造自己。费教授也算得其所哉。

汽车空调的暖风直冲牙花子，有一股不期而遇的酸痛。建国烦躁地掰下空调出风扇叶，车挂掉下来。那是串廉价菩提子，老婆邹玲玲说是在大宝相寺求的，菩提子下摆还拴上了她的玉照。

建国到家时，邹玲玲还没下班。她在中学当语文老师，平时也忙。建国坐在阳台躺椅上，浑身困乏。人不能比，还是活在当下。他永远不可能活成费教授。如果在古代，导师也是得道大儒，逍遥神仙。如果他和费教授穿越回唐代，费教授一定住在竹林边，饮酒作诗，仰天长啸。他肯定是书童或秘书，忙着赶写费教授的公文。天呀，为什么，在梦里他也成不了才子，还是个埋头苦写材料的猥琐男……

刘建国第一次见到费教授，是在麓城大学的讲座。时隔多年，他还依稀记得，讲座的题目是“唐诗中的寂寞”。那是一个大阶梯教室，早早地被仰慕费教授的学生占据，很多女学生暗恋费老师。他面白长身，眉眼细长，温和内敛，一米八三的个头，搭配休闲唐装。他的声音也好听，磁性的男低音，不疾不徐。

见到费教授后，刘建国认识到，学问也要卖相，才子更需皮囊，像他这种土肥圆身材加上大饼子脸，即使满腹经纶，上了百家讲坛，也不可能成为“明星教授”。“才子”就要费教授这样的，才能让人肃然起敬。

“寂寞是一种境界，生而为人，我们脱离母体，努力驱赶寂寞，但很多情感热烈的人，对寂寞认识更深刻。所以李白有举杯邀明月，对影成三人之句。”费教授从李白讲到王维、孟浩然，声调不高，但总能说到人的心里，将所有听众拉入悠远恬淡的意境，体会寂寞的味道。

阵阵热烈掌声后，人们散去，建国和费教授交流心得。他觉得中国古琴最能表现古典诗歌的寂寞意境。费教授也喜欢古琴，俩人谈得颇投契。费教授说，寂寞好诗，配上寂寞古琴，还要有空寂之境。深秋红叶，远山古刹，搭配诗与琴，方为最高境界。他特意举“海内名士”张祜的诗为例：寂寞空门支道林，满堂诗板旧知音。秋风吹叶古廊下，一半绳床灯影深。张祜也是建国喜欢的诗人。

讲座时节正是深秋，费有渔教授的月白唐装，散发着一股好闻的松香气息。他攥着本《唐诗选注》，目光闪烁，爬过教室贴着斑驳彩色玻璃纸的高大斜窗，投向远处。下午软黄温吞的阳光，从窗中渗透过来，将费教授的脸涂满五颜六色的奇异光点，犹如溺水的人，沉入水底的刹那，从水底仰望水面，见到的生命最后的光华。

不知为何，建国觉得张祜那首诗，有些枯涩死气潜伏其中。然而，建国还是深深地被费教授吸引，毫不犹豫地投考费教授的研究生。他居然考上了，且颇得导师欣赏。读研期间，他喜欢过同门师妹吴莉。那是一个可爱的江南女孩。新生报到那天，建国帮吴莉登记。建国话本不多，那天却变成了话痨，帮人家拿行李，还主动把她送到宿舍。刘建国向吴莉介绍了很多情况。吴莉本科就读于江南大学，第一次到北方，看什么都新鲜。吴莉也向他打听了不少事，大多与费教授有关。从宿舍出来，刘建国竟鬼使神差地问吴莉有没有男朋友。吴莉笑得很灿烂，又颇多玩味，是一种略带怜悯与冷漠的复杂情感。建国尴尬极了。为了不让师兄难堪，吴莉还是对他说没有男友，这世上自己欣赏的男人不多。

建国从与吴莉的第一次谈话，就悲哀地断定，自己和她之间绝无可能。建国不能忘怀，吴师妹那双忽闪忽闪的大眼，似乎说着无尽心事。可惜师妹的心事，不想和他说，只想和导师说。费教授很早在学界成名，但他从未成为学校中层以上的领导，相反，倒时不时传出一些不知真假的绯闻。“犯桃花”的男学者，在领导眼中不可信任，是威胁学校声誉的家伙。

费教授这个“多情犯”，不是他追求女性，都是女性对他展开“围捕”。一个学识渊博又风度翩翩的才子教授，总能在中国女性心中激发出很多想象。费教授没孩子，夫人是学校后勤处的陈副处长，也是费教授的同学。相传，这位长相平平的女领导，靠着一哭二闹三上吊的手段才逼退众多竞争者。陈副处长对费教授家教很严，然而，这依然不能阻挡“飞蛾扑火般”的女学生。可怜的费教授，对女性的殷勤总躲躲闪闪，就连他的有关“寂寞”的学术研究，也被认为是“对个人情感生活的不满足”，被仰慕他的女学生不断八卦着。

吴莉也是“扑火的飞蛾”。费教授的选修课“唐诗选读”，吴莉每次都坐第一排。她直勾勾地盯着费老师，双颊红润，好像玉树临风的费教授，就是一本大页装订、适合反复阅读摩挲品鉴的线装古书。费老师有个紫砂杯，常泡上古树普洱。上课前，吴莉早早地将滚烫的开水打来。水壶放在脚边，费教授呷几口茶，她就悄悄摸上去，给茶杯续水。吴莉行动娴熟麻利，悄无声息。茶水雾气蒸腾，费老师面无表情，吴莉靠导师很近，蒸腾的水汽背后，一定是吴莉深情的目光。即使离得较远，建国依然能闻到她身上淡淡的兰花香气。费老师最喜欢这种香。吴莉倒水时，长发的发梢和飘舞的裙摆，有意无意地拂过费教授的衣服，费教授尴尬地僵坐，嘴角抽搐。建国将手伸进裤兜，将写了一个晚上、用潇洒的硬笔行书抄写的情书，紧紧攥着，直到攥成一团废物。吴莉喜欢古文，为了取悦她，建国写给她的情书，是用繁体字写的。建国能感到，繁体字早已化繁为简，渐渐模糊不清，仿佛是煤核，在他的手心熊熊燃烧……

这是多年前的旧事了。吴莉博士毕业后，在南方某大学任教，已是小有名气的副教授。她本是无锡人，也是回故乡发展，至今仍然单身。建国成了南方 C 市政协办公室主任。毕业后，俩人联系不多。吴莉给建国打电话，请他去无锡玩，建国没答应。他早被那一杯杯热茶烫成重伤，至今未愈。如果不是经济条件不好，吴莉又拒绝了他的追求，他也想过继续钻研学术，跟着费教授读博士，毕业后在高校任教，而不是在机关当个朝九晚五的公务员。而让人意想不到的是，建国硕士毕业不久，费教授也出了状况，被迫离开了麓城大学。

二

白云，蓝天，孤零零的庙，山门不大，有个高大僧人坐于青石之上，条几上摆着一张仲尼式桐木古琴。看不清眉眼，只模糊看见袈裟飘动，听到悠扬琴声飘荡而出，似是《有所思》。庙内传来“嗡嗡”钟声，相应和着。庙门外有两口蓄水防火的大铁缸，水面被震颤得发抖，荡漾起一圈圈涟漪，水面浓绿与暗紫交织的叶片，摇曳着白色的莲，惊慌失措……

建国在梦中惊醒，脑门汗津津的。梦中那个人影，很像费有渔教授。他蹑手蹑脚地下床，去客厅倒了杯柠檬水，坐在黑暗中，小口地饮着。建国喝完水，正想再上床，突然发现手机屏幕亮了，好在他调成振动，就见一条微信蹦出。他打开看，竟是吴莉的。建国犹豫了一下，打开微信：师母病故，请假吧，咱们一起去看看。

建国停了停，回了微信：节哀。我会去的。吴莉又发回复：有空也见见同学，大家都挺忙，别散了同学情谊。建国把手机丢进提包，关了机，气哼哼地回到卧室。他啥时和吴副教授有“情谊”？自己连“备胎”都算不上。

第二天是周末，邹玲玲不上班，哼着小曲做好了早饭。建国慢吞吞地和邹玲玲说了情况，希望去看望导师。邹玲玲听说吴莉也去，就不同意，让他在家辅导孩子功课。建国劝说邹玲玲：费老师老年丧妻，我们当学生的不能太冷血。你那师母是富婆，邹玲玲冷笑着说，留下多少财产？吴莉又有机会了吧？

建国脸涨得通红，讷讷地说：师妹和导师不是那样的人……

读书时拿你垫背，邹玲玲毫不退让地说，导师咋不娶吴莉？还不是看上了富婆的钱？富婆升天，还不知是不是他们的算计。你巴巴地跑去，十有八九又让人当成防弹掩体……

别说了！刘建国丢下筷子。导师那边不露面，也不好意思。他迟疑地给费教授发了微信，先是沉痛哀悼，接着试探性表达了看望之意。他的意思是，如果导师推辞，就借故不去。费教授不愿麻烦别人，多半会拒绝建国过来。但他很快收到费教授的回复："谢谢建国，我已心乱如麻，力不从心。你的几位同学后天就到，盼君来H市一聚。"

如此这般，只能去一趟了。建国向邹玲玲展示导师的微信。这次老婆倒通情达理，没阻拦，不过有些疑惑地说：费导师真是玻璃心，不就是二婚嘛，感情那么深厚？这年头，还真稀罕……

邹玲玲最看不得老年人离异再娶。她父亲是教育局退休的副局长，母亲是中学音乐教师。老两口如胶似漆。每周末，老两口都精心打扮，手拉手去舞厅跳交谊舞。俩人还每晚给对方洗脚。天有不测风云，母亲突发心梗，驾鹤西去。两个月后，父亲就认识了小区最风骚的老太，一个寡居多年的前幼儿园舞蹈教师。俩人很快同居，走路挎着膀子，躲在花丛后面接吻。建国见过那老太，穿着黑丝袜，吊带裙，有股连公猫都会被熏倒的香水味。

建国无所谓，但这事对邹玲玲的打击太大了。几十年的洗脚水，抵不上一个风骚老太的香水？那段时间，邹玲玲睡着觉会突然哭醒，将身边的建国掐得青一块紫一块。建国把灯打开，老婆仰着僵尸般青黄的脸，喃喃地说：哪天我死了，你是不是扭头就找吴莉？

建国拍着她说：放心，你肯定走在我后面。

这么肯定？邹玲玲不相信。

每晚这么折腾，我肯定在一年内被你掐死。到时你也找个帅哥，我肯定为你默默祈福。

你咋这么好？邹玲玲“哇”地哭出声，抱着建国，鼻涕眼泪都蹭在了他的睡衣上。建国哄着老婆，不禁为她的智商和情商感到担忧。

有啥办法？生活还要继续，不是每个人都能活成费有渔教授。

H市在祖国最南端，深冬季节，很多北方人来这里避寒，但在建国看来，还是太潮湿。建国下了飞机，直接打车赶往费教授的住处。再婚后，费教授和做园林生意的妻子住在市郊环境幽静的富人区。小区植物繁茂葳蕤，都是“喜乐木”园艺集团培育的，价值不菲。费教授住在一栋四层白色小楼，典型中西结合式建筑。导师的再婚典礼就在这里举行。外面的拱门回廊、休闲吊椅、希腊神话浮雕柱、带有宗教色彩的得克萨斯皮革镶边大窗，还有线条简洁明朗的蓝色风化砖屋顶结构，都非常西化。院子草坪开阔，有一个大游泳池。说心里话，建国从未体验过，在如此高大上的私人豪宅泳池里泡上一泡，是什么感觉。建国觉得自己就是“土包子”。进到里面，则全然是中式仿明清风格红木家具，尤其雕花镂空镶边松木大床，格外惹眼。还有那间超大的琴房，干净，素雅，整体日式榻榻米。各种文玩古董、古书茗茶，摆放在镶嵌在背景墙的隔断上，香炉和檀香，都是上好货色，更不要说中央台子上那把古琴，通体黝黑透亮，古朴深厚。

典礼那天，很多同学去给导师祝贺。那年费教授五十多岁，企业家陈明瑛比他小五六岁，长得落落大方，见到教授的这班学生，频频点头示意。婚庆那天，同学们喝着新师母酒窖保存的年份拉菲，都非常尽兴。费教授脸上，还是一如既往地平静，好像婚礼是别人的事。他穿着笔挺的高档燕尾服，看着挺绅士，但建国他们还是习惯穿唐装或汉服的费教授。仔细看去，费教授施了淡淡的妆，脸色有些苍白。他一晚上也不怎么讲话，推托不舒服，拒绝给大家弹奏古琴助兴。吴莉没接到邀请，突兀地出现在婚礼现场。她没搅局，只是把自己灌得大醉。建国把她背回住的酒店，她搂着建国号啕大哭。建国也没安慰她。

新师母资本雄厚，非前任师母可比。前任师母原为麓城大学后勤处副处长。赶上学校上马一家五星级酒店时，陈副处长自告奋勇，变身为大酒店总经理。她和费教授结婚多年，没要小孩，工作忙碌，一年倒有大半年住在酒店。费教授和吴莉传出绯闻，也没啥真凭实据。陈总到文学院大闹一番，就离了婚。建国隐约听说，陈总其实早就和一个“小白脸”下属不清不楚。费教授的绯闻，正好给了她一个借口。离婚时，她也还仁义，给费教授分了部分钱，房子也留给了他。费教授是要脸面的人，正赶上H大学到麓城挖人，就递交了辞职信。

建国搞不懂的是，费教授并没有和吴莉走到一起。按理说，他俩情意相投，彼此欣赏。费教授调入H大学，很快认识了一位离异富婆，喜乐木集团的陈总，据说身家十亿。她在一次H市图书馆公益讲座上认识了费教授。俩人相谈甚欢，很快定情结婚。上任师母有点穷人乍富的炫耀，还有些风尘应酬的老鸨的八面玲珑。现任师母是大企业家，举止气度非凡。喜乐木在行业内很有名气，也不止经营园林，房地产、餐饮、娱乐等产业都有涉及，公司旗下五星级酒店就有七八家。费教授天生有“富婆缘”。这大概是资本搭台，文化唱戏的道理。吴莉也是野心勃勃。她发展得非常好，但再优秀也是文化界的。两个文化人凑一起，未必就幸福。但是，新师母和费教授在一起还是太客气，俩人的婚礼，像不常走动的亲戚聚餐，有些生分，距离感太强。建国又一想，二婚不就是这样吗，大家搭伙过日子，互相照应。

出租车出了机场，跑了大半个小时，经过H市南麓，转过小山，进入了一片别墅区。建国被搞得头昏眼花。都说这边天气热，老婆给他准备了短袖，他在机场换上，此时到了山里，又有些潮冷凉意，不禁打了几个喷嚏。别墅群位置好，公路修得棒，小区设备先进，绿化高档，喷泉、广场、居民游乐区一应俱全，看起来像欧美富人区，从不停巡逻的保安来看，安保这块也不错。建国下了车，使劲拽了拽衣服下摆，没来由地有些紧张。虽说他也是政协办公室主任，富豪高官见过不少，但骨子里还是一个穷人。

他报了费有渔的名字，登记勘验后，才进了别墅区，他转来转去，口干舌燥，正在踌躇，就看到那栋四层白色别墅，有个大致印象，加快脚步跑过去。别墅门前，他赫然发现，一个拖着拉杆箱的女人，使劲按着门铃。再仔细看去，不是吴莉又是谁呢？

建国又好气又好笑。吴莉挎着一个漂亮小包，穿着一件性感时尚的蓝色长裙，足蹬红色高跟鞋，南方虽说没有严冬，但潮冷总是有的。建国看到吴莉涂着口红的嘴唇不断哆嗦，心想，吴莉是来吊唁死人，还是上门示威？

吴莉发现了建国，夸张地摇着手，激动之中，还有点得意。万贯家财也不一定能笑到最后，关键还要身体好。吴莉副教授，自从到大学教书后每天晚上都去操场跑圈，每周还要去健身房一次，相当励志。她生生耗过两任师母，也算“苦尽甘来”。

该叫你小师妹，还是小师母？建国淡淡地说。你这人还那么讨厌！吴莉白了建国一眼，脸上有些红晕。建国咧咧嘴，却没笑出来。

俩人继续按门铃，别墅前草坪很大，建国远远看着，一个中年妇女慢慢走来，开了条门缝。吴莉抢着介绍：我们是费教授的学生，听说师母去世，过来吊唁。那女人自言是保姆，迟疑着说：费教授现在在飞云寺，直接去找吧。我不了解底细，不好贸然让你们进来。吴莉眉毛拧起来了，要给费教授打电话，气咻咻地自言自语：什么保姆，一点礼数都不懂，客人吊唁，像防贼似的。

建国按住她的手，说：你还不是这里的主人，也不是费夫人，低调点吧。吴莉刚想反驳，屋内又冲出几个男女，披麻戴孝，面色不善。他们冲着建国和吴莉嚷：让他们滚蛋，我妈不需要他们吊唁，找费有渔那个老骗子，就到飞云寺。

建国大致了解了，这几人肯定是师母和前夫生的孩子。师母去世，万贯家财如何划分，想来是棘手的事。此时他们的出现，肯定让这群人非常警惕。建国扯着吴莉离开别墅区，又打车去飞云寺。沿着海岸线走半个小时，就是一座小禅宗寺院——飞云寺。寺院不大，虽偏僻但香火旺盛。寺院清净雅致，费教授和新师母都是飞云寺居士。费教授中意寺院环境，喜欢在海边弹古琴，师母为他在飞云寺买了间小禅室，闲来在此和文友相会，喝茶，吟诗，弹琴，静修。

下午日头西斜，钟声呜咽，寺院前苍松翠柏，地上一尘不染，辅道都收拾得干干净净。顺着知客僧的手指，他们看到寺院后墙。穿过后墙小门，就是海边，只见一块青色岩石上，一个宽袍大袖的男人，端坐巨石之上。青石上另有木几，安放一把漆黑的伏羲式古琴。男人手指滑动，忽急忽缓，此时海水涨潮，海浪拍打岩石，“啪啪”作响，海风呼唤，吹得沿岸红树与金丝柳瑟瑟发抖，也吹动着男人月白色的汉服，仿佛藏着无数乱飞的禽鸟。古琴多中低音，在这大自然众生合唱的声响中，好似怒涛中的一叶扁舟，时高时低，时隐时现。恍惚之间，建国好似回到魏晋时代，他们都变成那些饮酒高歌、弹奏广陵绝学的狂士。

导师的古琴境界，又上了一个层次。建国和吴莉，恭敬地立在巨石旁，待费教授一曲终了，发出长长叹息，这才上前问安。费教授转过脸，建国看得清楚，几年未见，导师面部肌肉松弛，额头皱纹深了，头发稀疏，斑斑点点的银发颇显颓唐枯寂，全然不是麓城大学那般云淡风轻的样子。费教授看到他们，目光流露出欣喜和感激，但他没有询问他们如何来，如何安顿，而是开口解说刚才演奏的曲目。曲子是《流水》，广为人知，但费教授弹来似乎不同。导师说，他原以为古琴只可描述空寂内心，幽静玄想，其实也可大开大合，《流水》看似平淡，却既有涓涓细流，又有大江大河，激烈狂放，流水不腐，不舍昼夜……

建国不禁心酸，吴莉也表情复杂。明年导师要退休，但回望人生，竟狼藉如此。中年被抛弃，晚年遭逢丧偶，身边无一子半女，唯有禅寺古琴相伴，说枯寂等死有些过分，但后半生的悲怆，似乎又可预见。若是三婚，谁能预测将来是否比二婚还要凄凉？

建国又叫了滴滴打车，吴莉扶着费教授上了出租车。费教授一路都在讲话，絮絮叨叨，俩人也听不明白。费教授慎言而严谨，他们从未听他讲过如此多的话。到了别墅区，天色渐黑，点点星光浮现在这片富人区域，一片连着一片，有的在山上，有的在山脚，仿佛海面漂浮的渔船，发出闪光信号，遥远而不真实，又是如此充满诱惑。

费教授在铁门前立住，抖抖地掏出钥匙，转了几圈，打不开。他奇怪地皱眉，尴尬地按着门铃。一会儿，脚步声响起，中午建国见过的几个挂孝男女拥了过来，虎视眈眈地盯着他们。一个满脸冷漠的胖子，将大行李箱丢在费教授脚下，上面还有把古琴。他说：别墅是婚前财产，我妈立了遗嘱，没你这骗子啥事。我们换了锁，你拿上东西，还有那张破琴，赶紧滚蛋！

吴莉气愤地指着胖子说：费老师是师母合法的丈夫，你们怎能如此对待他？

你是什么人？胖子打量着吴莉，语气依然强硬：你问他，我妈是怎么死的？

三

导师结婚庆典那天，建国喝多了酒，大着胆子问费教授：老师是不是为钱，才娶了个富婆？说完建国就后悔了，这样对导师讲话不礼貌，再说这是导师私生活，他无权干涉。费教授脸色淡然，那天他也喝了红酒。他拍了拍建国的肩膀，说吴莉崇拜他，但他们不是一类人，年龄也差太多。陈明瑛不一样，她经商多年，对社会和人性有很深的认识。她喜欢佛学和古代诗文，他俩谈得来……

吴莉算什么？建国看着醉倒在身边，把污物吐在衣服上的吴莉，缓缓地问。

费教授说，吴莉很好，但他们不合适。

我们合适吗？建国有些咄咄逼人，酒涌上脸，全是血红，陡然地抖动。他这才明白，他其实对导师有很深怨念。

费教授终于露出被冒犯的愠怒神色。他转过身，放下酒杯，独自坐到回廊空椅。豪宅内是喧闹的人群，仿佛和他没有任何关系。盛夏星空，空气舒爽，繁星点点，建国突然伸出双手，朝向费教授的方向，手指在虚空幻夜上下起伏，左右滑动，如一群跳跃在湖面的鱼。建国擦净吴莉嘴边的污物。吴莉捉住他的手，闭着眼，露出满足的微笑。酒醉的人，有时也是幸福的，最起码在梦中还能得到想要的。建国喝了一大口红酒，眼泪“啪嗒啪嗒”地落在胸前……

建国冷静下来，扯开和胖子理论的吴莉，带着费教授离开。当务之急是搞清楚状况。费教授发着呆，被俩人摆布着。看来导师真是老了。他们打车离开别墅区，在市里找了家酒店安顿。导师神情恍惚委顿，建国摸了摸他的头，烫得吓人，赶紧看医生，说是吹海风着凉了，发高烧。离H市不远的G大学徐师兄，是费教授的第一个博士，也赶过来，还有其他几个外地同学。大家聚在酒店大堂咖啡吧，小声议论着。这些同门，都是吴莉召集来的。

这些年，大家各忙各的，小师妹，你和导师交往最多。徐师兄胖胖的，戴着宽边黑眼镜，现在是G大的文学院院长，也属当地学界名流。大家看向吴莉，建国也想知道咋回事。毕业八年，建国侧面打听过，陈明瑛师母，有一子和一女。师母情感道路坎坷，早年离异，带着两个孩子，打拼出偌大家业。导师再婚时，两个孩子已参加工作，对他还客气，人前人后，总称他“费教授”。师母也这样称呼他。师母喜欢带着费教授参加各种宴会。她很满意费教授文化名人的身份，每到酒宴就让“费教授”弹古琴助兴。导师说得平淡，建国却不舒服，好像费教授不是师母的老公，而是一个被豢养的“豪门清客”。

师母也信佛，据说和费教授结婚，也是在飞云寺求签后才最后下的决心。她拿下一个大单，或忙碌一段后，就和导师去飞云寺小住。俩人共同礼佛谈禅，听琴看海，也是和谐美满。只不过，这样的时间太少，师母更多是在公司大楼加班，平时也很少回到那栋豪华别墅。好在导师也不在意，他过惯了孤寂的生活……

师母到底是怎么死的？大家等着吴莉回话，她支支吾吾，前言不搭后语。吴莉最终说，师母是病死的。师母五十多岁，身体也不错，怎么突然死了？大家再问，吴莉就说不晓得了，要亲自问费教授才能明白。

大家见她口风紧，也不好逼问，气氛挺尴尬。事到如今，只有先帮导师重新安顿，慢慢地把这些事理清头绪。徐师兄喝着咖啡，慢条斯理地说：费教授和师母的感情，不像你们说的。他爆了一个大料。去年导师找他，询问能否调动到徐师兄所在的大学。师兄挺奇怪，H大学属于211序列，各方面和他所在的大学相差不多，费教授和师母都在H市，为何要分开呢？费教授也没说出所以然，看样子有难言之隐。费教授年龄大，没有“长江学者”“万人计划”这样的学术头衔，想换学校也不容易，这件事就不了了之。

导师弄成这样，大家心情都不好。可毕业多年，费门弟子也难得一聚。建国决定，在H市多住两天，一是帮导师解决问题，二是和大家聚聚。建国给邹玲玲打了电话。她很不高兴，可听到费教授的情况，也表示同情，让建国抓紧时间处理，关键是别和吴莉黏在一起。建国说哪有那心情，吴莉是奔导师来的。吴莉对费教授不错，但建国看着，热度明显在下降。人上了年纪，理性认知和自控力都会减弱，导师常年浸润在艺术世界，凡尘俗事，他懒得管，也不屑处理，有个女强人也可依赖，久而久之，处理事务能力越来越差，也在情理之中。

但事情并不简单。吴莉借照顾导师的名义，公然和导师住在了一起。

第二天早上，建国去敲费教授的房门，赫然发现吴莉从里面出来。她头发蓬松，穿着睡衣，显然刚洗完澡。建国瞠目结舌，吴莉却若无其事地说:这么多年，你不是不晓得。建国躲开吴莉，进到里屋，导师还在熟睡。他脸色安详，还透出些汗渍。建国对吴莉说:吃完早饭，我们到徐师兄房间，商量下面该怎么办。

酒店自助餐厅，建国见到了徐师兄，忍不住把这件事说了。徐师兄叹了口气，说:建国，你对吴莉的感情，我略微了解。昨天有件事没说，导师询问我调动工作，起因是去我们学校演讲。他说是散心，却带着吴莉。这期间，他们一直住在一起。建国问:导师也要你把吴莉调去?徐师兄说，那倒没有……麓城大学期间，吴莉与导师的关系发展到哪一步，建国一直回避了解。但吴莉疯狂地要得到导师，这毋庸置疑，至于导师的态度，他就不得而知了。

吃罢早饭，吴莉找到建国和徐师兄，说导师让去看房子。建国没好气地说：啥房子，都让人家轰出来了。吴莉笑着说：导师还有房呢。H大引进费教授，按照协议，给费教授分了套复式房，180平方米。H市经济发达，房子地处繁华地段，原是H大学专家楼，估计三万多一平方米。如今师母去世，也是收回房子的时机了。徐师兄推说导师要看护，让建国和吴莉去接收房子。费教授没吃早点，他跟着师母信佛，成了在家居士，要吃全素。平时他吃飞云寺斋饭，就是住在别墅，也是寺院弄好了送去。如今让他吃酒店自助餐，他推说不肯，让徐师兄颇头痛，这"高雅"全需供养，也是费钱的事。吴莉的心情好了不少，表情也轻松。建国问她，明天殡仪馆开追悼会，要不要陪导师过去，毕竟夫妻一场。吴莉鼻子哼了几声，说：这女人根本不爱费老师，但凡顾及夫妻情分，就不该将别墅给儿女。就是给儿女，也应分出一半钱。建国忍不住说：那是婚前财产，费教授和师母又没有亲生孩子，师母这么做，无可厚非。

富华苑靠H大学东校区很近。学校的这套房，当年非常便宜，但费教授没啥积蓄，卖了麓城大学的房，才凑了全款。他在这里住过短短不到一年。吴莉快步跑到一个单元，费了半天劲，打开房门，没有预想的尘土飞扬，倒从里面钻出个老头，把吴莉吓得不轻。老头只说这是租的房，让他们赶紧出去。吴莉没好气地说，陈明瑛真是生意人，身家好几亿，费老师的一套复式房，她也租出去吃利息，黑心资本家！

建国打听联系人的情况，说是个叫陈小丰的男人。吴莉撇撇嘴，说：陈小丰就是陈明瑛和前夫生的儿子，估计就是昨天那个胖子。吴莉赶紧电话联系陈小丰，陈小丰坚决不把房子交还导师。吴莉说：这套房子是学校分给费教授的，你们没理由霸占。陈小丰很嚣张，说：有本事告吧，婚前老骗子也没做财产公示，这房只能算婚后共同财产。他害死我妈，我要让他流落街头……建国让吴莉把电话扣了，担心地说：陈氏家族想让费教授净身出户。我们先回去，从长计议吧。

大家非常沮丧，导师不能总住在酒店。建国问费教授，有没有存款，先拿出来，大家帮他租房子。费教授摇头，说工资卡平时都放在家里，陈明瑛替他保管。他平时用钱，都是向陈明瑛要，他懒得管钱。你真糊涂！吴莉有些崩溃，歇斯底里地喊：有没有脑子？什么钱都让她管，你简直是没用的蠢货！

费教授呆住了，脸上现出委屈的表情。他摇晃着，脸上也现出病态潮红。那一瞬间，建国觉得，那个气质高雅的导师，似乎被吴莉的骂声彻底击倒了。建国扶住他，谁知他仰头软了下去，眼睛也闭上了。大家慌了，赶紧把导师送到医院。医生说，导师发着高烧，气急攻心，才会昏倒。医院让他留院观察，吴莉也跟着，却哭哭啼啼，全然没有上去帮忙，还是一个原在麓城大学留校的师姐，帮费老师换了衣服。

事情越来越严重，大家不能总耽搁着。徐师兄年龄最大，离 H 市最近，他自告奋勇，和建国、吴莉留下来处理问题，并在微信师门群向大家通报。为了让导师有暂时栖身处，建国提议捐款，先给导师租住处。同学们有的家庭条件好，捐了一万，有的捐了两千元。费教授桃李满天下，师门微信群有四十多个硕士生和博士生，捐了不少钱。吴莉要管那些钱，徐师兄没同意，他以大师兄名义，到公证处成立一个救助基金。吴莉和建国都算监事。建国在群里粗略地将事情讲了，同学们很气愤。也太狠了吧！好歹夫妻一场，要把费老师往绝境上逼呀。还是徐师兄沉稳，他联系了一个有名的律师，专门做民事案，帮费教授讨还公道。

众人散去，各自回家。建国向单位请假，多留几天。好在单位年底工作忙完了，建国平时很少请事假，领导爽快地批准了。导师病得下不来床，他就在身边端屎端尿，晚上睡在走廊的简易行军床上，几天下来，人瘦了一圈。徐师兄不解地说：你添啥乱？我是没办法，你留下当灯泡，看着师妹和导师在一起？建国苦笑着说：导师无儿无女，吴莉现在又不大管，费老师太惨啦。徐师兄想了想，也只能认同。吴莉自从晓得了费教授的底细，房子和存款都不在他手上，对费教授大不如前，开始还端茶倒水，如今只转一圈就走，主要时间去 H 大图书馆，查询一些罕见古籍资料，说是不能耽误申报明年的国家项目。

建国询问师兄律师介入的情况。在他看来，陈家的人虽无耻，也不能说吃定了费教授。房子有房产证，上面是费教授的名字，即便婚后财产，也不能让陈小丰独占。陈教授结婚后，工资卡就让陈明瑛拿着。八年下来，怎么也有两三百万，就是转账，银行也有记录。

你低估了师母，徐师兄苦笑着说，费老师的工资卡没有转账记录，每月十号发工资，师母都让人专门将这笔钱从 ATM 机提走，没有转账记录。至于房产，虽然房产证写着费老师名字，但如今房子和证都不在费老师那里，即便官司打赢，执行也困难……

这么多年，师母处心积虑地算计费教授？建国难以相信。

四

临近春节，H 市人民医院的病房比较冷清。除了重症病人，一般病人都由亲属接回去过年。建国这几天睡在走廊的折叠床，有点感冒。费教授醒来后，高烧退了，不大说话，只盯着天花板发愣。H 大学文学院领导也来看过，安排一个男研究生，帮着建国陪床。这是个福建男孩，黑黑瘦瘦，是费教授带的硕士二年级学生。建国对小师弟不错，中午请他出去吃了顿大餐。建国问他：师母和费老师的感情怎样？

福建男孩满脸羡慕地说，师母为了费教授，给 H 大学捐了不少钱，校庆绿化植物，也是师母捐的。每年中秋，师母都召集费先生的弟子吃家宴。师母举止贤淑，全没有商人市侩气。费教授给大家弹古琴。师母望着他，满满都是爱意，我们这些后辈小子，羡慕死了……

师母是怎么死的？建国问道。

生病死的，福建男孩说着，眼圈红了，她抢救时就在人民医院。她的身体不太好，高血压，心脏病，最后检查出早期肝癌。费教授一直带她求医问药，飞云寺有个挂单和尚，广智大师，擅长中医调理养生，H 市很多富人都找他看病。师母调理了一段时间，效果不错，但不知为何，突然就不行了，人拉到人民医院，器官衰竭了，不久撒手去了……

陈家的人来闹过？建国又问。

可不是嘛，福建男孩说，他们非说师母是费教授害死的，还找了公安尸检，说费教授贪图师母财产。费教授志趣高洁，怎么会搞偷鸡摸狗的事？

建国了解了情况，也对陈小丰的心态有所把握了。可对费老师赶尽杀绝，到底是师母的意思，还是陈小丰的想法？如果是后者，还好解决，如果是前者，那就令人玩味了。师母为何这么恨费教授？难道仅仅是因为他的出轨？

师母的葬礼，在西郊殡仪馆举行。那天早上，导师精神出奇地好，病房已没有其他病友，他让建国搬来古琴。那张古琴，通体漆黑，古朴素雅，多年来陪伴导师。建国仔细打量，才发现琴角刻有四个篆字“空空如也”。临近年关，病房没什么声响，只有零星爆竹声，溜进来捣乱。大理石走廊擦得如古镜般光滑透亮，反射出一道长长的、急救车拖过的黑色涎迹。昨晚，一个肺癌患者没抢救过来，悄无声息地走掉了。走廊尽头，两个年轻女护士打着瞌睡，蓝色圆珠笔戳在询问台红色记事本上。一张张整齐干净的病床，分列在费教授两边，仿佛演奏会前两排认真的听众。建国和福建男孩，静静地坐在他的身旁。上午天气依然阴沉，从走廊到病室都亮着昏暗的灯。曲子是《高山流水》，建国看到，一缕似有似无的白气缠绕在琴弦之上，似叹息，似流水，全无欣喜温润感，却隐隐有悲戚呜咽之意。起起伏伏高高低低的琴声，盘旋在病房的白炽灯下，散作星星点点的飞蝇状，最终消逝得一无所有……

晚上，徐师兄回来，面色沉重。调解失败，陈小丰和他的妹妹不仅请了律师，而且派人在H大中文系教室外墙刷满标语，说费教授骗财骗色，害死陈明瑛，企图霸占陈家产业。他们是要让费教授光溜溜地滚出H市。陈明瑛是市人大代表、工商联副主席，费教授是无党派人士，在市政府担任参事。市政协和工商联联合出面，向陈小丰做工作，但他就是不松口。

建国几次捏着拳头，眼圈红了。费教授没有后代，回麓城大学不可能，他的老家山东也没什么亲戚，真是偌大世界，无容身之处。

还有容身之处。徐师兄想了想说。

飞云寺，师兄说，那里有师母买下的一间禅室，导师告诉我，师母临走时特意立了遗嘱，将这小房间留给他。导师当时以为，师母不过看他常在此修行弹琴，怕他换了地方不习惯，今天看来，这似乎也是布局。她想让费教授用余生来忏悔？

要不要和吴莉商量？建国犹豫着说。

有必要吗？徐师兄说，有些事，还是别太看清楚了。

建国开玩笑说，大学教授都这么高深？我们这些俗人，真听不懂。徐师兄拉着建国走出病房，指着人民医院对面灯火辉煌的帝豪大酒店，说吴莉在那里开了房间。建国曾让她赶紧回去，她却不肯走。徐师兄说：你以为吴莉这几年发展得那么好，是因为她有能力？她的路都是导师铺的。她的学术能力，我看比较差，人品就不好过多议论了。

建国不禁想为吴莉申辩。徐师兄笑着说：建国，你人不错，我才提个醒。吴莉不肯走，也许舍不得导师，也许舍不得那家业。她总想什么都拿最好的。陈明瑛的东西，那么好拿？一个女书生，斗得过女商人？她死了，人和东西也不会留给吴莉。

徐师兄说：导师抱怨，师母在家里很霸道，他这教授就是幌子，惹得师母不高兴，要在房门外罚站。师母商业学校毕业，出身于潮汕渔民家庭，一串串家乡土语骂人话，北方人全然不懂。徐师兄又讲，得知患了癌症，陈明瑛和子女商量过多次，将导师赶出豪宅，贪图他的工资和福利房，将他赶出 H 市，这里肯定有专业人提供建议。

最毒莫过妇人心。建国打了一个寒战，不知为何，冒出这么一句。

费教授的病渐好，建国和徐师兄商量，将他安置到飞云寺。调解不成，只能对簿公堂。H 大学领导、市政协相关部门，对费教授都比较同情，多年工资估计不好办，但要回 H 大安置房可能性很大，当然少不了纠缠。建国在 H 市已待了一周，再不回家，估计邹玲玲要带着孩子杀过来了。他要赶紧结束这边的事，返回自己凡尘俗世的生活。

五

飞云寺后就是流动的海，岸上的红树与金丝柳很美，值得在此终老。

刘建国在微信里，简约地向邹玲玲描述了费教授最后的归宿地。

他早上过来，陪着导师，待到夕阳西下才离去。搬到飞云寺，费教授气色好多了，斋饭吃得也习惯，但话却不肯讲，有事就写在纸条上。建国原以为生病伤了喉咙，要给费教授医治，他只摇头拒绝。导师申请提前退休，校方看到这个状态，也就答应了，反正一个不能登台讲话的教授，再留下去也没啥意思。

和尚们对导师还客气。导师拿出大部分退休金捐给寺里。费教授夫妇是飞云寺大香客，经常布施，住持慧元大和尚不好说什么。居士舍身，自古就有传统，飞云寺本就有属于费居士的禅室，也就顺水推舟答应了。只可惜，慧元想让费居士这个前H大学著名教授不定期在寺里办佛学讲堂，如今看来也只能作罢。徐师兄也来过，许了不少布施，住持倒和他颇谈得来。徐师兄说：老师暂时失意，过段时间，想必能开个古琴课，能为飞云寺聚集不少香火。吴莉偶尔也来看看，费教授不与她讲话。吴莉对建国诉苦：我这样有错吗？建国说：没错，喜欢不一定要有结果，放手也要看时机。

导师练琴愈发刻苦，除了寺院早课和暮课，大部分时间都在练琴。建国与和尚们聊天，说起与导师熟识的挂单和尚广智。和尚们听闻此人，都宣一声佛号，不再搭话。建国愈发好奇，与一个青年和尚明心交谈，慢慢套出些话。明心对广智颇有不屑。据他说，此人佛理稀松，祈福，诵经，讲经，写符，求药，没有不要钱的。他给人治病，无非拔罐、针灸那些普通的中医疗法。说是发大宏愿，回本寺给观音大士塑金身，但见他走走停停都是豪车，出出进进都是名表新款手机，也不知是真是假。住持倒与他相谈甚欢。陈明瑛出事后，广智也不见了踪影。

广智师如何医治师母？建国又问。

明心欲言又止，建国向他保证，绝不外传，并答应给他两方上好图章。明心这才叹口气说：告诉你无妨，反正你快走了，不是本地人。明心讲，广智卖相不错，方面大耳，胖墩墩的，很多富豪和官员都信他。他会的东西不少，除了传统中医，太极拳、五禽戏，都能耍几下。陈明瑛找到广智时，已患肝癌，广智给她拔罐子，还让她尝试断食辟谷疗法。

辟谷属于道藏养生术，和尚也能搞这些？建国颇为怀疑。

就在这间禅室，陈居士熬过最后一个晚上，明心瞅瞅里面，心有余悸地说。

建国来了兴致，说：你是和尚，也怕往生？给我讲讲当日情形。

明心说，那天晚上突然起了大风。天黑得早，风从海上来，吹倒寺院几棵老柳树，精舍屋檐下铜铃响成一片。海浪声变成巨人咆哮，漫天的雨就来了。慧元带僧人关好大殿门窗，保证长明祈愿灯不要熄灭。但寺院电缆还是弄断了些，寺院漆黑一片，全靠蜡烛的点点微光。

明心回忆，陈居士之前几次辟谷，身体虚弱，后由于连续拔罐，背部灼伤，患处发黑流脓，连续低烧。起先她和费居士都信广智，但费居士不肯辟谷，说他没病，不用断食。但对于陈居士相信广智，他也不阻拦。陈居士很固执，在病中脾气更暴躁。她不去市里住院，只在寺里休息。费居士由着她的性子。那晚上，陈居士肚子痛，在禅室骂了许久。

骂费老师？建国问。明心想了想，又说：骂了很长时间，不晓得骂谁。晚上风雨大作，大家都忙，他也是无心看到那一幕。住持见陈居士病得厉害，让费居士赶紧送医院，费居士不答应，说风雨太大，路上怕出意外，也拦着没让陈家的人来。

师母就死了吗？建国说。

没死，就是继续骂，叽里咕噜，上气不接下气，那些方言我听不懂，总之不是什么好话。风雨太大，陈居士骂了一夜。第二天上午，她被儿子接走，就死在了人民医院。

费老师没陪伴在师母身边？建国又说。

没有，明心若有所思地回忆，那晚费教授听着陈居士歇斯底里的咒骂，在客厅静静地弹琴，他还打电话，打了很长时间电话，不知打给谁，一边打，一边流泪。

徐师兄认为，明心的“黑材料”不可信。他说明心是上一任住持普光大和尚的俗家法兄弟的儿子，就是普光的亲侄子。他高中毕业，没考上大学，被普光塞到飞云寺。普光师心脏病发作，突然圆寂，明心的地位尴尬了。新住持慧元想赶他走，又碍于香火情，只将他从管办斋、接待的知客位置调开，成了普通和尚。明心到处乱说，八成是想打击住持的威信。

建国不想管飞云寺这些烂事，他只想了解，导师是否与师母爆发了激烈争吵？原因是什么？是为了吴莉？导师是否耽误了师母的病情？他是成心的吗？建国不敢再想下去，徐师兄也不相信，他说如果人性如此黑暗，那他们所做的一切都没有了意义。他们都相信，导师是无辜的，清白的，导师不过是一个迂腐而浪漫的书生。

那天因时间晚了，建国也住在飞云寺客房。他睡不着，耳边是时远时近的海浪声，他模糊听到，似乎有个老女人的哭号和詈骂之声，顺着房梁在久久地盘旋着。他的寒毛似乎都要竖起来了，那是师母在地狱里的呼唤吗？

春节临近，机票不好买，建国只买到火车票，吴莉也买了和建国同一趟车的票，在南京站转车。建国不想和她纠缠，但她执意让建国陪她。走前，建国和吴莉，赶到飞云寺，见导师最后一面，谁知扑了个空。导师没参加早课。寺院后海边青石，也没见踪迹。明心跑来，递给建国两包东西，说：费居士说不见了，这是给你们的礼物，回去看吧，留个纪念。

他连我也不见？吴莉流着泪，几乎嘶吼着说。

明心说：费居士说自己先在寺院修行一段时间，再决定是否剃发，但尘世间的事，他无心力再参与，望你们各自珍重。

建国与吴莉离开了飞云寺。路上，看到H市繁茂的风情，建国想起，来了十多天，还没在这个著名旅游城市转转。再见了，导师。再见了，梦幻般的豪宅，神奇的大海，雅致的飞云寺。建国闭上眼，熟悉的人间烟火气息，似乎也再次回来，神经质的老婆，再婚的岳父，补课的儿子，无聊的公事和无聊的同事……这些东西，像嗡嗡飞舞的苍蝇，又暧昧地贴了过来。

他们赶到火车站，时间刚好。春节前的车站，充满欢乐氛围，人声嘈杂而热烈。车站外，有着一棵棵挂满装饰的礼品松，看看牌子，都是“喜乐木”集团捐的。候车大厅，到处拉着大大小小的彩灯。塑料的，玻璃的，有的缠在假树上，有的布置在大厅吊顶，一闪一闪，漂亮极了。车站的人，脸上都洋溢着莫名的幸福光晕。他们大部分是往家赶的人。甜蜜的家，温暖的家。那一刻，建国似乎真相信，每个人都应拥有属于自己的家。站台上，一个西装革履的中年男人，含着泪，挥手向一个女人告别。列车员蓦然肃立，仿佛在默默地为什么哀悼……

吴莉眼皮肿着，建国问她今后打算怎么办。吴莉说，父母一直在逼婚，只能走一步看一步了。建国催促吴莉，各自打开布包，看看导师送给他们什么。布包是粗棉布织的，上面绣着飞云两个字，是飞云寺文创产品。建国打开给自己的包，一大一小两幅书法作品。大的那幅写着一首诗，是六尺宣纸，墨迹有些阴阴的，题款是：有渔居士赠弟子建国留念。诗是陶渊明《拟古》的几句：种桑长江边，三年望当采。枝条始欲茂，忽值山河改。本不植高原，今日复何悔。小的那幅非常短，是扇面材质，只有一行字：对不起，无生即无灭。

吴莉的包有些不同。也有一张小扇面，一行字：没关系，有去就有来。除此之外，还有精美锡制印盒的两方古印章。依照建国不太高明的古物鉴赏眼光，那是昌化冻地的大红袍鸡血印章，雕工精美，据雕刻者落款，应是乾隆晚期作品，两枚印章，一个雕盘龙，一个雕游凤，一雄一雌，章的篆字，一为“同”，一为“心”。印盒也有小便笺，上写秀丽钢笔字：爱徒吴莉大婚之礼。

这两枚印章，少说能值几十万。建国想，这大概是导师最后值钱的东西吧。吴莉愣住，仿佛被强烈的电流击中，浑身发颤，眼泪扑簌簌地涌出来。建国拍了拍她，内心五味杂陈。他清晰地看到吴莉头顶的一缕白发，如此触目惊心。他这才突然想起，他们都不年轻了，残忍的时间改变了一切。也许，爱是一种缺失性匮乏体验。爱一个得不到的人，就像心里扎着一根木刺，开始是新鲜的、不期而遇的鲜血淋漓的痛。痛的高潮过后，这刺也化成了可以永恒保鲜的盐。

列车开动，车厢安静了，广播里放着一首舒缓古琴曲，是《凤凰于飞》。建国想起，导师曾在母校开设“古琴鉴赏”课。他离开麓城大学前，特意上了最后一节古琴课。费教授讲授古琴，必沐浴更衣，身着宽袍大袖汉服，一张古朴的琴，一个小铜炉，袅袅檀香，从炉中升起，野马般奔腾的尘埃，在阳光下熠熠生辉。那天的曲目，建国依稀记得，也是《凤凰于飞》。“凤凰于飞，翙翙其羽”，那时的吴莉还是清纯可爱的女学生模样。她长发飘飘，身材曼妙，眼中似有无数热情。她站在导师身后，恰能看到导师那双干净细长的手。那双手在琴弦上缓缓跳动着，如两团白色的火。

火车飞快奔驰，如雨中悲鸣的铁马。高铁速度太快，根本看不清逝去的风景，建国只是模模糊糊地看到极目之处，所有铁轨两旁的绿色植物都逃离了大地的束缚，哭泣着，逆着火车方向，疯狂奔跑。而阴云幻化为两只碧青色大鸟，盘旋着，在地平线欢畅地叫着，缓缓上升，似乎要遮蔽太阳的光芒……

春天的悼词

一

今年春天，似乎来得早。我脱了羽绒服，换上轻便薄款大衣。早上坐办公室，时间长了，腿还是冷的。

我总是学院第一个打卡的人。前年夏天，我从一所985院校硕士毕业。工作不好找，费了半天力，在舅舅的打点下，应聘到S大文学院，成了光荣的大学教师。我这个“老师”称呼实在勉强，确切地说，我属于“教辅人员”，属于院聘，档案放在人才市场，当学生喊我“高佳怡老师”，我既兴奋又忐忑，还有几丝自卑。院里一位研究民国文学的老教授说，按照民国规矩，我们这些人，包括图书管理员，都应叫“校园工友”，而不是“老师”。师者，学高为师，授业为师，不是啥人都能被叫老师——就像不是所有高校教师，都能被称作教授一样。

S大是一所南方高校，前身是教会大学，有一百多年历史，我所在的那座办公楼被称为“小红楼”。每次走入这座小楼，我都感觉仿佛走入了历史。特别是无人之时，静静地走在其中，百年老楼的红色地板发出“吱呀吱呀”的响声，我会感到一阵恍惚，仿佛进入了某种异常的时空，高鼻深目，金发碧眼的传教士，民国时期穿着阴丹士林学生装的女孩，就悄无声息地穿过身边，化为一片片阳光下的尘埃。

南方的冬天，湿冷多雾。初春日头是好的，四点过后，湿漉漉的，灰色的情绪就从办公楼下的大樟树上悄悄溜下来，顺着铅灰色墙体，扯住爬山虎，再攀爬上那扇闪着红铁锈的窗，从缝隙钻进，弥散在办公桌四周。办公室不大，原是收发室，后来成为语言学教研室，再后来又变成院办秘书第二室。这是我和张琴的办公点。办公室里都是老式旧家具，有的背面还印有“将高校革命斗争进行到底”这类标语。吊灯昏暗，窗户是老旧欧式盘花纹铁窗，阳光从窗户花纹投射进来，映衬在脸上，变成一道道蠕动的阴影。我的办公桌一直没换，还是当年语言学教研室留下的，墙上有一张正楷书法《太上感应篇》，左边还贴着张油画，搭配得有些不伦不类。我也不去管。我的“前任”，院办褚老师已退休，我问过这些东西的来历，她只说这是历史纪念，也没说带走，我就把它们都留了下来。

张琴和我不同，她丢掉原有办公桌椅，换了张大理石面高档书桌，红木仿明式六方椅，还放着零碎的藏区牛骨挂件，咖啡壶，低音炮音箱。这些都是家里给她弄的，怕办公环境让她受委屈。这间不大的办公室，其实又被切割成两部分。有时我看着她，吃零食，听音乐，时不时补补妆容，更感到我们不是一个世界的人。有什么办法？我们只能凑合挤在这间阴暗的办公室。张琴不认命，她说：佳怡，你信不信，我很快就离开这里，这只是一个暂时落脚地。我不置可否。管她呢，和我又有什么关系？

每天早上，我都会出现在院长办公室门口，聆听工作安排和训斥。本科评估，大创项目，先进学生评比，院内资产管理，课程安排，教学通知上传下达，我当研究生时做过学生助理，也晓得学院办公室事务琐细，却没想到如此多，简直乱七八糟。但有时又很闲，闲得让人发呆。我就这样在一堆表格与通知中，度过青春和人生吗？租来的房子里，我夜晚睡不着，对着月亮流泪，想起读研时的雄心壮志。我想继续读博士，可我天资一般，没有导师肯收我。我还想成为女作家，写了不少东西，投稿的结果却都是泥牛入海。我想找个爱我的好男人，幸福地过小日子，但自从和男友分手后，我迟迟找不到一个可托付的人。给我介绍对象的人，在听到我“院聘杂役”的身份后，都摇着头离开。他们暗示说，不要想找个高校正规男教师了，可在S大后勤人员中试试看。实在不行，找个小商人。正经公务员和事业编的男人呢，又很少会考虑我。毕竟，我没编制，长得也不好看。

长得好看，是有优势的。张琴和我都是院聘人员，也是语言学专业。她是无锡人，家里做建材生意，家境殷实。她业务能力一般，但身材性感，一双桃花眼始终带着笑意，人也殷勤体贴，懂得送礼请客，深得院长宠爱。有传言说，院长要招收她当博士。我明白，以我的条件，连嫉妒的资格都没有，可看到那双眼，还是浑身不自在。

院办行政这个工作，要和学生与老师打交道。学生自我意识强，让他们干活，就要给好处。老师们大部分都是客气的，知识分子那些客套中含着冷淡。他们有的根本不喊我老师，就是“小高”“高秘书”这样称呼。我想向学院著名教授请教学术和创作的问题，结果往往是不耐烦。著名教授总是很忙，开会，评项目，评奖，出国考察，参加各类出头露脸的活动。我说：我也是学术型硕士，对学术感兴趣，所以请教您。他们就开始打哈哈。最尴尬的是催收表格，老师们就很暴躁，他们是真正的老师，有编制，在我面前有天然的优越感。一次，我被一个五十多岁的副教授骂了半天，都是特别脏的词。我不晓得哪里触怒了他，他说我们这些“后勤杂役”是“傻逼”，听说他报销经费在财务触了霉头。财务处也有聘任人员，因为管着钱，格外被尊重，老师碰上他们，也要点头哈腰。想来老副教授受了气，就撒在我这样一个没背景的小杂役身上。这人尖嘴猴腮，临近退休，还是副教授，但他可以辱骂我。我偷偷流泪，不敢抱怨，谁让我是“工勤杂役”呢?

父母只能叹息，陪着我流泪，然后劝我忍耐。舅舅不耐烦地说：你也不看看，现在很多985高校辅导员都招博士，你有这样一个体面工作，很不错了，你要知足。

我要知足?我茫然，也这样劝自己，慢慢地，我就真知足了，我居然有了笑容，还比读书时胖了一点。

二

“联系陈建波老师家属，写一份悼词。发一个通知，后天愿意去青山殡仪馆的老师，早上九点，学院楼下集合，有公车过去。”院长把我叫到办公室，布置新任务。他打哈欠，香烟抖了抖，我顺着他的眼神看去，是一个紫色烟灰缸。我假装没看见，拿了电话号码，离开那间充满烟味和屁味的办公室。院长有个圆亮的秃顶，笑起来老奸巨猾。他和张琴有暧昧关系，也几次向我伸出咸猪手。他不喜欢我，我晓得，但他喜欢年轻的肉体。尽管，我不如张琴漂亮，可比她温顺，这也激发了他的征服欲。我不能过分得罪他，最多对他的暗示装聋作哑。他掌握着我的命运。我舅舅认识副校长，他做海鲜生意，和这位分管后勤的副校长多有交集。副校长打了电话，我才有机会应聘。院长也不敢太明目张胆。

我给陈建波老师的夫人打了电话。一切都是程序。我只要按程序办就好了。学院历史悠久，自然有很多退休教师，每到春天这样乍暖还寒的时节，都会死掉几个。我工作这两年，经手了好几个，无非是我替院长拟好悼词，联系工会发慰问金，然后安排老师乘车去青山殡仪馆，再把他们拉回来，就万事大吉。一条鲜活的生命，一个曾走在小红楼楼梯上，留下笑声和脚步的人，就化作青山殡仪馆高高烟囱里的青烟了。

电话那边，是陈师母哀伤的声音，她请求我写完悼词后给她看一眼。我答应了，这也没什么，都是既定程序。

拟定悼词环节，我要和学校人事处、档案中心等部门联系，确认陈教授生平事迹，和院领导商量悼词规格。一个上午，这些情况基本搞定。陈老师是普通教师，2000 年前后退休，在校期间，没啥光辉事迹，没什么人才帽子。这项工作变得简单了。陈老师七十年代中后期，以工农兵大学生身份毕业于省城师范学院中文系。他学习优秀，留在了母校。他继续进修，在母校读在职研究生，零星获过奖励，出版过专著，主持过厅级和省级项目。他未担任博导，职称只是副教授，学生也不多。他的一生平平淡淡，没多少大起大落，在历次运动和重要历史关头表现平庸。他平时喜欢钓鱼、养花、练气功，业余生活有滋有味。他的夫人在市职工大学上班，和他差不多时间退休，他们有一儿一女，在外地工作，都是中学教师。陈老师安安稳稳度过一生，接近八旬去世，也是安享晚年吧。

我的心里，不知为何，对陈老师起了一份羡慕之情。有一份体面的工作，从事喜欢的专业，有较多的闲暇时间，发展自己的小爱好，在社会有尊严地度过一生，虽没有大富大贵，但平静安闲，内心安稳，这样的生活，不就是我渴望的吗？可这又可望不可即。曾经我也满身傲骨，我的中学是全市最好的高中，本科与硕士就读于 985 高校，我曾觉得自己是天之骄女，但实际上，我只能在高校这所象牙塔，干着杂役的活儿，忍受院长的骚扰。

想到这里，我对从未谋面的陈老师，有了很多亲切感。我下决心调动文采，写出一份声情并茂的感人悼词。经过几个小时琢磨，我写出了初稿。我必须赶紧把这件事办好，陈教授还躺在太平间，要抓紧进度，让他老人家早些荣登天国。

尊敬的领导、老师和朋友们：

今天，我们怀着十分沉痛的心情，深切悼念我们最亲密的同事，S大语言学教研室副教授陈建波先生。陈教授是江苏泰州人，博学鸿识，雅量高致，大学毕业于S大前身，××省师范学院中文系。他性格温和，宽厚待人，严于律己，为祖国的语言学教育事业贡献了自己毕生的力量，培养了很多优秀人才。在生活中，他尊重领导，关心长辈，爱护子女，家庭关系和谐，曾多次被社区评为“五好家庭”。陈教授的离去，是S大的重大损失，是教育事业的损失，也是诸多亲朋好友的损失。我谨代表S大文学与新闻传播学院，对前来参加追悼会的所有朋友，对陈老师的亲属致以亲切的慰问！

张琴看到这份“大作”，撇了撇嘴说：好像不对吧，我看过陈建波的论文，在知网上。人家是教授，你写成副的。现在评个教授多难，你搞错了，院长去念，也要吃白眼的，家属更不高兴。你真马虎得可以。

我心里“咯噔”一下，张琴只是普通省属大学毕业的，我们一起分来，她处处针对我，和我别苗头。我冷静下来，又觉得该感谢这断。不是她嘴快，我还不知道犯了忌讳，到时肯定被院长骂个臭死。如此说来，张琴嘴毒心狠，但不是心机婊。

我再次打电话去人事处确认。人事处老郝也很奇怪，嘟哝着说：不可能搞错，我再检查一下。再查下来，还是副教授。老郝不耐烦地说：搞什么搞？人都死了，正的副的，有啥关系？我嘴上应着，怕工作出纰漏，就去知网上查，上面几篇论文，如张琴所说，陈老师的职称的确是教授。

我拨打陈夫人的电话，当听到问询，陈夫人的声音渐渐高了，甚至有些尖厉，我听得出她的怒火，仿佛直接穿透电话听筒，扎进我的耳膜。

老陈死了，这是他最后的体面，他不是啥著名教授，但为S大奉献了一辈子，我不能让他带着“副”的帽子进骨灰盒，那叫死不瞑目！

您别激动，我不是那个意思，我再仔细查查。我忙不迭地求饶。

“咔嗒”一下，电话挂断了，只留下一串忙音。对面的张琴哈哈大笑。我突然想起，院长也是语言学专业的，也许对陈老师的情况了解一些。院长正趴在电脑旁打游戏，见我来了，慌忙关闭电脑，接过我的悼词，趁机摸了我的手，我挣脱他的纠缠，说有事情反映。他这才板着脸问有啥事。我讲了经过，院长搔着头想了半天，说：陈老师和我的导师，大致是同一级，他给我上过课，我记得那时他是副教授，他退休时我刚留校，有些情况不太清楚，你先去陈师母家里找找，教授嘛，肯定有个证证明……

我有些头大，院长正色说：这不是啥小事体，人活一张皮，那个小红本，就是高校教师的一张人皮。

三

没想到，陈老师居然和我住在一个小区。

我前年分配了工作，就在离学校不远的风华居租了套小房，六十平方米，每月三千租金。这里也是S大老职工宿舍区。每天早上醒来后，我都会花一个小时在小区凉亭边走走，当成锻炼身体。和我有相同爱好的，是些老年人。其中一个老伯伯，总站在凉亭的罗汉松后面，打八段锦，也练习形意桩。他满头白发，穿着黑色绸缎练功服，慈眉善目。每次看到我，都点头致意，眼里充满安详笑意。我没在意，偶尔和他聊几句，他住在我公寓后面的一栋楼。他说：你在三楼，我在二楼，你亮起灯，我就晓得你回家了。你平时睡得很晚，不要熬夜，对身体不好。他不知道，我在暗中准备复习，我要考博士，成为一名真正的教师。

等我推开白花布置的小区楼道门，进了那间单元房，才看到陈老师的遗像。家里很冷清，虽然布置了灵堂，但似乎没什么人来拜祭，只有个孤零零的瓦盆，燃着点羸弱的火光。原来他就是那位练功的老伯。他在相片上温和地对我笑，仿佛还在说：姑娘，不要熬夜哇。想起生命无常，我不禁流下了眼泪。这样一个好脾气的老伯，肯定有着很多美好回忆。陈师母也是满头白发，看上去比陈老师年长几岁。

家里只有陈师母，子女也不在。陈师母看到我，有些意外，显然还没从通电话的不愉快中走出来。我对着遗像鞠躬上香，她冷淡地问有何事，我说：院长让我来问问，陈老师有没有职称证。陈师母踱入卧室翻找，翻出个蓝皮小本，上面职称是“教授”，也有学校钢印。我还是发现职称那一栏，有一个蓝色印章“校”。我问陈师母这是为何，她也说不出所以然。她还翻出陈老师两本著作:《泰州方言研究》与《〈红楼梦〉中的吴方言》，书籍印刷质量一般，书页发黄卷曲，还有股发霉气味。我在作者介绍部分，发现“教授”字样。

我们家老陈是教授，院里不承认，我们也不会火化，追悼会也不开，我到教育厅投诉！陈师母突然激动了，咳嗽着说，S大对不起老陈，你们害了他，人死了，你们还要羞辱他，我做鬼也要讨还公道……

不搞清楚问题，陈师母坚决不让陈老师安心地走，这压力可就大了。

我仓皇逃离，身后是陈师母喑哑的叱骂声，好似一条条亮晶晶的丝线，缠绕着脚踝，让我惊恐万分。为何陈师母说学校害了他？陈老师的职称到底怎么回事？我打电话给院长汇报，他支支吾吾了半天，说:按教授写吧，无所谓了，人都死了，正副也就那么回事。我说:校工会和人事处都要留底的，到时对不上，老郝又要找我麻烦。院长吭哧了半天，说:那就再问老人事处长方建吾吧。他那些年分管教师，情况也许他清楚。

我打了几个电话，费了半天力气，才发现方处长居然也住在我们小区。我赶紧联系。方处长前年中风过，口齿不清。我只能上他家询问。方处长躺在一张藤椅上，人很瘦小。春天中午的阳台，阳光照射在他沟壑纵横的脸上，松弛的眼睑，明暗之处仿佛有无数秘密。我走近，闻到空气中弥漫着中药和酒精的味道，还有些说不清道不明的、类似腐臭的垂死气息。这几天总接触老人，让我也很不适应。

我向他提起陈建波的名字，方处长开始很茫然，后来苦思冥想，许久，他嘟哝着说:我认识他，他和女学生谈恋爱。我有些吃惊，难道陈老师就因为这个事，才在退休后被取消教授资格？我让方处长详细说，他又摇头，说:好像又没搞在一起，那个女孩，上吊死了。

从方处长语焉不详、断断续续的描述中，我大致了解到，陈建波有个漂亮女研究生，他们互有好感，陈建波恪守师道，并不曾越雷池，正值陈建波评比教授职称的关键时刻，有人举报他与女学生有染，他百口莫辩，女生愤而自杀。最终那一年，陈建波的教授帽子黄了，换成另一个人上去了……

当年那件事，就是方处长处理的，我还能从他浑浊的眼球中，看到偶然射出的一缕精光。这么多年过去了，他已中风，但还记得，还能描述出。陈建波后来评上职称了吗？我急切地问，我没那么多时间，听老人唠叨陈年旧事，我要抓紧落实问题。

我听得头昏脑涨，也没听方处长说到有确实根据的话，都是“可能”“大概”“也许”这类词，他还习惯性摸下巴，嘴里发出“嗯”“是吧”这类含糊语气词，如果不是有丝丝涎迹从嘴角滑落，我仿佛又看到了一个高校管理领导的威势。

我再次逃离。我听够了这类“哼哼哈哈”的官腔，从学校处室负责人再到学院领导，我就在这类官腔的指挥棒下，像陀螺般旋转不停。隐约听到方处长含混不清的召唤，想来退休生活寂寞，难得有人向他请教，我却不敢回头。回到办公室，我整理完其他事宜，单把悼词前空出了空格，如果陈建波是“教授”，就加上个定语；如果他真是“副教授”，就添上一个“副”字，至于陈师母的工作，让院长去做吧。我搞不定的，也没资格。

轰动一时的莫玉兰自杀案，你居然不晓得？张琴对我的无知表示了嘲讽。我虽在S大工作，但对它的历史不熟悉，也没时间打听。张琴不一样，她对这些事特别感兴趣。她向我讲述陈建波和莫玉兰的故事。莫玉兰也是无锡人，陈建波很赏识这个姑娘，想培养她读博。可惜，陈建波升教授关键时刻，有人举报说，莫玉兰和陈建波有不正当关系。莫玉兰的性子很烈，吊死在教学楼下的大樟树前。

就是咱们楼下那棵，张琴拍了我一下，我浑身寒毛竖起。那是一棵茂盛的大樟树，我每天上班，都要从树下经过，工作累了，还会看着大樟树发呆。很难想象，女生丧生之处，距离自己竟如此之近。几十年前，一个风华正茂的女生，将自己悬挂在树枝上。和蔼亲切的陈建波老师，目睹学生遗体，当作何感想？悲恸欲绝，万念俱灰？小区凉亭那棵罗汉松下，晨起修炼养生桩的陈建波老师，是否能透过浓密的枝叶，看到莫玉兰哀怨的眼？我的头脑不断出现想象的画面。我仿佛看到，那是一张有古典美感的女人脸，已憋得青紫，一条蓝色长裙，在树下摇摆，伴随风声的，还有细若游丝的叹息，飘荡的黑色长发……

陈建波那年没升上教授，顶替他的，就是院长的导师夏安仁。张琴好似有一个天大秘密，从她猩红色的嘴唇里，一点点地爬出来。

我正想再问问张琴如何晓得那么多，如果早知道，为何现在才告诉我，为了看我的笑话？陈建波的职称情况，院长到底是否知情？

手机响了，院长在那头说：佳怡，不用忙了，陈建波的事，搞清楚了。

四

院长的解释是，陈的女学生上吊，影响恶劣，他的职称掩了很多年。后来陈师母去学校闹，质问凭什么让陈老师背黑锅。最后，临近退休前几年，学校终于给他批下了教授，但人事处又说陈的条件不够，没有博士学历，只能算校聘教授，不是教育厅备案正式教授。但他享受教授待遇，出去开会，搞活动，可挂教授牌“便宜行事”。据说，方处长偷偷搞出这个事，也有夏安仁的参与。当年陈建波这种

“打折教授”，不是个案，好几个临退休资深副教授都是如此处理，那些人都被告知了底牌。

奇怪的是，“打折教授”的事，陈建波不清楚，他到死也不知道，陈师母也不晓得。夏安仁是S大资深教授，有传言说，他和陈建波为了上职称，弄到水火不容，在年底学院分福利的仓库，抢着冻鸡互殴。也有人说，那是“谣言”，真相是陈建波无理取闹，“夏老”严词申斥。夏老早已是德高望重人物，只要活着，就能带博士，也是我们学院的旗帜。我没见过他，但在学校走廊大照片上见过，依稀是“威严肃穆”的饱学宿儒。前年，他先是脑中风，后来又遇心梗。他的老婆和孩子，都定居美国，每月花六千元雇个男护工照顾他。后来又传出护工虐待夏教授的消息。院长是夏老的高徒，另请了护工，还让学院年轻教师每周去探视一次。我还没有得到这样的“殊荣”，听去过的张琴说夏老状态很糟，大小便常失禁。张琴嫌恶地说：浑身一股屎味，妈的，这老不死的，真能活，现在还不死。

有意思的是，夏老也住在风华居。他住005号独栋专家楼，和方处长、陈建波老师的家属楼，遥遥相望，也俨然是两个世界了。

为了学院安定团结，也为了陈老师入土为安，学院领导商议，还是在悼词中用“教授”两个字吧。院长缓缓地说，目光凝重。

校聘具体情况，不要向陈师母解释，当年的事太复杂，说多了纠缠不清，反而麻烦。院长顿了顿，又向我强调。

我忙不迭地点头，长长舒了一口气，飞快在悼词填上“著名”两字，填满了教授前面的空格。我把悼词给院长看。院长扬着嘴角，似乎憋着点笑意，又有些悲哀，喃喃地说：著名教授陈建波先生，嗯，这个好，先生一路走好。

后面的事，就顺理成章了。陈师母对学院态度较满意。追悼会现场，院长痛哭流涕，追忆了陈老师上课的点点滴滴。那时他还是硕士生，最喜欢陈先生“方言与文学”选修课。陈老师上课风趣幽默，知识渊博。追悼会上，我再次见到陈老师，他睡在棺材里，脸有点浮肿，又化了妆，好像不是我认识的罗汉松下站桩的老先生了。当院长念到“陈建波教授先生”时，我似乎分明看到，死去的陈老师嘴角上扬，露出满意的笑容，像个奇怪的“U”形。

从追悼会回来，院长心事重重。我注意到，院长哭得痛彻，但不敢看陈建波老师的遗体。告别时，也只是低头弯腰。过了些天，校园网站讨论区，有好事者将陈老师的事捅了出去，传得沸沸扬扬。还有人说，要查查我们的院长当年是如何留校的。院长不仅上过陈老师的课，且和那个死去的莫玉兰是不错的朋友，还是高中同学，到底是谁举报的陈老师？

当然，这都是谣言。“网上福尔摩斯”喜欢虚张声势。院长情绪不好，的确是真的，最近没申请上某学者荣誉称号，便慢慢颓废了，热衷于玩游戏。他喜欢老版单机游戏，经常偷偷摸摸在办公室玩“英雄无敌”游戏到深夜才回家，对外谎称“加班”。我给他打扫卫生，偶然看到忘关机的电脑界面，才发现这个秘密。院长也有可能不玩游戏，而是和某个青年女教师“探讨学术”。这就不是我能了解的了。

梅雨季后，气温升高，令人烦躁。南方的春天是短暂的，夏天来得猝不及防又如此猛烈，仿佛一瓶醇厚的老酒，浇灌在每个人头上。我很快将“打折教授”风波忘在脑后。学期快结束了，办公室忙得一塌糊涂。期末监考，我和古典文学的焦玉萍教授分在一组，负责两场考试。那天上午，我很早赶到学校，领了试卷。临近打铃，才看到焦教授蹒跚走来。

焦教授五十多岁，这么热的天，她穿着厚蓝色外套，脸色蜡黄，站在讲台前，哆哆嗦嗦的。我问她怎么了，她抿着嘴，歉意地说：小高老师，我前几个月做了胃癌手术，屋里空调太冷。夏天的教室，满屋都是学生，不开空调受不了。我实在没想到，她身体不好也来监考。她苦笑着说，耽误好几个月，再不上班，全年绩效就没了。你放心，我没事的。说着，她拖了条破凳，安在门口。蜷缩着身体，豆大的汗珠从额头不断滑落。我给她打了杯热水。屋内很安静，只有立式空调，发出“嗡嗡”的响声。金色的阳光，在教室门口笼罩住焦教授瘦削的身体。她的头发闪着光，轮廓却幻化为一团墨迹似的东西，在我的眼底，颤抖，蠕动，渐渐变得模糊而遥远。

焦老师不是正牌教授吗？且还是博导，学院怎么不找个学生替代？监考结束，回到办公室，那一幕还久久让我难以释怀。有啥稀奇？张琴跷着二郎腿，涂着指甲油，不屑地说，焦玉萍虽是教授，但很少写论文，也不拿项目，更没啥人才帽子。她在我们学院，属于“僵尸教授”。教授也分等，一类教授是大佬，纵横各界无障碍，二类教授是劳模，课题论文一把抓，三类教授是僵尸，低声下气无人识。

张琴的顺口溜，让人讨厌。她仰着头说：咱们学校，监考不能让博士生去，这是规矩，焦玉萍再不去监考，要她有屁用？她说得刻薄，我替焦老师难过。张琴凑了过来，说：你看看，咱们楼下，是不是少点什么？

我走到窗前，那棵百年大樟树，不知为何不见了，只留下个黑洞洞的深坑。

谁挪走了它？我问。虫蛀得厉害，张琴说，担心枝叶折断伤人，院长找人把它弄走啦。

我对此一无所知。张琴笑着说：陈建波出殡，你和院长去送的吧。这人真搞笑。你和他有缘，你这张办公桌，就是他用过的。

我的手快速从乌沉沉的桌上弹开，仿佛上面有什么不祥之物。张琴笑得更响，说：在此一年多了，现在才明白，是不是有些晚？你头上那幅画，也是陈建波画的，这人学问不咋地，油画弄得不错。油画我端详过很多次，总感到怪怪的，画中布景是春天的森林，主角却是一朵即将凋谢的玉兰花。花朵低垂着头，似有无限哀伤凄婉。再仔细看，画的左下角，有一个极小的献词：献给最美的玉兰……

那天下午，我呆坐在办公室，直到太阳最终消失在窗边。陈建波，莫玉兰，方处长，夏安仁，焦玉萍，挖走的大樟树，还有那幅玉兰画……那些人和事，在我的脑海不停旋转。它们变成无数虫子般的尘埃，在那间狭小的办公室绽放出金色的光芒，仿佛一场盛大的舞会。

我紧紧捏着一张薄薄的公函，汗水和泪水，打湿了那张浅薄的东西。张琴临走时，把那张公函塞给我，说是院长让她转达的。院领导办公会决议，因学校经费紧张，压缩院聘名额，下个学期开始，我就不必来上班了。

波伏娃空间

一

早晨是从中午的阳台开始的。

早春，阳光透过玻璃，暖暖地照在乐辰身上。读博的日子太苦。写论文到凌晨两点，中午醒来，饭都没吃，乐辰就趴到了阳台。她需要阳光。躺在小黑躺椅上，她翻动着薄薄的小书。小茶几上，摆着翠绿的金钱草和罗汉竹的小盆栽，对面是枣红木的小书桌。椭圆鱼缸里，两只红色花纹小锦龟，兴奋地爬着。

小出租屋，阴冷，潮湿，四十多平方米，三十多年房龄，到处吱呀摇晃，如同衰败迟钝的老狗。不时从房顶渗下的脏水，似恶心的涎迹。她忍了。她没钱，父母都是北方小县城的普通工人，说到“博士是啥”也是茫然。她不想住校，不想忍受同屋女生雄壮的呼噜声。那点房租，是她辛苦打工，给出版社翻译稿子挣的。

阳光洒满阳台，才有片刻安宁。也不能躺太久。狭长的阳台，仿佛透明的棺材，温暖，又如此不真实，透着逼仄的恐怖。

乐辰伸了个懒腰，踱到里屋，吃了包泡面，打开电脑，看外文资料。她需要这个月完成一篇论文。她必须明年春天之前，将论文发表在核心杂志，获得答辩机会。否则，只能在该死的出租屋再窝一年。她所在的这所南方重点大学，对博士要求很严。

谁让她读博士？且是文学类，女孩选这条路，必定重重困难。不读书又能干什么？去中学找个教职？她讨厌桀骜不驯又敏感脆弱的男学生。那顶轻飘飘的黑色博士帽，给她的虚荣心涂抹了淡淡的“金环”，暂时抵挡住外界风刀霜剑。至于“护体神光”何时消散，她不去想。乐辰只想好好把握现在。

乐辰敲击键盘，飞快地打字。论文苦涩无趣，只能硬挤。她不爱写论文，却喜欢谈论学术。学术是留给“闷骚”学生装逼用的。她捧着一杯热茶，在研究生学术沙龙，将自以为是的才子们驳斥得体无完肤。

乐辰博闻强识，语速快，外文又好，围绕一个学术问题，常是滔滔不绝，又犀利尖刻，还夹杂英文、法文，甚至冷僻的拉丁文，把古今中外“理论”化身为轩辕剑、八灵尺、赤魂幡等游戏法宝，将牛皮哄哄的金装才子打落凡尘境界，显现出苍白沮丧、类似“小奶狗”的绝望表情。

乐辰目光炯炯，露出纯洁森冷的白牙，凶猛地笑着。

那么强势，怎么嫁得出去？

受辱的男生，最后嘟嘟哝哝讲上这么一句，找回点面子。对这类“赤果果”（赤裸裸，网络用语）的男权歧视，乐辰翻了白眼，当他们放了个臭屁。

她二十八岁，马上要过二十九岁生日，从未谈过恋爱。乐辰最讨厌回家，女同学们没她学历高，但大多结婚生子，说起孩子就眉飞色舞，而看她的眼神有种怜悯。怜悯一闪即逝，化为春风细雨的恭维话，乐辰有心发作，却逮不到由头，只好独自生闷气。就好比主家端上热气腾腾的羊汤，突然掉进颗石子，主人和客人都晓得硌牙，都装作看不见。父母也小心翼翼，欲言又止。他们绕着弯，鼓励她和男生交往。他们像凄惶的火蚁，悲伤的眼神能杀死一头顽固的大象。可乐辰不是大象，她更像骄傲的冰凤。

她需要男人吗？现在不要。她一个人挺好。也许将来会，这一切都是她说了算，她才不会哭哭啼啼去相亲，满足“普信男”龌龊虚伪的自尊心。

小县城不是她的世界。她博士毕业后，想留在这个南方城市。这是“全体性”的都市生活，有大学、歌剧院、高新技术开发区、奢华的酒店、现代主义风格地标建筑、穿梭的人群，正如美学理论课的易风教授描述的，尽管空间倾向均质化，但它们刻画出的符号不断被分割，再次聚合，形成意象集群。它们充满诱惑，像花粉消失在蓝色的天空。

如今只能在出租屋。这里是上世纪九十年代的回迁小区，住户大部分是前国棉纺织厂工人。国棉厂早卖给私人企业了，这里的小区却还透露着国有企业宿舍的气息。半夜，乐辰回来晚了，走在简陋的走廊里，能听到整齐划一的响声，似无数双灵巧的手在机床轻轻抚过。她仿佛看到一群包着头巾、穿着臃肿工装的女人，仰着疲惫的脸看着她。

这都不是她要的。她的偶像是贴在电脑旁那张画像上的法国女哲人。浓眉，挺拔的鼻，眼睛大而忧郁，白皙的皮肤，乌黑的头发，显现着知识女性的典雅……

铃声响起，下午四点整，乐辰从瞌睡中惊醒，满头大汗。她按上铃，隔壁住的是房东，獐头鼠目的中年胖大叔，总借各种由头和乐辰搭讪。那双贼溜溜的眼，盯到哪里乐辰都感到不舒服。大叔讨厌喧闹，乐辰可不想把他招来。

她必须转移空间，她约了闺蜜师妹小茜，健身时间到了。

二

公元3000年，核爆后的废土世界。

乐辰头脑中蹦出这样一行字迹。她睁开眼，完全是一个陌生地方。

白昼的太阳，黯淡无光，如同苍白的钢珠。辐射污染的黑雨、漫天紫沙、无尽狂风，肆虐着这片荒凉的土地。大地已裂开，伤口延伸至远方。乐辰发现身上多了件狰狞的血红战甲，护目镜不断传输出这片区域的各类信息，比如水质、土壤辐射含量、地温等。

她的背上有一把赤色巨剑。不过，好像并不沉重。

她正奇怪，左手臂类似移动电脑板的东西亮了，又出现一行小字：任务：杀死安东尼奥。助手：审判镇裁判天使奥瑟芬尼。

这是游戏，还是梦？乐辰有些糊涂，又有些兴奋，穿越游戏的感觉太棒了。周围的一切，透露着电磁波般游移不定的物质。她抬起右手，活动金属护具手指，结构精巧复杂的护具部件发出灵活清脆的声响，时而凝聚成颗粒，又变成实体般有压迫感的存在。

梅德尔丽！电脑板传出声音。乐辰鬼使神差地按下绿色按钮，屏幕出现个清秀圆脸的女生。她也穿着战甲，不过是玄黑色的，背后有一对电子波构成的若隐若现的羽翅。她嚷着说：发现目标，请确定战术。乐辰发现，该女子很像她的师妹戴茜。难道她也穿越游戏了？

屏幕里的女孩诧异地看着她，说：我是奥瑟芬尼啊，凶暴腐熊的攻击，让你受伤了？也难怪，这头变异生物有八阶实力。我们打起精神，完成任务吧！安东尼奥就要来了。

乐辰常玩“王者荣耀”，技巧高超，连弱爆的女小乔角色，她都能巧妙探草，靠着一级技能击杀对手，提高移动速度。这次要对付的“安东尼奥”，是什么东东？不管是谁，穿一身战甲炫酷，年轻女生哪个不爱？

一个男人缓缓走来。他身形瘦削高大，穿着深蓝色护甲。紫色披风，在沙尘中飘动。那是张白皙的、棱角分明的脸，犹如大理石雕像。乐辰凝神再看，这人怎么像易风老师？

乐辰激动地挥手，喊着：易老师也玩这款游戏哇。

男人无动于衷。乐辰这才发现，男人隐隐罩着层淡黄的光晕，似是能量环。这东西让他可以暴露在高辐射废土世界，不用担心风吹乱头发。

装备不错。乐辰有点羡慕，比带护目镜的头盔强多了。易风老师平时挺闷，没想到也是游戏玩家。乐辰玩心大起，琢磨着如何联手师妹灭了老师。乐辰点击电脑版，对着师妹，也许叫“奥瑟芬尼”更合适，轻声说：飞到高空，等我攻击，你从上而下，出其不意打爆。

乐辰纵身一跃，惊喜地发现自己身轻如燕，跳到一个几十米的高土坡上。

梅德尔丽，不要做无谓反抗，投降才能活下去。男人一字一顿地说。

你是安东尼奥？乐辰也进入了“角色”，拔出巨剑挥了挥，很轻松，好似舞动一把铁勺。她想象着，巨剑斩断那位老师扮演的帅男，会是怎样光景。

男性联盟议会，不可能允许你逃走。安东尼奥继续说。

这么牛的组织？乐辰气乐了，哪位缺心眼的普信男写的游戏脚本？

乐辰摇着头盔，冷笑着说：我的地盘我做主，我要把“渣男议会”打穿，让你看看，女人有多强。

你可以不死！但必须臣服于我！安东尼奥说。

我不会屈服于任何人，乐辰有点不耐烦。现实中的易老师，不是这德行。

女人最终是无用的，她们会软弱，歇斯底里，真正的战士是强大的男性，他们如樱花般壮烈，又如钢铁般坚定。安东尼奥说着，也从背上摘下一把特大号巴雷特突击枪。

乐辰不再废话，抡着巨剑开战。左臂类似智脑的电子版告知武器使用规则。这是把暗藏铱羽级能量的新武器，可发射电波杀敌，不是简单的肉搏冷兵器。这款游戏不错，一般游戏都是“开局只有一条狗，优良装备全靠抢”，如今她刚进游戏就有这么好的家伙，还不大展神威，更待何时？

开始乐辰打得生涩，接连被对方击中，幸好有战甲，伤势不重。她恼羞成怒，猛打猛拼，终于靠近对手，只一击就打断突击枪。安东尼奥也不尿，飞身跃开，拿出一把散发着森然冷气的长刀，与乐辰贴身肉搏。

乐辰偷偷观察“安东尼奥”。小伙真帅，有点王子派头，浓密的黑色短发下，那双略带忧郁的眼专注地盯着她。他的身材也不错，比例匀称，肌肉发达，健美而不夸张，想来手感不错。如此看来，游戏人物安东尼奥还是比易风老师完美……

乐辰胡思乱想，不提防被猛击，巨剑被刀荡开。安东尼奥施展泰拳式膝撞，将乐辰狠狠顶飞出去，头盔都差点碎裂。乐辰天旋地转，吐出口血，妈的，做梦有必要这么真实吗？不就是个游戏！乐辰暗骂，安东尼奥缓缓放下长刀，拿出火箭筒般的东西，丝毫没有“怜香惜玉”的意思。电子版立即提示，这是“龙级多管火箭炮”。乐辰急得大叫：小茜，还等啥？我挂了血，将来不带你玩啦。

她看到头顶突然出现一朵巨大的金黄色蘑菇云。从天而降的奥瑟芬尼扇动着透明的羽翼，挥舞着一把燃烧的火枪，正击向安东尼奥的后背。太阳的光芒在羽翅上不断滑动，聚集，又散开，带着某种神秘摄人的暗示……

三

那是“钢铁”和“肌肉”的领土。

一排排哑铃，发出金属森冷的白色质感，好似沉睡的龙蛋。高高低低的精钢器械，仿佛在钢铁丛林潜伏的猛兽，起起落落，发出粗细不同的喘息。一扇扇落地大镜，将身体每个细节暴露在别人的目光之下。一个个汗水淋漓的肉身，在干燥暧昧的空气里，不停伸展弯曲，显示着堪比钢铁的优美力量感。

伴随着动感音乐，乐辰看到辅导区做瑜伽动作的戴茜。

乐辰是大个子北方女生，短发很干练，皮肤有点黑，身材不错，腿长，骨架也大，鹅蛋脸上除了些许粉刺，有双锐利大眼，让人印象深刻。戴茜却截然不同。她是娇小的南方女孩，个子不高，但曲线玲珑，白皙温润，别有一番风情。

戴茜和乐辰都是博士生，但不是一级，也不是一个导师。俩女生在研究生讨论会认识的。戴茜仰慕乐辰“舌战群男”的气概，乐辰也是高处不胜寒，乐得有个小迷妹。俩人很快成了闺蜜，一起打游戏，健身锻炼。戴茜甚至想和乐辰住在一起。乐辰吃不住这热情。乐辰挺独立，戴茜太黏人。她宁可一个人住在破楼，忍受房东大叔的窥视。

每天下午的健身，是俩人的必修课。

乐辰最先发现这家“派斯蒙”健身房，中等档次，地方宽敞，适合她们修炼。戴茜家庭条件好，买了两百节私教课，也分给乐辰上。

乐辰不想占便宜，可架不住戴茜又是哄又是劝，只能答应当戴茜的“陪伴”。

戴茜正被一个高大的帅哥搭讪。这种情况每隔几天就上演一次，乐辰早麻木了。戴茜停下瑜伽动作，擦擦汗，白嫩的脸又添了几分娇羞，贴身粉色练功服，衬托出凹凸有致的身材。

帅哥挤眉弄眼，哈喇子快流下来了。戴茜也不恼，柔声和他敷衍，看到乐辰要暴走了才打发他走人。帅哥冲着戴茜做出个打电话手势，恋恋不舍地起身，经过乐辰身边，看都不看她一眼，只是皱着鼻子，好像她是团液化气。

乐辰奇怪了，她虽然比不上戴茜，但也有几分姿色，这群男人咋这么眼瞎，理都不理她？乐辰眼圈有点红，她不像戴茜，走到哪里都自带粉丝流量。

你打过废土世界那类游戏吗？乐辰想起那个怪梦，问戴茜。

戴茜说：别疯打游戏了，再不写论文，延期毕业，就等着在学校腐烂起渣吧。

乐辰晃晃脑袋，努力忘记那个奇怪的游戏梦境。

我不想工作，乐辰说，还不都那么回事，工作难找，找到了又要教学生，还是这样活着最安逸，反正也没男人搭讪我。

乐辰无意溜出一句，脸一红，自己都感觉酸溜溜的。

你太傻，戴茜的笑意不见了，冷冷喝了口水，说，男人都贱，感觉你好上手，才肯围着你转。你这高冷范儿，看着都像“蕾丝边”，他们谁敢上？

说过好多次，老娘不是！乐辰忍不住爆粗，不喜欢那些男人，干啥招惹他们，一个个都像荷尔蒙爆表的公猫。

你不懂，戴茜面露胜利的微笑，挑逗男人，再打击他们，碾压他们可怜的自尊心，是这世界最好玩的游戏。

小心玩火自焚，乐辰警告，男人不都是傻子。

女人被搭讪的数量与荣誉感成正比，戴茜耸耸肩，说，没读过拉康？他说过，女性是不存在的，世界由“男性”与“负男性”组成。我就是要摧毁他的“镜像世界”！

乐辰抓紧热身，上了跑步机。她不想和戴茜纠缠辩论。她戴上耳机，迈着稳定步伐快速奔跑在履带上。履带在脚下发出“嚓嚓”的声响，跑步机卡路里数字不断蹦跳，大滴汗液从额头渗出，湿漉漉地遮住眼，她也不擦去。她想象来到非洲大草原，自己就是那只最骄傲的母豹。她有修长美丽的大腿，优美的奔跑姿势，世界在她的脚下飞快退却。她追逐一切猎物，也被猎手所瞄准。她要比那些雄性更迅捷勇猛，她必须赢……

乐辰慢慢走动，起伏的胸膛，缓慢平息，心中的烦躁也消退了。她斜眼看去，戴茜又和教练有一搭没一搭地调情。戴茜的瑜伽教练是个体育大学刚毕业的学生，他扶着戴茜的腰，脸涨得通红，好似要滴下血，脚掌都微微颤抖。戴茜眨着眼，怪笑着，不知是得意还是无奈。

乐辰了解戴茜的往事。她是家中独女，父母在常州开了十几家服装厂，全国各地房子有几十套。戴茜漂亮聪明，从来就被宠着。本科期间，她疯狂迷恋一位师兄，俩人好了一年，常在外面开房，师兄没少花她的钱。后来师兄厌倦了，就劈腿，再劈腿，直到最后离开。和所有电视剧悲催女主一样，戴茜自杀过，没死成，度过几年浑浑噩噩的时光，直到读博士，才走出阴影。她声称，再不会爱上男人了。

乐辰晓得，自己外表冷酷，内心却睡着一只天真的“美羊羊”。戴茜则外表温柔可人，内心却藏着一万把冰封的利剑，随时可能杀人夺命。

乐辰下了跑步机，又去器械区撸铁。健身界有言，有氧刷脂，无氧塑形。这段时间，吃得有点多，乐辰感到腰上赘肉要攻上来了。回头看去，戴茜的私教课结束，也跑来和她循环撸铁。戴茜看乐辰有点不开心，摇着她的胳膊说：哎，别这么事儿，不过时而调戏一下那些傻狍子，我最在乎的，可是你呀。

乐辰翻翻白眼，戴茜这套撒娇派拳法，男女通吃。

戴茜凑近，气息吹到乐辰的鬓角发丝上，低声说：早晓得，你是易老师那款的，那男人银样镴枪头，当不得真。

四

同学们，这是弗里德里希的《云端里的旅行者》。

课堂回荡着富有磁性的男中音，冷静，理智，还有淡淡的优雅。乐辰靠着椅背，睡得迷迷糊糊。这美好的声音，简直就是催睡符。

乐辰，你分析一下，欧洲浪漫主义者的自我观念。

乐辰猛地惊醒，发现口水都流了出来。戴茜赶紧推了她一把。戴茜没选这课，纯粹是因为乐辰选了，也跟着过来蹭课。周围的同学，都用戏谑的眼光打量着乐辰。讲台上，一个高大且面色有些苍白的男人正盯着她。乐辰心中暗道不好。易风教授最讨厌别人上美学课睡觉，这下形象可都毁了。

她又仔细看去，投影幕布上是一幅带有十七、十八世纪风格的油画。一个瘦削的西装男，正屹立在高耸的奇峰之巅，他拄着黑色手杖，头上白色乱发如火，黑色的西装将背影留给世界。山峰四周都是环绕的白云，将男人衬托得仿佛孤独而执着的英雄。

不待她回答，易风教授缓缓地说：感官世界和康德所谓的“物自体”之间，存在无法跨越的区别。在浪漫派看来，世界是主观征服的世界，就像弗里德里希的这幅画。世界是客观自然，也是凭借眼睛和耳朵感受出的世界，一半是感觉到的，一半是创造出来的。你存在于此空间，就必须探索心灵和自然的交汇点，世界永远在无穷的远方。

这是一幅典型的男权意识作品！乐辰脱口而出。

课堂一片哗然。易老师面无表情。不知为何，乐辰觉得他现在的样子真像游戏中的安东尼奥。她既然说了，也不打算撤，就镇定地说：为啥是西装男的背影？女性背影不好吗？如果是女性形象，更能表现世界与自我的和谐美。美与善的结合，才是至美的境界，男性不懂和谐，不懂尊重和忠贞，他们就是征服的动物！

课堂里有人鼓掌吹口哨，居然是几个女生。她们脸涨得通红，戴茜居然脱下高跟鞋，奋力敲打桌面，为乐辰助威，好似霸气的女王。大部分男生表情厌恶，甚至愤慨，有的还捏着鼻子，似乎她的话自带恶臭。有个胖男生，低着头小声嘟哝：真是"普信女"哇，语出惊人，想上热搜？以为你是谁？杨笠还是波伏娃？

戴茜大声说：有种站起来讲，背后放暗箭算什么男人？

她激怒了部分男生，寂静的课堂变成唇枪舌剑的战场。乐辰也加入战团，这类辩论是她的拿手好戏，她和戴茜也不是第一次组团作战了。不知为何，她看到了依然沉默的易老师，有点心虚，声调小了很多。

分裂和对立，是不好的，易老师平静地说，当下我们要寻找更多共识。男性和女性，都是为寻找人生的幸福。他们首先都是人，一样的人。

他们不一样！戴茜打断了易老师。

易老师也不生气，笑着说：但他们的诉求，毕竟有相通的地方。就当下社会而言，学习和工作中，还存在不尊重女性的歧视，所以……

易老师顿了一下，说：我呼吁尊重女性权益，女性受保护程度是社会进步的标志……

易风讲了很多，从自我的观念讲到当代女性主义发展，生动幽默。易老师的态度，让乐辰对他的好感直线上升。易老师快四十岁了，依旧单身，也是很多女生的暗恋对象。戴茜笑着说：我们的易老师，还是“女权男”，这可是稀有品种。

戴茜也没住校，在学校附近买了高档公寓。她几次要求乐辰搬来。乐辰自然是推托。公寓在金丰高档住宅区，三天两头冒出奇奇怪怪的女孩，有的留着过时的杀马特头型，有的晃着脐环和唇环，晚上纵酒欢歌，相当扰民。戴茜劝乐辰别打游戏，好好写论文，其实她比乐辰玩得更疯。她说，反正明年才开题，开了题再学也来得及。乐辰看她哈欠连天的鬼样子，劝她别熬夜。戴茜照例甜甜笑着认真应下来，第二天还是照旧。

暮色如漫天渔网，悄然而至。高大罗马柱装饰的门庭，披上层淡金光环。衣着光鲜的门卫，挺胸矗立，仿佛古代王朝的镇殿将军。乐辰仰望着，似被什么灼伤，相比而言，她住的老城区，就是都市身体的肮脏之处吧。

乐辰觉得还是适合女学者的生活，不适应热闹的沙龙。她就像个傻瓜，呆在沙发上，喝可乐，头痛欲裂，看着戴茜和那些女孩飙酒，抽烟，跳舞，满嘴脏话和段子。太闹了。她不习惯。

戴茜醉醺醺地过来，抱住她嘟哝着：小姐姐，搞什么文艺研究！看看那些男作家、男画家，有几个好东西！他们的眼中，只有名利和女人。

This is a man’s world, But it would be nothing, nothing without a woman or a girl.（这是个男人的世界，但没了女人也不行。）乐辰嘴里冒出歌手 Midnight Players 的一句歌词。

正是如此！戴茜击掌，笑着说：这些狗屁文艺家，不是窥视女性，就是厌女，以后的艺术审查，应加上这条，将那些乱搞女人的艺术家、厌女的作家，都驱逐出去。

男人也有好的吧，乐辰小心翼翼地说，易风老师就挺好。

这是表象，戴茜不在乎地说，成功男人身上，都有令人难以忍受的雄性动物的占有欲和自恋，只不过有些人自制力比较强，会装罢了。

闹了一阵，女人们都乏了，摇滚乐换成了轻柔的钢琴曲，她们横七竖八躺在客厅和走廊。戴茜靠着乐辰，眼看要睡着了。乐辰把她搬到床上，脱了鞋袜和外套，给她盖上被子。戴茜那张娇憨的娃娃脸呈现出酒醉后的酡红色，却似乎有着无尽悲伤。乐辰叹了口气，正想走，却被戴茜拖拽到怀里，乐辰没来由地一阵慌乱。戴茜身上浓重的酒气和体香，几乎让她瘫软。戴茜轻吻着乐辰的耳垂，叹息着说：别走，留下陪我。

乐辰脸更红了，挣了几下，戴茜抱得更紧，她有些恼，低声说：我不是，别招我。

你怎么知道？戴茜坐直身体，盯着乐辰：我也以为我不是，可我的确是，你是我的。

乐辰颓然坐下，心中仿佛有个坚硬的壳被一点点敲碎。戴茜紧贴着自己，仿佛柔韧的鳗鱼，滑腻，腥甜，狡猾，又有着不可抗拒的力量。居室被戴茜布置得一片浓艳，深红的阿富汗地毯，紫色法式铜台灯，宽大的绛云床，凌乱摆着布偶，散乱的摩洛哥雪茄。屋内没拉窗帘，顶灯被戴茜弄成旋转霓虹彩灯，五彩斑斓的光打在俩人脸上，不断变幻，仿佛她们是深海里两条相互凝望的鱼。戴茜吻上来，谁料扑得太猛，俩人滚落床下。

乐辰陡然惊醒，红着脸奔到窗口，打开窗，春天湿润的气息涌入，小牛犊般的圆月将亮得吓人的光兜头灌下，乐辰深吸了口气，不敢回头。

跟我好吧，博士毕业后，不愿工作，我养你。

戴茜的话好似魔法咒语，从身后一点点荡漾来，黏住乐辰的牛仔裤，爬上她的后背。乐辰颤抖，无数念头在心中急转。难道是真爱？可她明明不喜欢女人，她在初中时也暗恋过邻居家小哥。易风的影子也不停晃动在眼前。放不下他，还是旧恋爱观念束缚着她，不能接受戴茜？乐辰说不清，她不习惯花别人的钱，女人的也不行。

乐辰逃出公寓，头也不回地跑了。她奔跑得非常决绝，像一头健美的豹。戴茜没追来。乐辰却始终没敢回头再看她一眼……

五

细密的雨，打湿青石板地面。乐辰醒来时，趴在一口水井边缘，湿漉漉的。光线昏暗，看不清全貌，只觉是片花园，远处有红色高墙，旁边有太湖石假山，两方六棱形小巧鱼塘，两边树影幢幢，桂花香渗在雨丝里，淡淡的。大概是初秋，并不冷，院外是连接一间间房的走廊，曲径通幽，走廊上亮着无数红纱灯，将雨中的小园照得影影绰绰。

乐辰摸着脸，直觉得小了很多，她踉跄站起，身体空荡荡的。借着月光，在水塘倒影中看到自己，是个温婉秀丽的女孩，满头珠翠，雍容典雅。

这副好皮囊，是乐辰喜欢的。她其实不满意自己人高马大的样子。又是在梦里？难道这次穿越到古代？一个丫鬟模样的女孩慌张地赶来，拜服行礼。她梳双螺髻，着藕荷色襦裙，自称碧荷。碧荷说：娘娘，天太晚，又有雨，安王爷不会来了。

乐辰向庭院深处走，有心问问如今是何年代，自己身为何人，又不知如何启齿。这边催得紧，只能傻愣愣地跟着走。碧荷说：淑妃娘娘怎么困顿在雨中，仔细要生寒的。

乐辰“哦”了一声，晓得叫啥啦，可住在哪里？她跟着碧荷出了园子，又奔出个婢女，提着宫灯忙不迭地给她披绿蓑，撑油纸伞，扶她缓行。乐辰喜欢运动，身体强健，此时不过才走两步，倒腰膝酸软，娇喘吁吁，心想这古代美人真不是好职业，皮囊虽好看，身子骨却像林黛玉。

那位安王爷又是哪位豪杰？这娘娘半夜等在花园，莫不是要和王爷私会？乐辰想起诸多宫斗桥段，忍不住问碧荷：淑妃我，得皇帝的宠吗？碧荷惊诧地看着她，想了想，说：圣上自然极宠娘娘，平日娘娘看中的，可不是这些。

几人穿过青砖路，经过侍卫盘查，来到一处宫殿。乐辰仔细看侍卫，脑袋后面没辫子，雁翅帽绣花，飞鱼服外配百褶战裙，心想这大概是明朝。可惜，如果穿到清朝，就能见到风流倜傥的八爷和四爷了。

抬头看宫门，昏昏的，乐辰大概认出繁体篆字是“青宁宫”。进了宫门，又有奴婢来行礼，收拾雨具。屋里预备糕点和热奶皮茶。乐辰肚子饿，拿起糕点狼吞虎咽地吃，还未来得及为古人饮馔水平赞叹，只听碧荷低声说：娘娘，莫要失仪。

乐辰翻翻白眼，心下道，穿来多辛苦，吃点东西就啰唆，还有没有当小主的自豪感？

正要怒斥碧荷多事，宫里匆匆来了几个太监和女官打扮的人，碧荷小声介绍说：那是司礼监王公公，女官是尚仪局裴尚仪。乐辰心下紧张，暗想，难道安王爷的好事败露了？有心和碧荷探讨，王公公却催着她去皇帝寝殿侍候。

忐忑不安的乐辰，不知如何行礼，就学着电视剧的妃子比画一套。王公公和裴尚仪有些莫名其妙。乐辰喊着要糟，她刚穿来，哪来得及学花头？

好在俩人没和她计较，只催促她赶紧，他们在外面候着。几个小婢手忙脚乱地伺候她重新盘头，插好珠翠和金钗，衣服是圆领女褂，直身对襟，青罗蜀锦底料，双层挽袖，三层边饰，最外层“万花阵”织锦包边。这种装扮，乐辰只在电视剧和博物馆见过，虽比不上游戏战甲酷炫，也别有风味。乐辰在镜子旁转了很多圈，遗憾地想，可惜没带手机，如果拍视频，发个抖音，立即涨粉无数，肯定能成超级网红。

穿戴整齐，王公公等人伺候乐辰上了呢子软轿，急匆匆奔过去，碧荷在后面紧跟着跑，似乎想说什么。王公公等都沉着脸，心事重重，看似有大事发生。

到了大殿，很多人在此等待，说是侍候圣上。乐辰昏头昏脑，被指引着给众人见礼。好在碧荷随侍左右，引荐指导，没出什么纰漏。可给皇后娘娘行礼时，乐辰赫然发现，皇后竟和戴茜长得一模一样！真是倒霉。乐辰暗骂，哪里都有她。

戴茜变的皇后也不说话，只冷冷打量着乐辰。熟悉的娃娃脸，全是狠毒之意。乐辰打了个冷战，暗叫不好。果然碧荷告诉她，皇后早看她不顺眼，整治过她多次，叮嘱她小心。

皇后咳嗽几下，有太监叱责各位不得失仪，大家静默无声，乐辰伸长脖子看大殿深处，点着檀香，袅袅香气，似乎掩盖不住内寝的腐臭气。乐辰有些不好的预感，皇帝看样子病得不轻。

乐辰偷眼看去，除了嫔妃、太监和女官，还有些穿官服的男人。服饰上看，有政府官员，也有藩王和未成年的王爷。乐辰庆幸历史学得还行，好歹能从补服看出一二。有个面如冠玉、穿蟒袍的青年正目光炯炯地盯着乐辰。乐辰仔细一看，又是老熟人！易风老师。乐辰有点糊涂，上次在游戏里易风是对手，这次到古代，易老师瞅她的眼神，咋含情脉脉的？

碧荷也看到俩人四目相接，拉着乐辰，悄声说：您克制一下，安郡王也没想到，圣上的病这么重，他从藩地赶来，首先就想见您，肯定是走不开。

淑妃何故喧哗？威严的女声传来，乐辰歪头，看到皇后冷若冰霜的脸。乐辰打了个寒战，被几个如狼似虎的太监拖走，狠狠打了二十板。乐辰痛得杀猪般惨叫，嘴里又被堵上抹布，心中暗想，这小妮子还真狠，等我穿回去了，看我怎么对付你。

忍受着太监身上的尿臊味，乐辰这个假淑妃，被拖死狗般抬回寝宫，说是皇后瞧着她恶心，怕她打扰圣驾。碧荷侍候在身边，小心给她擦着药。

深夜的春雨越发下得紧，乐辰躺在花梨木绣床上，听细细密密的雨脚踏在青瓦上，发出低沉的音，一切那么不真实，又如此逼肖。不仅这宫殿，连一草一木，都透着几百年前新鲜空气的风雨。乐辰感慨，古代女人真可怜，封建等级害死人，啥女性权益都没有，就是她这个妃子，也不过是金丝雀。

琢磨着如何穿回去，门上挂铃乱响，烛火被风吹得摇曳，安郡王径直闯进，捉住了她的手。乐辰不料他如此大胆，大殿方向的钟声突然响了，“嗡嗡”地向四处扩散，一声紧似一声，不绝于耳，仿佛地狱的叹息，震得人心神摇动。

皇帝驾崩了！安郡王焦急地说：快跑吧，我就是拼死，也要护你周全出宫！

安郡王身后跟着几个黑脸侍卫，全身甲胄，雨水顺着铠甲从战裙边缘滴落在寝室的琉璃砖上。

皇帝死了？乐辰并不紧张，死就死呗，这样见安郡王不就更容易了？她穿到古代，还没谈一场轰轰烈烈的爱情就赶紧跑路，也忒惨了点。

娘娘！碧荷带着哭腔，打断了她的美梦，说：赶紧走吧。

乐辰有些不解。安郡王将她拥在怀里，喃喃地说：大明祖制，淑妃您未有所出，又不是勋贵后人，定会殉葬的。

殉葬？乐辰脑袋轰鸣，暗想，这是咋穿的，刚来就殉葬，命太苦了！皇后肯定不会放过她，而安郡王的怀抱，如此温暖安心……

窗外突现刺眼的光芒，厚厚的布帘被发狂的风雨掀起，光柱里细小浮尘如万千蜉蝣，她很快又跌入另一个无比深邃的黑洞……

六

乐辰醒来，汗涔涔的，枕套都打湿了，赶紧爬起，换了件衣服，又喝了杯加蜂蜜的柚子水，才安定下来。乐辰看表，凌晨三点。她走到窗边，拉开窗帘，春夜人都躁。夜还深，淅淅沥沥地下小雨，远处楼群沉默着，估计连隔壁的猥琐房东也已睡熟。花圃和树朦胧地显现着轮廓，星星点点的光飘在黏稠的暗夜里，如同萤火虫宿命般的光辉。

她躺在破烂的席梦思床垫上，这几天做过的梦、发生过的事，一幕幕在眼前回放。废土游戏，古代穿越，易老师的课，还有戴茜那杀死人的眼神……无论如何，戴茜这个朋友，很难再交下去了，窗户纸被挑破，彼此都觉尴尬。

末日废土，雨夜皇宫，戴茜那所高档公寓旋转疯狂的霓虹灯，一切一切的空间，都那么遥远。她再次环视这间逼仄的出租屋，她唯一喜爱的阳台，此时还没有醒。波伏娃的彩色大照片，也隐没在黑暗中。乐辰突然发现自己如此憎恶黑夜。头顶的墙皮，到了梅雨季，阴得卷起边，仿佛一处隐秘地狱入口。厨房有窸窸窣窣的声音，是南方大得吓人的蟑螂，她除过几次，不太管用，懒得管了。也许，它们才是这个城市最后陪伴她的生物。

乐辰摸到卫生间，拉开灯。旧坐便器泛起黄渍，她咬牙买了新的。化妆台的镜子缺了一角，她舍不得换，凑合着吧，反正就再住一两年。

她拿纸巾蹭了蹭镜子，昏暗的灯光下，她看清了镜中的女人。头发干枯，有些许白发，眼皮浮肿，眼角有眼屎，脸色黄褐，带着小斑，长期熬夜导致的黑眼圈加上大眼袋，看起来苍老而狼狈。乐辰又使劲擦镜子，缺角的镜依然没有魔法。

热泪从乐辰干涩的眼中涌出，她无声地抽泣，轻轻拍着镜。她必须行动，否则最后的青春就像这间发霉的旧屋，被白日梦和学术论文吸干所有活力。她不是戴茜，她不过是工人后代，父亲常年高血压，母亲有严重的风湿关节炎，还打着两份工，只为明年技校毕业的弟弟买套房。对乐辰而言，找个喜欢的男人嫁了，也许真是最好的选择。

过了几天，乐辰鼓起勇气给易风发了微信，想请他指导博士论文开题。易风犹豫了一下，说：我对女性主义也不熟。乐辰咬牙又发了条微信，易风答应了。他们约在水晶广场见面。为了约会，乐辰化了半个多小时妆，掩盖住黑眼圈。她挑选淡绿色韩版套头毛衣，西藏牦牛骨配饰，搭配素雅的牛仔裤，衬托出不错的身材。

水晶广场位于城市中心，有大量时尚商铺、网红打卡饭店。乐辰去得早，蹲在水池边喂鸽子。易风还是黑色休闲西服，一双皮鞋皱巴巴的。易风显然对单独与女学生见面有些拘谨。俩人去广场旁咖啡店研究论文写作。乐辰很主动，对易风问这问那。还好俩人都喜欢撸猫，总算避免了只谈论文的无聊。俩人还有个共同点，只撸猫、喂猫，却不养猫。乐辰因为出租屋不方便，易风有套一百三十平方米的大房子，也不养猫，只是喂小区的流浪猫。

很麻烦，易风说，我照顾自己都费力，不想再添烦恼。

一时无语。乐辰搅动咖啡，身体微微发颤，咖啡馆拉着布帘，下午阳光也黯淡，几盏铜灯光线柔和，金黄色吧台内，一串小铃铛清脆地响。乐辰看不清易风的脸，可以想见，还是那淡淡的笑容，优雅得体的目光，全然不是废土游戏和穿越梦境的男人。美式咖啡在搅拌下又浓又稠，几乎令她耗尽力气，连小勺也握不住了。

你怎么了？易风关切地问。

乐辰深吸口气，她不能确定是否爱这男人，她只想要个男人，哪怕像添双筷子，收养宠物猫。她不想一个人待在那间发霉的出租屋。

易风老师为何没想过结婚？您这么优秀的男人。乐辰轻轻地说。

乐辰的身体，抖得更厉害了。她没料到自己最终能说出这句话。她感到耻辱和悲哀。她有点喜欢易风老师，他温和睿智的言谈，带着笑意的眼。那是爱情吗？她怎能向一个男人说出如此卑微的语言？这是她二十八年的人生从未经历过的体验。

那张仿佛大理石雕塑的脸，似乎在等待某种契机。乐辰竟泪流满面了。易风问她是否不太舒服。乐辰摇头，擦擦泪，倔强地说：我没事，老师你说，喜欢一个人怎么办呢？

易风的手指敲击着桌面，许久，他抬头，直截了当地说：我比你大很多，学校也不允许师生恋，咱们不合适的。

乐辰咬着嘴唇，开头的话讲了，也就没啥怕的了。她逼问易风老师是否喜欢她，为何不喜欢。她从未想过，那些求爱的话语，如同奔涌而出的水银，倾泻而出，向那位她有好感的男人挥洒而去。她从未想到，自己一贯骄傲的女性自尊心，竟如此不堪一击，溃不成军，她甚至失去起码的矜持。这样的羞耻，没有让她退缩，反而更加大胆。她想要的，就自己去抓，去抢，她还是那个不会退缩投降的女人。

易风不再微笑，目光也不再平静，而是多了几分忧郁。他提议出去走走，半开玩笑地说：看来，女性主义论文目前是讨论不成了。

水晶广场四周，最热闹的去处是手机体验大厅，最新式手机供客人免费试用。一大群人挤在那里，低头玩手机。易风陪着乐辰，远兜远转，在大厅门口的长椅上坐下了。

多热闹哇，易风说，喜怒哀乐，匆匆一瞬间，我喜欢坐在广场，看人生百态。

为何不走进去？乐辰说，走进去才能体验。

我永远不可能成为“云端里的旅行者”，我顶多是“旁观者”。

人世悲欢，离得远，带着欣赏和同情，足够了。我缺乏走进去的勇气，人生苦短，也没什么恒久之物，成为安静的旁观者，对我来说，就是最好的人生吧。

乐辰没想到是这样的答案。易老师的故事，还是一团迷雾，优雅地老去，或是不错的选择，可老了后怎样？

易风站起，说：我父母是常州佛教徒，我从小出入寺院，等老了，就舍身寺院吧……

七

夜幕降临，易老师走后，乐辰在水晶广场，待到了半夜。大都市夜生活繁荣，夜晚的广场比白天还热闹。这半天的故事，又像一场梦，快速弃乐辰而去了。

据说易风家庭条件挺好，他有儒雅的外貌，令人羡慕的教授职业，在这座大城市有套不错的房子。凭什么让这样的优质男资源便宜了乐辰这样的普通女孩？凭那顶女博士帽？她不是简·爱，易风也不是罗切斯特。也许戴茜早试探过了，所以才会有那样的劝告。

乐辰带着错觉游走在不同时空。她在废土世界、在穿越古代的梦境，才有活生生的体验。而现实世界不是这样，每个人都活得仿佛一座孤岛，彼此靠近何其艰难。她现在还不确定，是否真正爱易风，就像对戴茜一样。有那么一刻，她甚至想，就活在废土或古代吧，永远当女主角，永生永世不下场，不回头，循环往复演到底，永远不要醒。

不知是何节日庆祝，烟花在高空绽放，梦幻绚烂，照亮广场上无数欢呼的男女，他们脸上显出幸福迷醉的神色。乐辰忘记告诉易老师，今天是她生日，二十九岁生日。几小时前，她还幻想着两颗心的碰撞，让她在有纪念意义的一天，宣布告别单身。

乐辰似是置身于蓝色迷宫，周围有无数巨大的水银镜，旋转，分割，破碎，再聚合拼贴，在身边不停飘浮移动，仿佛变幻的彼岸花，倒映出无数自己，无数她的生活或梦境。她漫步在迷宫里，看到的，只是漫长得仿佛没有尽头的路。

格陵兰博士逃跑计划

一

我第一次见到导师，是在一个秋夜。暮色中的江南，风吹到骨头缝都是凉的，不很冷，但有着阴暗的寒意。导师个子不高，面色憔悴。我们住的博士公寓，名叫乌楼，是一座民国建筑。镶嵌西式彩玻璃的窗，六棱黑色护栏，贴有珐琅片的洗手池，巨大的红漆门，铜狮形状的门环，都带有几分神秘色彩。我站在鹅卵石铺成的台阶下，仰望着门口的导师。镂空尖顶的铜灯柱，流淌着鹅黄的光。在那些错落摇曳的法桐叶子的阴影下，导师的面目更加模糊了，身形也仿佛被光影切割成无数破碎的曲线和直线，还有更多莫名其妙的几何形状。我有些突如其来的迷惑，仿佛置于宇宙飘浮的巨型光带，小到尘埃，大如星球，都静静地飘浮着，等待着未知的判决。

晚上十点，乌楼的灯会自动熄灭，也是大安静来临的时刻。导师有些言不及义，不知所云。

九月开学，我一直等待导师召唤。但导师的讯息凌乱而模糊。有时说在日本开会，有时说在欧洲查资料，还有时说在闭关申报项目，撰写论文。我陆续听到一些消息。比如导师竞争长江学者失败。导师严重失眠，不愿与人交流。我等了几个月，终于等到了导师的回应。

我心中已没有了刚读博士时的喜悦，更多的是一份沉重与慌乱。南方的冷，带着一股湿滑的邪恶魅惑。我的眼神滑过乌楼，“唰”地掠过导师的头顶，望向梧桐树树梢。我闻到了一股破败的气息，好似锈迹斑斑的刀锋的嘴唇。兀地，那些湿漉漉的金黄落叶，连带着洗手池碧绿的水，都蜷缩起僵硬的爪，对我报以示威的狞笑。乌楼不远处，是体育场，那里不分时间段，总有零零星星的人在不停奔跑着。他们步伐缓慢，又不屈不挠，仿佛夜晚之中，无望而执着的神祇。

我是北方人，渴望刻骨铭心的冷，一如冬天的阳光，稀薄，干燥，严肃，能刺瞎所有阳台矜持的双眼。然而，在这个南方大学博士公寓里，我辗转难眠，抱怨暖气的失踪。

这只是起点，不是结束。导师继续说。我看到了乌楼的红漆大门，它已有很多年头，凝聚着无数时间的叹息。不知为何，我突然害怕这扇门，走过它，我总是汗毛竖起，感到有冷风舔过身体，仿佛地狱阴森游魂的舌头。我害怕那门活过来，变成飞舞的巨型蝴蝶，咬住我，撕碎我。

我有点怯，又怕今后少有向导师请教的机会。虽然读博听起来不错，但我放弃了大城市公务员工作，家里人和很多朋友都认为不值。我的压力也很大，希望能得到导师的确认。

你要创造“范围”，既是学术专攻方向，也是生活范围。人必须有范围，这比目标更重要。目标会变，死亡，腐朽，但范围不会。人必须生活在范围中，才能找到方向和后续动力。

就是说一种“环境”？我很迷惑。

导师继续说：这是布迪厄意义上的“场域”。以学术为业，在这个时代是艰难的，尤其是文科。主体性圈套，比客体的欺诈，更值得警惕。你只有创造出一个范围，才能活得强大而稳定。我已人在中途，你好好努力，或许还有希望。但你不要变成格陵兰这样的博士生，那就彻底没希望了……

格陵兰是谁？我的脑袋里画满了问号。导师丢下发愣的我，独自离开。寒风中，他的大衣沾满湿漉漉的露水。我远远望去，只能看到他的头一晃一晃，慢慢隐退在浓重的夜里。

我不晓得导师的话有什么玄机。我就是想读博士，将来在大学混个教职。我一直羡慕大学教授，很多次地意淫过博士毕业后第一次登上讲台的情形。说实话，我更期待少女们关注的目光、淡淡的体香。想到这里，我不禁有些羞愧，为自己猥琐的想法。

几年后，当我离开乌楼，才明白导师的苦心。1978 年，哲学家巴特在巴黎发表演讲《人在中途》，那年他六十三岁。巴特认为，中途是一个符号，一个重要庄严的时刻，是良知全体的震撼，是对衰老的拯救。回想当年，导师刚过四十岁，怎么会有这么悲壮的想法？

格陵兰，是住在博士公寓五楼的一位男博士。严格意义上说，他是我的师兄，和我是一个导师。我无论如何也没想到，格陵兰博士，改变了我的人生。他逃走之后，我也日渐荒芜，险些无法熬过艰苦的读博生涯。

二

南方的寒冷在继续，我早起时发现，窗前那些黑黝黝、湿漉漉的樟树枝上面居然有了一层薄薄的冰。梧桐原本金黄的落叶，在池塘边渐渐变成黑褐色，尸体一般，鲜艳的红枫在冷雨中舞蹈，披头散发的棕红色的木麻黄则在雨水中保持着沉默。

导师和我交谈后，又开始闭关修炼。他决定冲击今年重大项目选题，需要较长的时间来写规划书。S 大的教授们，时刻处于项目的焦虑中。学校明确规定，没有项目的教授不能招生。导师没空管我，我只能尽快进入博士的生活节奏。我们课程也不多，主要是在图书馆读书，寻找合适的选题，查找资料，写一个数十万字的博士论文。同时，我们必须在核心期刊发表三篇论文才能达到毕业标准。有的导师关心学生，帮助学生推荐文章，有的则不管不问。很不幸，我的导师属于后者。

我试图沉浸于书的海洋，心却很难安静。乌楼历史悠久，传说最早是民国官员的府邸，日据时期，又变成日军宪兵司令部。新中国成立后，它原是历史系办公楼，新校区成立后，大部分院系迁走，历史系也趁机占据了一个更大更新的办公楼，乌楼就被改造成了博士公寓。

只要有闲暇时间，我就在乌楼的走廊里走来走去。寒冬来临，淋淋漓漓的冬雨让乌楼飘满了木地板的霉味，类似石楠奇异的臭。乌楼也有不少离奇传说，这里死过不少人，有失意的民国政客、殉情的富家少爷、拒绝投降的日本军官、被红卫兵小将批斗的教授，还有就是几个无法毕业的博士。我踩在被寒潮搂得紧紧的地板上，脚下发出“吱吱呀呀”的响声，犹如石子跃过平静的湖面。我不禁产生很多迷幻的遐想，仿佛穿越历史，变成一个手捧鲜花参加晚宴的民国富家公子，或是一个夹着绝密文件、神情严肃的日本少尉。走廊尽头是拱形木窗，冷雨弥漫的日子里没有阳光洒进，窗子也是乌黑色的，呈现出阴冷湿滑的平面感。每当我独自在那走廊彷徨，都会感觉它好像一条奇异的时空通道，一条平行时空交汇的“奇点”。由于连天阴雨，走廊白天也点着灯，有时我倚在潮冷的墙壁上，精神恍惚，空荡荡的走廊里仿佛挤满了不同历史时期的幽灵，他们热烈地交谈，亲切地问候，他们的喧哗声充斥着乌楼……

走廊四周，有很多博士房间，我时常张望着那一扇扇木门，希望能与人交流。我在S大没什么熟人，读博士的生活太枯燥孤寂，我需要交朋友。202房间住着两个男博士，一个瘦得像被锻打冲压后的铁条，另一个胖得像发酵后的精粉面包。他们年龄都不小了，都是单身。他们的宿舍，永远弥散着一股腥臭味道，我每次从虚掩的门缝望去，总能看到他们奋战在电脑前，眼珠一动不动地盯着电脑。我猜想可能是查资料，但有时可能是打游戏。因为我看到“魔兽”“英雄联盟”等游戏屏幕界面。每当我想和他们聊天，他们就傲兀地指着门上的字条，摆摆手。上面赫然写着“闲谈不能超过三分钟”。我还没有开始，何来三分钟的限定？

205房间就在隔壁，住着一对博士夫妇。孩子刚几个月，女的没有工作，就在那间小屋里带孩子。深夜时分，夫妻俩时常爆发激烈争吵，然后是肢体冲突。伴随着婴儿刺耳的啼哭声，夹杂着男人的叱骂，还有女性压抑的哽咽。这个过程，往往延续一个小时左右，才渐渐停歇，但又或再度掀起一两个小高潮，复又低沉，才最终归于沉寂。第二天，我能在水房遇到那位博士夫人。虽然她的脸上有明显伤痕，但她依然温婉贤淑，微笑向我致意，保持了一个女人的尊严。我小声问她，是否要为她报警。她感激地咧了咧嘴，还是坚定地摇头。她将手放在我的肩头，轻轻地拍了拍，鞠了一躬，转身离开了。

博士夫人已身为人母，但皮肤白皙，身材曼妙。她走过我的身边，飘出一股母乳香味。她含泪的眼，更有着楚楚可怜的风韵。我已经二十七岁，还从未接触过女人。乌楼隔音也不好，那位男博士三十多岁，辞了职，读管理类博士生。我见过他几次，高高大大，一脸凶悍和不甘落魄，符合我对恶丈夫的想象。他们也有不吵架的夜晚，那便是漫长的做爱。“恶人博士”的喊声肆意高昂，博士夫人则是压抑的呻吟，一如既往。这让我分不清她是痛苦，还是享受。或者说，她只能将痛苦化为享受。这让我抓狂。我在操场疯狂跑步，消耗多余荷尔蒙引发的躁动。性压抑对于高度精神压力之下的男博士而言，是一种难以摆脱的梦魇。202 房间的“铁条博士”和“面包博士”也是光棍，从没有女生去他们发霉的屋子，可能连母老鼠都懒得光顾。有时我也能看到他们围坐在电脑前，呆呆地看着什么。我走近一看，是韩剧《来自星星的你》。202 房间的灯光永远是昏暗的，电脑荧光屏闪烁，一胖一瘦两个男人，泪流满面，不知是为了感人的电视剧情节，还是哭自己。

这座楼也有不少女性，少数是博士家属，大多是女博士。她们少有一般女孩明媚的笑脸，特别是理工类女博士，有时一个实验做上万次，结果只能证明结论的错误。她们很多人脸色暗黄，长满痤疮，发色干枯。她们无心打扮，衣着朴素肥大，目光呆滞，又有着一种执拗的狂热。医学院的女博士，发梢中是福尔马林气味，那是解剖室和手术室的职业气息。生物医药专业的女博士，身上散发的则是药材气味。至于历史专业的女博士，满身都是书籍发霉的味道。

知识不只是带来快乐，更带来压抑和焦虑，偏执和扭曲。我和博士们的交集，除了走廊偶遇，就是在水房。水房二十四小时供应热水，有一个洗衣房。深夜水房是恐怖的。212 房间有一位研究化学的女博士，已三十六岁高龄，刚经历了一场刻骨铭心的失恋。白天，我们从没遇到过她，深夜她才悄悄爬起，在水房洗衣服。她一边洗，一边哼唱着自编的小调。“哗啦啦”的流水声，衣服搓动的声响，搭配扭曲走调的小曲，在深夜乌楼走廊里飘荡。更可怕的是，小调常常唱着唱着，就变成不绝如缕的哭泣声。一次，我看书到深夜，想去水房接点开水煮泡面，碰上化学女博士洗衣服。她穿了一件白色睡衣，披头散发，长发遮住了脸。透过水房昏暗的灯光，我看到她的手指瘦长，关节粗大暴起，长指甲抓着缩成一团的衣服，好似抓着男人血淋淋的心脏。我联想到她学的化学专业，不禁为她的前男友感到担忧。

我只能强迫心思回到学习中来，不考虑乱七八糟的事。学业任务沉重，如果不能按期发表核心论文，写出合格的毕业论文，将不能获得博士学位。推迟就业，意味着很多意愿落空，父母对我的期望也会落空。对于发论文和做学术，我还是茫然没头绪。导师闭关修炼，不能给我指导。我对前途愈发感到悲观。认识格陵兰博士，将成为我博士生涯的重要转折点。

三

没人熟悉格陵兰。他深居简出，神秘低调，住在乌楼顶层，五楼最南端的 514 房间。514 房间旁可直通天台。传说十几年前，这里曾有一名中文系女博士上吊而亡。女博士生前迷恋昆曲，漆黑的雨夜，有人见过一个眉眼如画，挥舞水袖，身着古装粉色长衫的女性，在天台“咿咿呀呀”地唱着《牡丹亭》。没人敢住在这里，唯独格陵兰主动要求住下，说是比较清静。学校求之不得，也没人与他合住，格陵兰就享受单间待遇。无论何时，从楼下望去，514 房间的灯永远亮着，总有一个抽着烟的瘦瘦的身影，映衬在淡蓝色窗帘上。

没人说得清楚，格陵兰确切长什么样，他的博士已读到第五年，据说常戴着帽子和口罩，好像生怕被别人认出。他的故事，在乌楼博士圈里广为流传。有人说，格陵兰的家乡在甘肃，因为家贫和热爱学习，几年都没回过家。S 大图书馆，每年评比借阅量最大、最勤奋的学生，格陵兰总是高居榜首。但图书馆中，没有几个人真正见过他。格陵兰还有一个吓人的外号——“中国文科第一博士”，如果打开中国知网搜索，格陵兰的名字，总是高居年发表量和引用率前几位，据说他读博期间，已发表核心刊物论文三十余篇，论文总量则达到了惊人的五十篇。这是一个非常吓人的数字。我有限的视野之中，的确没看到如此厉害的文科博士。奇怪的是，格陵兰的博士论文却迟迟不能完工，这也导致他五年还没毕业。也有人说，格陵兰憋着一股劲头，要把论文做到极致，成为一部震撼学界的名著。

学习使用知网，不仅是为了查找资料，也可以暗暗检索同学们的核心刊物发表情况。除了有限的几门课程，我们在课上交流讨论，餐厅也是沟通渠道。大家的话题，永远是一成不变的枯燥无聊，就是谈论各自论文的情况，有多少论文发出，还有多少论文在刊物排队，或者多少论文被枪毙。这些交流常常三心二意，遮遮掩掩，既有得意的炫耀，也有嫉妒和窥视。有一位男博士，常向我们吹嘘，将要在权威核心刊物《哲学研究》上发论文。我们都羡慕不已，系里老教授们都被惊动了。他也常拿出一个脏兮兮的用稿通知给我们看。他甚至成功俘虏了一个女博士，将她搞上了床。后来证明，他不过是遇到了骗子，白白花费了五万元。女博士也上了他的当，嫁给了一个“只有用稿通知”的男博士。女博士索要了三万元分手费，离开了这位风光一时的学术凤凰男。这位男博士经受不住打击，最后被送到了陆家嘴精神病医院。

格陵兰的发表是实打实的，有据可查。大家都猜测他的来历。他不过是一个来自贫困地区普通农民的儿子。他的导师，也就是我的导师，虽是哲学系最年轻的博导，但不是什么学术权威，也没有多少学术资源，否则也不会几次评比青年长江学者都接连败北。那么，为何这么多编辑都发表他的论文？难道他的论文水平如此之高？说实话，对此我们都不服气。格陵兰肯定有着不为人知的身份，才能获得如此丰厚的学术认可。他可能是学界某位大佬的私生子，或是勾搭上了学界某位年高德劭但寂寞孤独的女主编。

格陵兰也并非在何处都受欢迎。系里某些老教授，认为此人狷狂傲气，心浮气躁，只是论文发得多而已，根本不会做学问。也有的博士讨厌他，说格陵兰哗众取宠，发论文不过是为吸引异性注意。我对格陵兰的好奇心更重了，好几次，我偷偷跑到514房间，想找他聊天。然而，他的房门总是紧闭着。我轻轻敲门，清脆的敲门声，似是掉入深潭的小石头，深远而幽微。那是一扇绿色木门，门上有一个奇异的血红色惊叹号，仿佛一根巨大的手指，阻止着好奇者的探访。我悻悻地离开五楼，天台入口就在他房间隔壁，有若有若无的吟唱传出。我汗毛直竖，快步逃离。回到房间，我一口气喝光一大杯苏打水，还能感受到心脏在胸腔疯狂地跳动。

深夜，天空飘着小雨，我在宿舍学习了五个多小时，头昏脑涨，决定去操场跑步。深夜在操场跑步，有一种漫长的孤独感。煤炭渣铺成的跑道，踏上去非常硌脚。不管这么多，我只需要理由，在空旷的地方疯一下，在速度的激情下，喘息与汗水都能化成自我确认的信心。一个人在操场中跑动，冷雨劈开每一个毛孔，狠狠地钻进去。它们小虫般吞噬着肌肉和血液，侵蚀我在寒夜所剩不多的勇气。

有个影子从身边飘过，我试图抓它，却无从着力。雨愈发大了，影子在我前方，大约一百米的地方停下。我抹了把脸，又大踏步追上去。我这才看清，是一个瘦高的男人，大约二十七八岁。他穿着整齐的黑西装，戴着白口罩，领带紧紧勒着细长的脖颈，仿佛多情的蛇。黑皮鞋被雨点击打着，发出“噼里啪啦”的声响。他浑身湿透了，雨点顺着额头流下，在严肃宽阔的下巴边沿汇聚，变成了一排白亮的甲虫。他的眼不大，目光刺人，直勾勾的，不是疯狂，而是一种与生俱来的冰冷、邪恶和嘲讽。

难道是变态狂？我猛然想起，一个变态狂游荡在S大的传说。相传他已偷袭了好几个女生宿舍厕所，跑步速度奇快，每次都能逃脱保安的追捕。我愣住了。就在这时，那人快步上前，一眨眼逼近上来，紧紧握住了我的手。我感觉被某种冷硬的铁器擒住了，无法逃脱，大脑一片空白。男人摘下口罩，不紧不慢地说，你是一年级的毕小沅吧。我是格陵兰，你的师兄，我注意你很久了。

四

几年后，我从S大毕业，离开乌楼，逃离了南方湿冷的冬天，去了北方一个普通省属大学教书。我娶了一名样貌普通的辅导员，生了一个儿子。我在漫天白雪中散步，常想起中世纪古堡般的乌楼，一座充满巫术气质的民国建筑。时间是一切移动物体赋予的不断逝去的灵魂。它是冰冷潮湿的雨点，是乌楼前漫天飞舞的梧桐叶，也是眼前无休无眠的雪。时间有不同附身形式，然而对于普通人来说，没有太大区别。无论南方，还是北方，我们都是时间的囚徒。我们被时间捕获，囚禁，训练，变成一种不断衰老，等待死亡的生命组织体。几年过去了，某些记忆没有模糊，反而更加清晰了。我时常想起S大那个凄风冷雨的操场，想起格陵兰那双铁器般凶狠冷酷的手。仿佛宿命的相遇，正是格陵兰那双手，启示了我的内心，让我看到未来无可挽回又不可避免的命运。我还能记起，那双手不大，但骨节凸起，张弛有力，它们仿佛从地狱之门逃出的两只孪生小兽，就这样轻而易举地将我捕获了。

我傻傻地问他为何知道我的名字，格陵兰说导师在邮件告诉他的。格陵兰还说，那天我敲门时，他在门洞的窥视镜里看到了我，但是他不敢肯定是我，又怕惹出不必要的麻烦，就记住我的长相，在互联网“人肉”了我的资料，最终确定我就是住在二楼的博士一年级的师弟。

我又问他找我干什么。这显然是一个幼稚可笑的问题。对于格陵兰这样的“天才学者”来说，以我的智商和悟性，很难猜透他的真实想法，而他也未必会理会我。果不其然，格陵兰没有回答我的提问，而是拉着我离开操场，回到乌楼。我终于进到他神秘的514房间。

那间传说中的房间很普通，普通到近乎寒酸。一张结实的铁架床，一台电脑，两个棕绿色松木小衣橱，两个大书架塞满各类书籍，又非常整齐，很多书中都夹着便签，字迹也工整。如果，这间屋子有什么特别，那就是过于干净，地上一尘不染，桌子也一点污渍不见。雪白的墙壁，挂着两只相对而视的黑底白字的老式挂钟，像一对尸体标本，“嘀嘀嗒嗒”地提示着时间的流逝。书桌上方的墙上，贴有一张打印的月度计划书，显现出居住者的极度自律。冷雨夹杂着风，从天台入口灌进来，又被门挡住，发出“啪嗒啪嗒”的怪响，像一个女人用长长指甲轻轻地叩门。我想起女鬼的传言，打趣问：师兄不怕鬼？人家都说天台吊死过人。格陵兰说：我这里鬼都不会上门，我也不愿和人应酬，浪费时间。如果真有鬼拜访，我就和她好一场，也不枉缘分。

这完全不符合我对“天才学者”的想象。那应是不修边幅，凌乱不堪的才子，而不是如此冷静理智的人。然而，冷雨淋漓的操场上，一个西装革履的男人，无论如何也不能说是正常的。我们所谓的正常，也许不过是平庸吧。格陵兰打开橱子，里面有十几种咖啡，整齐地放在一个个小方盒子里，上面用英文写着名字。格陵兰扫了一眼，拿出一瓶，漫不经心地说：德国格兰特黑咖啡，精选罗布斯塔咖啡豆，醇厚而不酸，特别适合运动喝。

我问他有没有毛巾。他拍拍脑袋，从卫生间拿出一条淡蓝色干净的毛巾，让我擦脸，并带来一套运动服，说：你的身材和我差不多，这套衣服你先穿着，洗干净再还我。格陵兰也换了一套宽松干爽的运动服。当我们终于坐在桌前喝着格兰特咖啡，我突然发现，不知要说什么。

他微笑着，正襟危坐，优雅得体。他有坚挺的鼻子、细长的眼，身材很匀称。他更像一名白领职员，而不是一个以学术见长的哲学系博士。

沉默了一会儿，他突然问我那天来有什么事。我支支吾吾半天，才说明想让他教教我如何写论文。我现在被论文搞得情绪很差。

格陵兰小口地抿着咖啡，淡淡地说，他只教人如何发表文章，不教人写文章。

格陵兰继续说，任何行为都取决于目标。达成目标，需要坚持不懈的努力。这种努力，才决定了进化方向。

你看《动物世界》吗？格陵兰目光炯炯地问。

我自然不看。每天学业如此繁重，应付且来不及，哪有时间干别的。

格陵兰告诉我，塞内加尔方果力的雌性黑猩猩，擅长使用自制长矛在树洞猎杀非洲丛猴。你能想到吗？他继续说，动物学会使用工具，人与动物的区别，还那么明显吗？但是，黑猩猩的举动不是从来如此，而是由于近年森林面积减少，人类猎杀频繁，导致黑猩猩种群生活条件急剧恶化。可以说，使用工具，是大自然和人类的逼迫所致。

格陵兰强调，生存目标成为核心，猩猩就会进化为使用工具的“类人”，人类就有可能进化为“新人类”。只有“新人类”，才能适应现代性结构中激烈的竞争。

对他的讲述，我听不太懂。我期盼实际的教导，而不是不知所云的东西。这一点，格陵兰和导师没区别。他们太热衷谈论形而上问题。作为第一次交谈，我们还是有些交浅言深。又闲聊了一会儿，我看到时钟指针指向十二点，赶紧起身告辞。

格陵兰送我到门口。我无意看了看自己的手表，却只是十一点五十。我的手表，是父亲送的卡西欧精钢手表，一直非常准时。对于一个自律节制、追求极致的人来说，不准确的时间，无疑不能忍受。我忍不住向他提示，墙上的钟快了十分钟。

我是故意的，格陵兰还是微笑着说，我要成为“走在时间前面”的人。

五

认识格陵兰后，我常去找他聊天，他并不在乎我的打扰。我打着谈学问的名义去，最后不过是发牢骚。他也总是耐心倾听。慢慢地，我们的关系越来越融洽。他很少谈自己，除了说说学问的事，说的最多的就是死亡。他的博士论文，研究尼采的怨恨哲学。而他也将死亡当成了哲学最高命题和最后理性裁判。

他喝着浓咖啡，在坟墓一般冷寂的宿舍，高声向我宣讲着对死亡的迷恋。他承认，上中学时，曾将无主荒坟的骷髅带回学校。他给那个忧郁的骷髅取了个名字叫“空空”。他每天对着骷髅讲话，将它当成沉默的朋友、善良的宠物。直到“空空”被同桌，一个胖姑娘发现。这个秘密才最终大白于天下。胖姑娘被吓得昏倒，骷髅头也被没收，成为学校生物研究室的标本。

“死亡是公平的，它没有怜悯，也没有腐败，在死亡的怀抱里，世界成为宁静的港湾。”他吟诵着不知何人的诗句，眼神充满了疯狂的清醒。他在宿舍里盘旋，向左又向右，后退复又猛然向前，好似困在牢笼中的豹。他挥舞着胳膊，高亢的声音穿透玻璃，变成一道道摄人心魄的魔咒，像歌剧院庄严的颂歌。那张英俊的脸，不时变幻着各种表情，仿佛一条五颜六色的河水，淹没了格陵兰的五官，将其变成一座沉没在幽蓝水底的巨型雕像……

格陵兰说，生命短暂，相比浩瀚宇宙，地球又是短暂的。由此而推，我们不过是一个小得不能再小的“瞬间”。四十多亿年前，地球形成，随后板块相撞产生巨大的震荡，喜马拉雅山脉隆起，马里亚纳海沟形成，无数岩浆喷射到数万米高空，形成壮观的生命之虹……

听格陵兰师兄讲解死亡，如同听瓦格纳的歌剧，没有颓废阴郁，总有激动人心的壮美。我自惭形秽，深感悟性太差，但有时听他讲多了，也觉得矫情，就嘲讽他说：师兄，你总谈到死亡，可也没见你死，你不是活得有滋有味？

格陵兰不屑地说：你不能只看表象。否则读再多书，也只是书呆子。

你看那是什么？他遥遥指向床头，我发现，原来那里挂着一截棕绳。那是干什么用的？格陵兰解释说，这叫“我主之索”，把它每天挂在墙头，就是提醒生命短暂，时间流逝，要多学一点东西，多做一点事。

如果哪天我厌倦了，就拿起它结束自己。格陵兰淡淡地说。

我问他，以他的学术水平，完全可以正常毕业，为何要拖延这么久。格陵兰说，毕业又如何？不过是加快进入这个机器猛兽般的学术体制，变成一个齿轮，或被它吞噬血肉。他不过是在德里达意义上“延宕”了终结的最后时限。

我说：别转，说人话，你是赖着不想走呗。

格陵兰依然保持了神秘感。他很少现身公共场合，如果去餐厅或图书馆，也戴着白口罩。我对格陵兰的情感生活很好奇，但他不谈论女性，偶有涉及，也非常厌恶。他说，女性是依附性生物，缺乏思想和灵魂。她们用肉身诱惑男性堕落。虽然他这样说，但我还是在他的箱子上看到了一张女孩的照片。姑娘清秀可爱，个子不高，一副邻家小妹样貌。我追问他女孩是谁。格陵兰却说不出所以然。也有人告诉我，一个低年级硕士学妹仰慕格陵兰的才华，数次追求无果。情人节，女孩给他买了精致的领带，他给人家送了一朵塑料花。我问格陵兰是不是有这件事，他笑着说，他是想让女孩知难而退。他想说，没什么东西可以长久不腐，爱情、友谊，包括我们有限的生命。我们珍视的东西，其实不过像塑料花，是一种虚假的美丽。格陵兰向我讲述时，脸色苍白，目光忧郁。显然，美丽学妹的故事，绝不可能仅止于此。

他的大部分时间，在宿舍和图书馆读书、写论文。只有深夜，他"衣冠楚楚"地在校园散步，不管风吹雨打，雷打不动。他多次被学校保安扣留审问。

我又有了新烦恼，甚至无暇关注格陵兰了。转眼间到了期末，一次，我们同一级博士生恰巧又在餐厅相遇。我这才惊讶地发现，很多同学都已发出了核心刊物文章。这大半年，我的时间都用在一些乱七八糟的事上，丝毫没有计划性，对于发论文这样的大事，显然缺乏足够投入。导师也发电邮过来，询问论文写作发表的情况。我心乱如麻，感受到了巨大学业压力。

看到我唉声叹气的样子，格陵兰表示同情。我趁机说：师兄，你教教我如何写论文吧。格陵兰盯着我，冷冷地说：我说过，我只会教如何发表论文。

我说：那也行，我先写出两篇，你帮我发发。

格陵兰又说：不是帮你发，而是教你发表的"方法"。

我问：有什么不同？不就是给编辑投稿吗？

格陵兰说：一句话也说不清楚，晚上八点，你来我宿舍，我教你。

六

几年后，我一直没走出格陵兰带来的惊吓。他一定是恶魔转世，对人类的隐秘情感，有着刻骨铭心的洞察。这种聪明才智，没有完全转化到学术中去，反而变成了一种疯狂。

寒冬已过，春寒料峭。那天晚上，我准时来到514房间。雪白的灯光下，格陵兰坐在黑色书桌前，戴着耳机，陶醉地听着音乐。细长的手在空中挥舞着，仿佛翩翩起舞的灰鹤。我叫了他两声，他摘下耳机，深呼吸了一口气，说：瓦格纳的音乐，大气磅礴，会让人成为勇者。

我说：你教我吧。格陵兰看了我一眼，让我自己泡咖啡，顺便丢给我一本舍勒的哲学著作，让我看书，充分放松下来，等待时机。我不明所以，只能答应着。他则继续戴上耳机，还是听音乐。时间一分一秒地流逝，不知不觉，我听到墙上的钟表响了，竟然已十一点半了。老式挂钟的声音在寂静的寒夜格外刺耳，好像夜行人突然闯进荒野大宅，发现主人家正在进行热闹非凡的婚宴。格陵兰床头那条“我主之索”无端地动了动，像复活的花斑蝮蛇。屋内也仿佛凭空多了股冷风，打着旋儿，在屋内张牙舞爪地游动着。我打了一个寒战，从心里感到冷意。那肯定是天台入口吹来的冷风，顺着门缝钻了进来，也许是那位在天台上吊死的师姐耐不住寂寞，要来与我们相会……

格陵兰拎出条蓝底碎花手提棉布袋，鼓鼓囊囊的，不知装着些什么。他对我说：咱们走吧。

我颤声问：去哪里？

格陵兰不解释，只说：跟着我就行，不要问。

我说：咱们不是去天台招魂吧？发个论文，不至于找鬼帮忙哇。

格陵兰皱着眉说：真能瞎想，咱们去拜访一位前辈。

我蒙了，已是深夜，我们去见谁呢？难道格陵兰是特务？有间谍帮助他？我胡思乱想，昏沉沉地跟着格陵兰走出房门，下了楼，出了校园东门，越过校门口那条长满杂草的排水沟，走进了一个小区。小区门口的门卫岗灯火昏黄，两名保安睡眼蒙眬，也没有注意到我们。板房上方有两条惨白的灯光带，映衬着社区门口木牌上的烫金大字：西城蓝湾。

格陵兰和我进入小区，来到一栋灰色居民楼前。格陵兰领着我径直上了电梯间。我们进到20楼，停了下来。咱们来干啥？我更疑惑了，这是谁的家？

这就是我们学报主编的家，格陵兰平静地说，我们给他送礼。

我感到头皮发炸。晚上十二点，我们跑到一个主编家送礼？怎么如此诡异？我问格陵兰是不是和主编很熟，他摇摇头。即使很熟，也不能在这么晚干这种事呀！

果不其然，格陵兰使劲敲门，声音回荡在空旷幽深的走廊，许久，门内传来“窸窸窣窣”穿衣服的声响，以及拖鞋拖拖拉拉的声音。我听到低沉的声音询问：谁敲门？格陵兰说：张主编，我是S大博士生，来看望您。门内的声音很不耐烦：这么晚，你怎么回事？回去吧。格陵兰不依不饶，坚持敲门说：张主编，感谢对论文的指导，让我进来坐坐吧。门内的声音更高了：你快走。论文的事，有空去编辑部谈。要不然，我报警了！格陵兰也不慌，坚持说：我是S大述平教授的学生，没干任何坏事。我只想请教您，要不然我打通导师的电话，让他和您说……

我简直目瞪口呆，格陵兰带着偏执的疯狂，又有着疯人特殊的谨慎冷静。他慢条斯理地步步紧逼，门内的那个声音开始不耐烦，愤怒，接着是恐慌，最后甚至是乞求。格陵兰居然真接通了导师电话，让导师和张主编通话。导师非常气愤，也只能挂断电话。我看到那扇门拉开一条小小的缝隙，声音更加清晰了，发着抖说：论文我肯定好好看，如果可能我会发。你先回去吧，我孩子还小，你这样会吓到她……格陵兰还是不肯放松，讨价还价，接着追问具体看稿日期，并暗示自己身体很差，论文发表压力很大，如果这篇论文不能发，他可能活不了……

最终格陵兰获胜，得到了张主编的保证。他也终于将鼓鼓囊囊的袋子塞进了门缝。后来我才知道，那是两瓶五粮液与一条中华烟。这就是发表文章的"方法"吧。我自始至终，没有说一句话，我没想到，清高孤傲、思想深刻又极其自律的格陵兰师兄，居然以这种疯狂的方式发表论文。如果张主编报警了怎么办？如果张主编不答应，事情又如何收场？

格陵兰说：不是没遇到过报警的刊物主编，也不是没有被人拒绝过。我要做的，只是坚持，坚持，再坚持。我说：可以坚持下去吗？格陵兰说：看来你不了解人性，对于一个权威学术杂志主编来说，发文章不是事儿，但惹上麻烦，就没必要了。他们不会和我耗下去的，犯不着。

对于一个学术权力持有者来说，"以死相拼"的发表，不过是一个利益筹码而已。格陵兰说着眼圈红了，我们的自信、荣誉和生存幸福感都寄托于此。格陵兰说：他还曾坚持每天深夜十二点给某学报主编打电话，他坚持了三个月，曾被公安局警告骚扰，但最终发表成功，拿到了 S 大一类期刊发表奖励。

导师和学院领导不知道你这样做吗？我还是不可思议。格陵兰表示他们全知道，但为了学校发表率和引用率，也睁一只眼闭一只眼。然而，格陵兰以如此惨烈手段获取资源，将来的路要如何走下去？我很难想象，也不能认同。我所敬仰的青年学术才俊，不过是一个流氓博士，一个学术钻营者。那两块老式钟表，所谓“走在时间之前”的勤奋学者，那些格兰特黑咖啡、瓦格纳音乐、死亡终极追问与无数书籍构建的高大形象，原来是如此不堪的谎言。从张主编家回来，已是凌晨两点了。我厌恶地甩开格陵兰，独自回宿舍。格陵兰愣了一下，继而面色苍白地嘲讽我说：装什么清高！走吧，我根本就不需要你，本来我以为咱们是一样的，我们都是被逼着使用工具的猴子，我们可以用非常手段征服世界。但我看错了，你不过是怯弱又虚伪的家伙。你滚吧，不要再来找我！

我飞快逃离，身后是格陵兰神经质般的咆哮。天台口的风呼啸，时快时慢，时粗时细，渐渐变成类似喘息声的东西。我跑得更快了，裤脚残留着风的涎迹，散发着腥臭的穿透力。地狱之门已打开，我可以逃脱吗？如果不用非常手段，我能完成学业任务，顺利毕业吗？

我整日枯坐在乌楼走廊的长椅上，冬天虽过去了，江南的风依然湿冷，走廊的椅子也是又湿又冷。南方没有暖气，走廊没有多少温热气息，窗户蒙了一层水汽，好似我灰蒙蒙的心情。我靠着椅子，隔上一段时间，擦擦玻璃，我看到“铁条博士”和“面包博士”在操场慢跑，两个孤独至极的男人，手牵着手，表情暧昧。我还看到，“恶人博士”搂着博士夫人在乌楼外的亭子下散步，让我嫉妒又伤心。乌楼外的常春藤又开始活跃，偷偷地绿着。枫树、木麻黄和石楠经过寒冷冬天，愈发显现出五彩斑斓的欲望，表情细腻沉稳。只有我，好似一条被遗弃的雏狗，在湿冷的长椅上满怀怨怼和委屈，无法找到发泄的途径。

七

格陵兰的好消息不断传来。

他获得了国家奖学金和校长奖学金，接着，又获得了优秀博士称号。由于发论文数量多、层次高，据传言，校方在考虑让他留校，给予直聘副教授待遇。S大是一所211重点大学，为了培养学术力量，避免近亲繁殖，已多年不留本校的学生了。格陵兰要留校的消息，让多少为毕业发愁的博士羡慕嫉妒。

更大的好消息是，陈建立院长的女儿，也是研三在读的师妹陈菲儿，看上了格陵兰。我在餐厅，亲眼见到了陈菲儿与格陵兰亲密无间地走在一起。格陵兰摘下口罩，换上了潇洒的米色风衣。他英俊的面孔、忧郁的眼神、瘦高匀称的身材，散发着高贵的学术气息。无人怀疑，他是一个甘肃农民的儿子。更没人相信，他曾以卑劣手段，攫取了大量学术资源。在餐厅，他搂着陈菲儿，俩人旁若无人地调情。很多好奇的学生都过来围观，说是终于见到格陵兰的庐山真面目了。格陵兰的脸上始终带着淡淡的笑意，矜持又很有分寸，与陈菲儿那种陷入爱河、幸福得要融化的表情有着巨大差异。陈菲儿不好看，个子高，身材臃肿，特别是小腿很粗，紧绷的黑色丝袜，将那两截粗藕式的肉块暴露无遗。格陵兰不在乎。他的嘴角笑着，眼神却是冰冷的。他正在邪恶地嘲弄着整个世界，这个不公正的世界，也正在被他无耻地玩弄着。我就站在不远处，手里端着一份炒河粉，样子既寒酸又蠢笨。格陵兰大约也看到了我，他没有任何表情变化，只是把头歪了歪，让视线远离我。有人说，格陵兰留校的事，陈院长也参与操作了，并答应格陵兰，只要他与陈菲儿结婚，就帮他留在S大，并去美国哥伦比亚大学访学镀金。

一切都那么光明正大，顺其自然，理所当然地收到鲜花与掌声。我始终想不通，他为什么要和我这个平庸之辈成为朋友？我曾问过他这个问题，格陵兰说他看重我的善良正直，以及对世界的同情之心。我想，我大概是善良的，基本等于老实无用，或者说是愚蠢到太容易轻信人。他大概觉得我是可以说说心里话的人，威胁性不大，不会出卖他，也比较好控制。他没有想到，我是一个如此倔强与固执的人。

格陵兰不断在公众面前高调曝光。他不再是神秘的格陵兰、边缘的格陵兰，而是S大“文科的骄傲”——格陵兰博士。陈建立院长是西哲研究的全国权威，也是长江学者、万人计划入选者。他毫不掩饰对格陵兰的好感，多次在学院办公会提到这位“青年才俊”。陈院长断言，格陵兰的博士论文，必定能评选上国家优秀博士论文，格陵兰也必将把S大西哲研究发扬光大。这样的评语，极有分量。格陵兰和陈菲儿确定关系后，我甚至在学科最权威的学术期刊上，发现了署名为格陵兰与陈建立合作的论文。我猜想，格陵兰甚至越过了我的导师，直接和学界大佬建立了联系。他今后的学术之路，大概非常辉煌吧。

我忍不住在电邮中将格陵兰的卑劣行径告诉了导师。他最近虽已“出关”，但听说放弃了冲击下一届长江学者。他近来常去灵谷寺听禅师讲佛法，吃斋饭，还与不少信众居士讨论哲学精义。他显然不愿管这些事，只是回信告诉我，世间万事万物都有因有果，造化无常，成全人也捉弄人，一切安心随意便好。

然而，讨厌格陵兰的，不仅是我。一天黄昏，我从图书馆回到乌楼，就在楼下见到格陵兰桌上照片里的女主人公，那位美丽可爱的小师妹。后来，我才得知，她是文学院比较文学专业的硕士师妹高美琪，一个可爱的苏州女孩。她提着一罐东西，怒气冲冲地从我身边跑过，我跟在她的身后爬了几层楼，又来到久违的514房间。她使劲地敲门，哭泣，哀求，然而那扇门始终紧紧关闭，女孩的嘴唇都要被咬破了。她拿出刷子，打开黑陶罐，原来里面装着不少红色油漆。她用刷子在门上打了个血红的叉号，又写了几句吓人的口号，诸如“你不得好死”之类。我这才醒悟到，原来上次我看到的格陵兰房门上的血红叹号不是他自己喷的，极有可能来自这位苏州姑娘。她与格陵兰之间的纠缠，并不简单。

格陵兰的好运气在全校公开讲座上达到了顶峰。讲座在校图书馆学术大讲堂举行，一般只针对海外高层次学者，级别很高，这是第一次对本校优秀博士生开放，可见校方对格陵兰的重视。我至今难忘那个阳光明媚的上午，那是“了不起的格陵兰”的高光时刻。按照校方要求，全校文科研究生都要去听讲座，我特意抢了一个前排位置，想看看这位虚伪野心家的表演。讲堂舞台特别大，有一条红地毯，鲜艳夺目，从很远的门口铺到舞台中央的长桌前。伴随着主持人的介绍和暴风雨般的掌声，格陵兰缓缓登上舞台。他脚蹬崭新的黑皮鞋，穿了一身白西装搭配淡蓝色领带，与金丝边眼镜一起，恰到好处地衬托出他修长的身材与儒雅的神态。他摘下那标志性的口罩，露出一张自信迷人的脸。诚恳、清澈的目光，飞越全场观众的头顶，在大礼堂的拱顶绽放出烟花般的璀璨。他在讲台上鞠躬，轻松进入话题，不时插入幽默段子，调节部分纯学术话题导致的枯燥无味。我必须承认，他的讲座非常精彩，才华横溢。他看到了我，也只是微微点头致意，并没有慌乱或愤恨的表情。他不在意我的捣乱，也自信能应付局面。有那么一刻，我神情恍惚，甚至怀疑那一夜我看到和经历的事的真实性。也许，我只是嫉妒格陵兰的成功才编造出了臆想的场景？一个甘肃农民的儿子，在严酷的学术体制里一步步走到今天，他真不容易。放眼学术圈，哪个成功的青年学者背后没有些不足为外人道的东西？我为什么要对格陵兰如此苛刻？或许，只是因为我把他想得太完美？我虚弱的内心，需要一个完美偶像来支撑可怜幻象？

格陵兰讲述了很多我也不知道的人生细节。比如，因为家贫，他五年没回过家，只为了省差旅费。他曾在本科阶段，靠着在校园捡酒瓶和易拉罐混几个生活费。我想，这也是他喜欢半夜在校园溜达的原因之一吧。到了硕士阶段，他发表论文多了，靠着学校奖励和在校外杂志写稿，才过得比较宽裕了。我相信，这大概有很多真实成分。讲座很成功，部分校领导和教师出席了，都坐在前排。他们一次次地对他报以热烈的回应。陈菲儿就坐在我身边，她听得热泪盈眶，满眼都是深深爱意。然而，讲座即将结束，意外情况发生了。

来自苏州的高美琪师妹冲上了讲台。她如此决绝，以至于几个保安居然都没拦住她。她娇小的身形，勇敢得令人战栗。很难想象，一个可爱清纯的小姑娘有如此大的爆发力。她将一大摞传单漫天撒去。那些纯洁的纸张，纷纷扬扬，快乐飞舞，好似圣诞夜迟来的祝福之雪，又或是无数命运的纸钱，写满迟来的哀悼。苏州姑娘抢步上台，夺走格陵兰的麦克风，大声讲述着格陵兰的劣迹。他玩弄女性，致使她两次怀孕，却对她始乱终弃。他还是一个学术小偷，他的很多论文存在抄袭和自我重复情况。他之所以发表那么多论文，大部分靠送礼公关和无赖手段。她已找到了几家刊物主编，取得了他们的证词……

苏州姑娘的吴侬软语，此刻已变成了无数锋利的刀，这些刀沾满了江南水乡的血泪，正牵引着格陵兰的血，将这高雅的学术讲堂变成血的世界。突然，她掏出一把小刀，刺穿了自己的颈动脉。我从没有见过，一个人的颈动脉被刺穿后，强大的内部血压居然能将那鲜血喷射出五六米的高度，继而染红了大讲堂高大肃穆的蓝色天鹅绒窗帘。传单上，我看到了格陵兰的自拍裸照、女孩的流产证明、刊物主编的证词等东西。黑白打印的裸照上，格陵兰举着手机，自恋地摆着造型。我此时才发现，他的生殖器短小，腹部也下垂很多，长满赘肉，完全不像一个美男子应有的卖相。

这便是传说中的玉石俱焚吧，我突然对格陵兰有些怜悯。人生如此脆弱，我们苦心经营的东西，只不过是廉价玻璃制造而成的水晶赝品罢了。一次小小敲击，就足以让那绚烂璀璨的外表碎成满地的残渣。陈菲儿尖叫着昏倒在台下，羞愤的校领导和教授们纷纷离场，一言不发。台下接近八百名研究生闹成了一团，有的起哄，有的嬉笑喧哗，还有的奔出大讲堂，吓得脸色苍白。格陵兰静静地站在台上，没有阻拦苏州姑娘，而是掏出烟静静地抽了一支，仿佛这件事从头到尾都和自己无关。他还是微笑着，悲哀的神色却更浓重了。随后，他默默抱起苏州姑娘。女孩的血染红了西装，他毫不在意，而是轻轻搂着她，向台下走去。春光还是如此明媚，天空像湛蓝湖水凝结的蓝琥珀，不见一丝白云，阳光仿佛是倒垂下来的、流淌的金色丝线。玉兰正在倾吐芬芳，高大的七叶树、低矮的黄金串钱柳，都在迎风飞舞，似乎是迎接这对曾经相爱的男女。格陵兰步伐稳健，就像怀抱婚礼中死去新娘的王子……

八

苏州姑娘高美琪在医院里挣扎了十几个小时，还是离开了世界。陈院长命令女儿不要与格陵兰接触，可陈菲儿还是哭闹着要找格陵兰。陈院长不得不想办法，把她送到欧洲的高校去交流。针对格陵兰的调查也展开了，最后给了他一个校内记大过处分，留校是不用想了。陈院长主动和格陵兰划清界限，将他提到家里的礼品交到学院专管纪检的刘挺副书记的办公室。学院其他教授也纷纷效仿。刘副书记的办公桌上堆满了各种礼品，可见格陵兰如何用心，也晓得投其所好。分管人事的副校长还退回来两张购物卡。格陵兰这样一个农民的儿子，想要买得起这些东西定然花了很多心血，费了很多心思，也吃了很多苦。然而，这些东西，就堆在刘副书记的桌上，仿佛是一大堆耻辱的隐私被暴露在光天化日之下。这些东西变成熊熊大火，最终将格陵兰化为灰烬。

校学术委员会本要以学术不端为由取消格陵兰博士答辩资格，我的导师却坚决反对。他说，学术乃天下公器，更何况格陵兰的博士论文经过了学校的系统检查，没有不符合规定的地方。教师们争执不休，最后勉强同意给格陵兰一个机会答辩。这是他在S大最后的亮相了。很多人都赶去旁听他的答辩。大家都想看看，传说中“中国文科第一博士”是否真是一个不学无术之徒。导师也早早过来了，他握着格陵兰的手，眼中含着泪，几次欲言又止。他嗫嚅地说是他没有担负起教育职责，让格陵兰走了歪路。格陵兰还是无所谓的样子，状态变化不大。导师最近瘦了很多，颧骨高耸，听说还经常断食辟谷。导师最近沉迷于养生导引，对此院方批评过他好几次。陈院长拒绝担任格陵兰的答辩委员会主席。导师只能另请了几位老专家。答辩氛围沉闷，轮到个人陈述论文主要内容的环节，格陵兰猛地站起，走到讲台中心，举起胳膊大声宣讲起来，与那天在大礼堂温文尔雅的演讲判若两人。此时的格陵兰，顾盼自雄，声音尖锐高亢，充满愤怒的批判与激情。他演说道：

诸位老师，在座诸位学子，我是一个罪人！我亵渎了学术，也毁了自己。可你们扪心自问，你们如何安顿自己的良知？朱教授，你论文抄袭，大家早知道，不过是佯装不知罢了。刘教授，你为了评职称，给学校副处级以上领导干部写了几轮匿名信，诬告别的老师，你寝食难安否？孟凡老师，前几年你屡次骚扰本科女生，谁不知道？你没有出事，不是运气好，是因为有人保你。我的博士论文就是研究怨恨心理与人类哲学思维的关系。怨恨，才是人类文明进步的根本力量！从不平等、不正义中孵化而出的怨恨，终将变成烈火，涤荡这世上的丑恶。可怜的是，世人掩饰这怨恨，并被恐惧所胁迫，想象出温良恭让的所谓“上品人格”。我们将无能称作善良，将怯弱称为谦卑，将屈服改称温顺，就连那些无可奈何的妥协都被我们称为忍耐，并美其名曰美德。我们将无能报复称为不愿报复，甚至称之为宽恕……

答辩现场一片混乱，仿佛被导弹袭击过后的敌军阵地。学生们站起来向格陵兰致敬，他们涌向台前，甚至挤翻答辩的讲台。他们哄堂大笑，抑或议论纷纷，看着那些道貌岸然的教授狼狈不堪，无论如何都堪称一件快意的事。有的教授高声斥责格陵兰，有的面红耳赤悄悄退场，孟凡教授已六十多岁了，须发皆白，平时喜欢穿唐装，讲老庄时一副仙风道骨之状。他愤怒地拍打着桌子，悲痛欲绝地喊着：妖人！我要告你诽谤！学界出此怪胎……只有导师没有动，他稳稳地喝着茶，眯起眼，听着格陵兰的演讲，不时微笑着点头。我听到导师小声说：什么妖人，不过是引用了尼采原著的话嘛……

混乱之中，格陵兰敏捷地跳下了讲台。他将论文丢在地上踩了两脚，重新戴上口罩，转身飞奔而去。我才注意到，格陵兰穿了一件运动服，干练整洁。他一个箭步跨越过挡在身前的桌子，甩开大步一溜烟消失在视线外，在我的视网膜深处，留下一个火红的点。他的速度很快，左冲右突，姿势优美敏捷。我从未想过，一个文科博士居然有如此快的奔跑速度。我最后看到的是格陵兰的后脑勺，还有两条白色口罩边沿的痕迹。格陵兰不愧是格陵兰，他不愿苟延残喘，选择了这样一种决绝姿态，与学术界决裂，与过去的自我决裂。朦胧之中，我仿佛看到一只凶猛的巨猿，杀出丛林陷阱，奔向无边无际的雪原，寻找自由自在的快乐生活……

这便是轰动S大的格陵兰逃跑失踪事件。此后，我们再也没有见到他。

九

时间还在流逝，没有格陵兰的日子波澜不惊，有微妙变化，也有枯燥的重复。“铁条博士”和“面包博士”如同《断背山》的两位男主角，强大的精神压力和同病相怜的命运，终于让他们出柜，变成了同性恋人。化学系女博士走出失恋阴影，不再在深夜的水房洗衣服哭泣，改成凌晨早起唱歌了。每当励志而高亢的歌声响起，我从睡梦中醒来，就知道那位将爱情荷尔蒙转化为学术动力的女博士又开始了一天战斗般的科研工作。“恶博士”还是经常打老婆，但程度越来越轻，近乎无聊的调情。那些轻微的争吵与殴打正在变成一种亲昵示爱。从言语激烈交锋，到皮鞭飞舞、孩子哭泣、摔碎碗碟的声响，最后都变成没完没了没羞没臊的呻吟。第二天，我总能看到面带伤痕与桃花光晕的博士夫人快乐地哼唱着小调，在乌楼前晾晒着一家人的衣物，包括孩子的尿布、男人的臭袜子与女人镶着蕾丝边的粉色三角内裤。也许，生活就是这样，第一次它强奸了我们，第二次我们痛苦反抗，第三次我们竟爱上这狗日的生活。我们就是一群可怜卑微、无耻可恨的家伙，我们这些知识者，与他人并没有什么不同。

论文写作之余，我依然徘徊在乌楼深处，试图寻找着格陵兰的蛛丝马迹。假如在乌楼某个角落，真存在平行空间的“奇点”，我愿意相信，格陵兰是穿越了他希望到达的某个地方。514房间已变成了杂物间。格陵兰的家人来到S大，拖走了他最后的行李。有人说，格陵兰逃进了连绵不断的牛首山，成了一名深山修炼者。也有人说，他变成了商人，专门去非洲做生意。当然，还有更夸张的说法，就是他找了一个我们永远无法找到的深河，将肉身托付给了鱼虾，永远成为S大历史上的一个谜团。

对于格陵兰的去处，他的家人也不知道，他们变卖了格陵兰的老式挂钟，将格陵兰精心积攒的各种咖啡倾倒在了垃圾箱。一箱箱的书籍处理起来更麻烦，对于来自甘肃农村的农民来说，这些东西都是无用的累赘。出于对格陵兰最后的敬重，我买走了他的很多书，那密密麻麻的批注都在向我显示，格陵兰学习多么认真，他是多么热爱学术。有一本尼采的《悲剧的诞生》还夹着格陵兰与高美琪的合影。他们幸福地靠在乌楼的拐角处，热烈而深情。

其实答辩之前，我还见过一次格陵兰。我没有在宿舍找到他，而是在天台发现了他。他蹲在天台高处的一条窄窄的石沿上。风很大，吹动着格陵兰的衣服，翩翩而起，似是装着几只乱飞的鸽子。他的脖子上套着那条棕色“我主之索”。他眯着眼，抽着烟，烟雾升腾，复又扭着身体，消逝在半空中，只剩下一个忽明忽暗的烟头，还顽强地活着。他看着天边一点点坠落的残阳，直到那夕阳涂满了脸，从一团酡红色变成黑沉沉的死灰色。

你千万别想不开！我颤声说。

你也来看我的笑话？格陵兰斜眼看着我，似笑非笑地说，这是乌楼的最高点，每天晚上我都会在这里静一会儿。天上，我看到了那位上吊死去的师姐，她吐着长舌头，召唤着我。还有美琪。她也在天上，静静地望着乌楼，等着我团聚。

师兄，不要这么消沉。我想了想说，事情总会过去。

格陵兰摇头说：我这样的人，不过走钢丝罢了，稍有不慎便粉身碎骨。我只是没想到，粉身碎骨来得这么快。美琪爱我，我也喜欢她。我明知道，女人的爱没有理性可言，但还是被她飞蛾扑火般的勇气所吸引。她把自己变成火，毁了自己，也灭了我。我不恨她，如果有前世，我肯定是前世欠她太多，今生也无法偿还……

说着，格陵兰落下泪来。他又笑笑说：这也没关系，反正我早晚要离开。早早晚晚，人生这趟车，我们都要停站下车。美琪先行一步，我随后就到。

你后悔吗？我问格陵兰。

他摇摇头，说：不后悔，只是遗憾。

遗憾什么？

我太想出人头地，获得成功，太想打破铜墙铁壁般的学术等级壁垒，我本应在S大顺利毕业，找一个三流高校，教书育人，结婚生子，背负沉重的房贷，在一个三线城市苦苦挣扎。到四十多岁，我拥有住房，买车，为下一代的教育发愁。运气好，我会顺利熬到退休。这便是普通小知识分子的一生，平凡卑微，也有着真实的温暖，这也是美琪想要的人生。这本应是我的命，我逆天改命，也只能命该如此了……

我打断了格陵兰，要他别那么悲观，尽管我不赞成那些卑劣的手段，但我还是觉得，他是一个有才华、有思想的青年学者。格陵兰的脸上，露出感激的神色。他喃喃自语道：我不会看错人的，你是这世上最后一个关心我、欣赏我的人。

毕小沅师弟，知道我为什么叫格陵兰吗？格陵兰说。

我有些好奇，说实话，我还真不知道。

格陵兰没有搭话，而是起身站在洒满夕阳的天台之上。他向远方挥着手说：这里是乌楼最高点，离地七八十米距离。你向太阳坠落的地方远远看去，目光就会飞越乌楼，飞越S大，进而飞过石城。过了石城，就是安徽，你再往北走，一路到东三省，出了漠河北极村，就是西伯利亚。飞过莫斯科，经过芬兰、瑞典和挪威，经过冰岛短暂逗留，你就可以到达北冰洋和大西洋之间，人类最大的岛屿格陵兰岛了。我曾计划，四十岁后功成名就，我就申请去格陵兰移民。那里常年覆盖冻土，人烟稀少，气温最低可达零下七十摄氏度。那里的人过着懒散自在的日子，习惯于在极寒的冬夜、在篝火旁阅读诗歌。那里的夏天短暂而明亮，由于突如其来的温差，人体血清素水平紊乱，会导致他们酗酒，发狂，歌唱……

直到那天，我才知道，格陵兰真名叫“刘格平”，他的家乡在甘肃天水。可直到今天，我还是不晓得，他为什么如此迷恋“格陵兰岛”那块莫名其妙的鬼地方。